与李清照的世界相遇

刘淑丽 ◎ 著

别寄情愁天地间

解读李清照

创于1897
The Commercial Press
商务印书馆

宋 苏汉臣（传）

靓妆仕女图

宋 陈清波
瑶台步月图

宋 王居正（传）
纺车图

宋 刘松年
撵茶图

宋 佚名

宋仁宗后坐像

宋 佚名

盥手观花图

宋 佚名

歌乐图（局部）

宋 苏汉臣（传）

货郎图（局部）

目　录

导读一　李清照词创作中的新变　　　　　　　　001

导读二　李清照自我意识的觉醒　　　　　　　　040

簪花还是"闾巷荒淫之语"？
《减字木兰花·卖花担上》　　　　　　　　　　051

心情：隐约于季节与场景之后
《蝶恋花·暖雨晴风初破冻》　　　　　　　　　060

景语物语：闺中的心事
《凤凰台上忆吹箫·香冷金猊》　　　　　　　　068

取法唐调　含蓄蕴藉的相思
《浣溪沙·髻子伤春慵更梳》　　　　　　　　　076

梅鬓与沉香：春日闺房的故乡之思
《菩萨蛮·风柔日薄春犹早》　　　　　　　　　083

秋千院落：寒食节的疏离与爱恋

《怨王孙·帝里春晚》 089

海燕与江梅的背后：那场隐约的爱恋

《浣溪沙·淡荡春光寒食天》 098

藤床纸帐 肠断人间：以咏物手法写悼亡词

《孤雁儿·藤床纸帐朝眠起》 106

重门庭院 宠柳娇花：女性的视角与感悟

《念奴娇·萧条庭院》 118

落花流水 眉头心上：流动的相思

《一剪梅·红藕香残玉簟秋》 125

云淡风轻的春日闺情

《浣溪沙·小院闲窗春色深》 133

长门之后：春日的自我归来

《小重山·春到长门春草青》 138

此愁此情 充天塞地

《怨王孙·梦断漏悄》 145

扫迹情留：情丝难系梅花落

《满庭芳·小阁藏春》 151

泪与征鸿：天地间的悼念

《浪淘沙·帘外五更风》 160

说风说云 说花说雾：自我风神的另一种塑造

《醉花阴·薄雾浓云愁永昼》 166

庭院深深 春归人老：女性命运的哀叹

《临江仙·庭院深深深几许》 174

归鸿与人胜：女性的恋乡与感伤

《菩萨蛮·归鸿声断残云碧》 181

惜别伤离 方寸大乱：算来词女最工愁

《蝶恋花·泪湿罗衣脂粉满》 188

梅香熏破春睡：那一个醉酒后的深夜

《诉衷情·夜来沉醉卸妆迟》 195

比仲宣更多的凄凉 更深的思乡念远

《鹧鸪天·寒日萧萧上锁窗》 200

病中的消遣 发现美的眼睛

《山花子·病起萧萧两鬓华》 210

不堪诉的愁 载不动的愁

《武陵春·风住尘香花已尽》 219

骡梧半生　天上人间的离别

《南歌子·天上星河转》　　　　　　　　227

他人的佳节　饱经忧患后的疏离

《永遇乐·落日镕金》　　　　　　　　234

一生的回忆　最后的惨戚

《声声慢·寻寻觅觅》　　　　　　　　247

参考文献　　　　　　　　　　　　　265

后　记　　　　　　　　　　　　　273

导读一　李清照词创作中的新变

明杨慎说:"宋人中填词,李易安亦称冠绝。使在衣冠,当与秦七、黄九争雄,不独雄于闺阁也。……山谷所谓'以故为新,以俗为雅'者,易安先得之矣。"[1] 在众多有关李清照词的评价中,杨慎可谓独具只眼,他敏锐地捕捉到了李清照词中所具有的特质并不是凭空而出,也非仅仅源自她女性的身份与超卓的天性,而是在学习前人填词技法等诸方面的基础上形成的独创。其后,清代沈雄亦提到:"词家所谓以易为险,以故为新者,易安先得之矣。"[2] 可以说是对杨慎有关李清照词特质的感知的一种远应。可惜到现在为止,人们关于李清照词这方面的认识还不够。"以故为新,以俗为雅"的提法在宋代就被江西派代表人物黄庭坚提及,这也是江西派取得所谓"换骨夺胎"[3] 诗歌艺术效果的

---

① (明)杨慎:《词品》卷二,唐圭璋编:《词话丛编》第一册,中华书局2005年版,第450—451页。

② (清)沈雄:《古今词话·词品》下卷,唐圭璋编:《词话丛编》第一册,中华书局2005年版,第851页。

③ (宋)惠洪撰,陈新点校:《冷斋夜话》,中华书局1988年版,第15页。

取径之一。黄庭坚在王安石、苏轼以才学、法度与技巧为诗的基础上，主张"以俗为雅，以故为新"①、"无一字无来处"②、"点铁成金"③，完成了宋调的创造④。

"以俗为雅，以故为新"明确体现了宋人以文为诗、以学问为诗的观念。实际上，黄庭坚的这一主张不仅仅局限于诗歌方面，在作为宋代"一代之文学"的词的创作方面，他虽然没有明确主张以学问为词，但是，这种讲究"无一字无来处"的诗法，必然也会波及词的创作。

那么，身为与黄庭坚同一时代的作家，李清照在这方面不可能不受影响。于是，李清照自觉地汲取前人与同时代人诗词创作方面的经验，摈弃他们在这方面不尽人意之处。只不过，由于词与诗毕竟特质不同，别是一家，这种学习与继承的痕迹就不易被人察觉了。本文从别是一家、以俗为雅、以故为新三方面进行阐述，以期对李清照词的新创有一个尽可能准确的了解。

1. 别是一家：词的功能的改变与李清照的词学思想

要想比较深入地了解李清照词所独具的特质，首先有必要对

---

① （宋）黄庭坚：《再次韵并引》，（宋）黄庭坚撰，（宋）任渊、史容、史季温注，刘尚荣点校：《黄庭坚诗集注》，中华书局 2003 年版，第 441 页。

② （宋）黄庭坚：《答洪驹父书三首》之三，《豫章黄先生文集》卷十九，《四部丛刊》本。

③ （宋）黄庭坚：《答洪驹父书三首》之三，《豫章黄先生文集》卷十九，《四部丛刊》本。

④ 王水照主编：《宋代文学通论》，河南大学出版社 1997 年版，第 112 页。

她的唯一一篇论词的文章《词论》有一个大致的了解。

李清照的这篇《词论》最初见于南宋胡仔的《苕溪渔隐丛话后集》卷三十三。胡仔在引述了李清照的《词论》后，对她进行了一番评价："易安历评诸公歌词，皆摘其短，无一免者。此论未公，吾不凭也。其意盖自谓能擅其长，以乐府名家者。退之云：'不知群儿愚，那用故谤伤。蚍蜉撼大树，可笑不自量。'正为此辈发也。"这是目前所能见到的对李清照《词论》最早的评价文字。胡仔虽然使李清照的《词论》留存于世，功不可没，但是，他的评价也造成了人们对李清照及其《词论》的误读。要而言之，胡仔的不满在于李清照作为一个女性，竟然敢如此大胆地评价当时社会上威望极高的一些人，如苏轼、欧阳修、晏殊、黄庭坚、王安石等。胡仔的评价与发论不是纯粹从《词论》本身而言，他认为李清照指出当时各家的缺点，自谓自己皆能，俨然以名家自居，他无法接受一个女子居然敢对当时的名家指手画脚。

李清照在评骘各家词的优缺点时，是否以词学名家身份自居，我们不得而知。重要的是，她之所以能够将名家作词的缺点明白无误地揪出来，既是因为她在理论上对词的创作有所认识，也是因为她希望在词的创作实践中力戒诸家缺憾，而使词作尽可能地达到完美。

首先，李清照指出乐府声诗并著。这是她对词的最基本的认识。李清照指出，这种情形在中唐时期最显著。她写李八郎的故事，亦在说明当时乐曲与歌唱占有多么重要的地位。这里涉及词的功能的问题。词在产生之初，与音乐的关系极为密切，可以说，词在当时是一种综合性的文体，包括乐、歌、舞、词，而歌词的重要性显然无法与乐曲、歌唱相比。晚唐五代，词进一步文人化，歌词在其中所扮演的角色也比中唐时期重要，但仍是无法脱离其原有的功能与角色。欧阳炯《〈花间集〉序》中的话，很好地反映了词在当时的生存状态："有绮筵公子，绣幌佳人，递叶叶之花笺，文抽丽锦；举纤纤之玉指，拍按香檀。不无清绝之词，用助娇娆之态。"[1]说明当时词产生的场景是豪华宴会，而在这样的宴会中，那些公子们多是填了绮丽的歌词，交与绣幌佳人们拍按香檀而演唱的。这里更提到了词与音乐的关系是"不无清绝之词，用助娇娆之态"，即以清绝之词来佐助女子演唱，并凸显她们的娇娆之态的。词的佐酒助兴的作用很明显，而词人们作词的目的亦是"使西园英哲，用资羽盖之欢；南国婵娟，休唱莲舟之引"[2]。这些游乐场中的精英们作词本来就是为了筵席助兴的，而那些南国美女，有了这些西园英哲的歌词，就再也不必唱类似《采莲》那样的民间旧曲了。这更为明晰地阐明了词在当时的功能。

但是，到了李清照写作《词论》的北宋末年，时风与词的生存状态有了一些变化。词虽然仍是作为筵席间侑酒佐欢的，但歌词与音乐的关系似乎有所改变。虽然词仍是合乐演唱的，但是，在合乐协律之外，人们亦更注重词本身的写作技巧。无形中，词

---

[1] （五代）赵崇祚编：《花间集》，文学古籍刊行社 1958 年版，第 1 页。

[2] （五代）赵崇祚编：《花间集》，文学古籍刊行社 1958 年版，第 2 页。

属于文学的成分逐渐成为词人们反复切磋与研习之重点。

　　李清照《词论》论及北宋诸家词的时候，亦是从这一点出发而评骘的。李清照评及晚唐五代与北宋诸家之词时，虽然是凭借音乐与文学两个方面的依据，但是，属于文学方面的成分显然要更重一些。如，她在评价南唐词时说："独江南李氏君臣尚文雅，故有'小楼吹彻玉笙寒'、'吹皱一池春水'之词。语虽奇甚，所谓'亡国之音哀以思'者也。"① 李清照对南唐词的"尚文雅"极为赞赏，一个"独"字也说明了她之所以评及南唐词，最主要的原因就是他们的词"尚文雅"，虽言其"亡国之音哀以思"，也是从文学的教化作用方面考虑的。所以，她倾向注重词的文学性是很明显的。在谈及柳永词时，她说："变旧声，作新声，出《乐章集》，大得声称于世。虽协音律，而词语尘下。"李清照首先肯定柳永词在变旧声为新声方面所做出的贡献，所谓新旧声当然包括音乐方面的因素，但主要的恐怕是指柳永发展了慢词长调，这其中也包括词的文学性方面。"虽协音律，而词语尘下"一句也透露出音律虽然重要但"词语"的作用更重要的信息。如此说来，文学与音乐的因素在李清照这里孰轻孰重便一目了然了。

　　在接下来对各家词作的评价中，这种倾向更加明显："张子

---

① （宋）李清照撰，徐培均笺注：《李清照集笺注》，上海古籍出版社 2002 年版。本书有关李清照的词作都出于此，恕不另注。个别不同地方，据词意依照他本改。另，本书中所引其他词家的词作所参考之书目见书后参考文献，恕不另注。

野、宋子京兄弟、沈唐、元绛、晁次膺辈继出，虽时时有妙语，而破碎何足名家。"李清照认为，张先、宋祁兄弟、沈唐、元绛、晁端礼的词虽然时时有妙语，但有句无篇，主张词应该讲究浑成之美。"至晏元献、欧阳永叔、苏子瞻，学际天人，作为小歌词，直如酌蠡水于大海，然皆句读不葺之诗尔。"晏殊、欧阳修、苏轼三家学际天人，是很高的评价。他们作小词，如酌蠡水于大海，用一句很通俗的话说，就是小菜一碟，充分肯定了他们的学问与诗才，但是一句"皆句读不葺之诗尔"指出了他们三人词作的共同缺陷，即以诗为词，具有散文化倾向，不注重词本身的规律与特点。

历来大家在论及李清照对晏、欧、苏的评价时，都说是李清照认为三者词不协音律。这样的说法似乎有些不准确。三人并非不懂音律，只是他们不愿意被音律束缚而已。我认为，此处李清照的意思是指三人的词如诗一般，只是长短句而已，反对的是他们在以诗为词的过程中没有更好地注重词的特色，而使词与诗的界限模糊。如果说我关于李清照对上述三家评价的观点有不能令人信服之处，那么接下来李清照对王安石、曾巩的评价进一步证实了她的这一关注是始终连贯的："王介甫、曾子固文章似西汉，若作一小歌词，则人必绝倒，不可读也。""人必绝倒，不可读也"是指王、曾二人的词无法卒读，其原因是他们的词如西汉的文章，却不似词。这其实就是指二人词与文章界限模糊、没有词独有的特色。与评论晏、欧、苏词与诗界限模糊是一样的批评。

我们不妨看看王安石的两首《甘露歌》与那首被词评家多次

提及的《菩萨蛮》：

　　　　折得一枝香在手。人间应未有。疑是经春雪未消。今
日是何朝。(《甘露歌》)

　　　　尽日含毫难比兴。都无色可并。万里晴天何处来。真
是屑琼瑰。(《甘露歌》)

　　　　数家茅屋闲临水。单衫短帽垂杨里。今日是何朝。看
予度石桥。　　　梢梢新月偃。午醉醒来晚。何物最关情。
黄鹂三两声。(《菩萨蛮》)

　　《全宋词》中曾巩存词只有一首咏梅的《赏南枝》，我们抄
录如下：

　　　　暮冬天地闭，正柔木冻折，瑞雪飘飞。对景见南山，
岭梅露、几点清雅容姿。丹染萼、玉缀枝。又岂是、一阳
有私。大抵是、化工独许，使占却先时。　　　霜威莫苦凌
持。此花根性，想群卉争知。贵用在和羹，三春里、不管
绿是红非。攀赏处、宜酒卮。醉拈嗅、幽香更奇。倚阑干、
仗何人去，嘱羌管休吹。

　　李清照说王、曾之"文章似西汉"，敏锐地感觉到了他们在
文章方面的突出特点，但是，他们的小词却有以文为词但又不注
重词的特质的缺点。我们读上引的王安石与曾巩的词作，最明显

的感觉是缺乏词的韵味，读来不像是词，反而像句读长短不齐的文章。尤其是曾巩的词，尽管用了像"正""对"这样的"词家语"①，但给人的感觉仍然是将一些散文的句子加了停顿而已，如果去掉停顿，则变成了"岭梅露几点清雅容姿""大抵是化工独许，使占却先时""三春里不管绿是红非"，完全是平常的散文语句。先不说这些词在协律方面表现如何，单是文词的散文化、缺乏词的韵味与特质，就足以"令人绝倒"。

所以，李清照紧接着便提出"乃知别是一家，知之者少"，强调词与诗、文章有很大不同。到这里，她强调词的当行本色、强调词特有的遣词造句特色的意思便很明显了。"后晏叔原、贺方回、秦少游、黄鲁直出，始能知之。"李清照对晏幾道、贺铸、秦观、黄庭坚的评价比前述几家要高得多。在李清照看来，他们至少在创作上明晓词是具有不同于诗与文章之特色的体裁，可以称为词家了。但她在这四家词中又分别看到了他们的不足，这是李清照在仔细阅读他人词作的基础上而发出的论断："又晏苦无铺叙，贺苦少典重，秦即专主情致，而少故实，譬如良家美女，虽极妍丽丰逸，而终乏富贵态；黄即尚故实，而多疵病，譬如良玉有瑕，价自减半矣。"

由上述评价可以看出，李清照认为词应该重铺叙、要典重、主情致、有故实且要周圆。就拿晏幾道来说吧，小晏词可谓伤心

—

① （宋）沈义父：《乐府指迷》，唐圭璋编：《词话丛编》第一册，中华书局2005年版，第281页。

人伤心语，虽亦写歌女，但其对往日生活的怀恋之情诚挚而伤痛，作词也常常是伤心语满心而发，肆口而言，由此颇为感人，但顾不得铺叙。因此，小晏词虽然异常真挚动人，具有一种异乎寻常的感发力量，但因为缺乏铺叙，多少有些无蕴藉。如那首著名的《鹧鸪天》：“彩袖殷勤捧玉钟。当年拚却醉颜红。舞低杨柳楼心月，歌尽桃花扇底风。　从别后，忆相逢。几回魂梦与君同。今宵剩把银𨥥照，犹恐相逢是梦中。”如果注意一些铺叙，注重延续以《花间集》为代表的晚唐五代词的融情于景、以景为铺垫，可能更加完美了。贺铸之词伤于绮靡、凄艳，秦观之词则伤于感伤、情绪化，他们共同的特点就是情胜于实；而黄庭坚则相反，太注重故实，有时导致扞格不入，与他作诗主张“无一字无来处”、追求新奇变化有关。

　　我之所以不避烦琐地将李清照的《词论》细析一遍，就是为了说明，李清照是很注重学习前代及同时代人的词作的，并且能在他们的作品中看出不足。对于其中的缺点，李清照会在自己的创作实践中尽量避免；对于其中的优点，李清照会学习继承。这就使得李清照的词在继承中有所创新，具有一种全新的面貌。李清照对词的创作中文学成分的重视，一方面可能与她所处时代的词风有关，另一方面可能与她的性别有一定关系。

　　作为女性，不能像男性词人一样常常出入歌馆青楼或酒席宴会，所以，在李清照这里词入乐的功能不是十分重要，这倒使她更加有精力注重词的写法方面的问题，暗合了词最终脱离音乐而走向书面化与文人案头化的潮流。李清照词之所以具有唯美的特色，与她使用的意象、她在词中营造的精美的生活环境以及描绘的典雅高洁的女性形象，是分不开的。下面即以李清照《词论》所提及的人物先后，大体比较一下他们的词与李清照词中对女性的书写有何不同。

2. 以俗为雅：词中女性身份与角色的改变

词在产生之初就注定了它与女性之间具有亲缘关系。由于是为了席间侑酒佐欢，并供歌女演唱而作，所以，词中就不可避免地歌咏女性尤其是歌妓舞女的娇姿媚态。最早的一部文人词集《花间集》几乎全部是有关这些女子及其容貌、妆饰与闲愁的作品，奠定了词中写女性与男女情事的基调。叶嘉莹先生说《花间集》"大多以美女与爱情为主"[①]，有一定道理，但还不充分。

以温、韦为主的花间词人笔下的女子多是青楼与歌馆中的女子，或者是酒席宴间侑饮与歌舞的女子，她们的身份决定了男子与她们的关系玩乐的成分多，逢场作戏的成分多，萍水相逢的成分多，因此，很难说这些男子与他们所遇到的女子之间有什么爱情可言，他们彼此之间的关系应该是一种男女之间的欢爱。这种情感有可能有真情流露，但多数情况下是一种彼此寻求欢爱的关系，虽然其中也有思妇主题。《花间集》主要以描写女性之美与男女之间的情事为主，但并非描写爱情。这就涉及词中女性形象的塑造，包括男性词人描写的女性形象和他们摹仿女子口吻创作

---

① 叶嘉莹：《迦陵论词丛稿》，河北教育出版社 1997 年版，第 218 页。

时所摹仿的女性形象，所谓"男子而作闺音"。

男子写女子，往往有将所写女性两极化的倾向，或者将其美化，或者将其丑化，总之所写的并不是现实中真正的女性。在词的创作中也存在这一问题。实际上，花间词人有将他们笔下的女性美化的倾向。如温庭筠，史载他"士行尘杂，不修边幅，能逐弦吹之音，为侧艳之词，公卿家无赖子弟裴诚、令狐缟之徒，相与蒲饮，酣醉终日，由是累年不第。徐商镇襄阳，往依之，署为巡官。咸通中，失意归江东，路由广陵，心怨令狐绹在位时不为成名。既至，与新进少年狂游狭邪，久不刺谒。又乞索于杨子院，醉而犯夜，为虞候所击，败面折齿"①。他的许多作品都是在狂游狭邪中写就的，其中所写之女子，脱去了现实生活中俗气与尘杂的一面，显得高贵精雅。又如他的两首著名的《菩萨蛮》："小山重叠金明灭。鬓云欲度香腮雪。懒起画蛾眉，弄妆梳洗迟。　照花前后镜，花面交相映。新帖绣罗襦，双双金鹧鸪。""水精帘里颇黎枕。暖香惹梦鸳鸯锦。江上柳如烟。雁飞残月天。　藕丝秋色浅。人胜参差剪。双鬓隔香红。玉钗头上风。"这两首词中的女性非常美，在精美的环境与服饰衬托下显得尤其与众不同。陈廷焯言及温词时说"若隐若见，欲露不露，反复缠绵"②，李冰若在评价温词时也说："以一句或二句描写一简单之

---

① （五代）刘昫等撰：《旧唐书·文苑下·温庭筠传》，中华书局 1975 年版，第 3079 页。

② （清）陈廷焯：《白雨斋词话》卷一，唐圭璋编：《词话丛编》第四册，中华书局 2005 年版，第 3777 页。

妆饰，而其下突接别意，使词意不贯，浪费丽字，转成赘疣，为温词之通病。"① 叶嘉莹先生在评及温词时指出："温词既大力描述女子的衣饰之美与伤春怨别之情，又经常表现为混乱破碎不连贯的章法与句式。"② 诸家在解读温词时都认为其词意破碎不连贯，若隐若现，原因恐怕与温庭筠在写作时有意将生活中的细节与庸俗凡杂之外壳脱去，而只着意于女子的美色、精致的妆容、美丽的服饰、精美的居处，以期创造出他心目中唯美的女子形象有关。

了解了温庭筠塑造女性时的这一倾向，便不难理解温词中的女性形象为何以现在的面目示人了。由于温庭筠创作时的有意取舍，他塑造的女性显得精美高贵，但因为其创作的女性形象脱离了具体的生活环境，使人读来有些迷惑。

温庭筠在词中对闺房精美居处环境的描写以及对女性的唯美书写，使得词具有了不同于诗的绮丽与华靡。沈义父在谈到作词的方法时说："作词与诗不同，纵是花卉之类，亦须略用情意，或要入闺房之意。"③ 又说："要求字面，当看温飞卿、李长吉、李商隐及唐人诸家诗句中字面好而不俗者，采摘用之。即如《花

① （后蜀）赵崇祚辑，李冰若评注：《花间集评注》，四川人民出版社 2019 年版，第 16 页。

② 叶嘉莹：《迦陵论词丛稿》，河北教育出版社 1997 年版，第 232 页。

③ （宋）沈义父：《乐府指迷》，唐圭璋编：《词话丛编》第一册，中华书局2005 年版，第 281 页。

间集》小词，亦多好句。"① 足见以温庭筠为首的《花间集》对词的影响。温词有关女性的描写使人对词产生了一种绮艳与柔靡的期待。

北宋柳永在塑造女子形象时，兴趣点在于描摹她们的娇姿媚态。如《两同心》："嫩脸修蛾，淡匀轻扫。最爱学、宫体梳妆，偏能做、文人谈笑。绮筵前、舞雪歌云，别有轻妙。　　饮散玉炉烟袅。洞房悄悄。锦帐里、低语偏浓，银烛下、细看俱好。那人人，昨夜分明，许伊偕老。"《集贤宾》上片："小楼深巷狂游遍，罗绮成丛。就中堪人属意，最是虫虫。有画难描雅态，无花可比芳容。几回饮散良宵永，鸳衾暖、凤枕香浓。算得人间天上，惟有两心同。"《合欢带》上片："身材儿、早是妖娆。算举措、实难描。一个肌肤浑似玉，更都来、占了千娇。妍歌艳舞，莺惭巧舌，柳妒纤腰。自相逢、便觉韩娥价减，飞燕声悄。"柳永写青楼女子及男女之间的欢爱总离不了鸳衾绣被之乐和对女子妖娆之态的倾许，沉湎于对她们娇嗔、妩媚姿态的不厌其烦的描摹和玩味。《乐章集》中类似的作品多不胜数，也就是李清照形容的"词语尘下"。陈廷焯说柳永是"腻柳"②，窃以为也是由于同样的原因。

柳永词中的女子虽不乏可爱，但却脱不了轻浮软媚，明显是

① （宋）沈义父：《乐府指迷》，唐圭璋编：《词话丛编》第一册，中华书局2005年版，第279页。

② （清）陈廷焯：《白雨斋词话》卷一，唐圭璋编：《词话丛编》第四册，中华书局2005年版，第3782页。

风流场中被人玩弄的女性。但是，柳永词中女子的故作姿态，恐怕与柳永自身的经历与趣尚有一定的关联。《后山诗话》云："柳三变游东都南北二巷，作新乐府，骪骳从俗，天下咏之，遂传禁中。"①《艺苑雌黄》云："柳三变……喜作小词，然薄于操行。当时有荐其才者，上曰：'得非填词柳三变乎？'曰：'然。'上曰：'且去填词。'由是不得志，日与獧子纵游娼馆酒楼间，无复检约，自称云'奉圣旨填词柳三变'。……柳之乐章，人多称之。然大概非羁旅穷愁之词，则闺门淫媟之语。……彼其所以传名者，直以言多近俗，俗子易悦故也。"②从柳永的遭际看，他填的词引起了最高统治者不满，失去了进取功名的机会。又由于功名无望，更加肆无忌惮地纵情于娼馆酒楼，无复拘检："愿天上人间，占得欢娱，年年今夜"（《二郎神》），"道人生，但不须烦恼。遇良辰，当美景，追欢买笑。胜活取百十年，只恁厮好"（《传花枝》），"念劳生，惜芳年壮岁，离多欢少。……又争似、却返瑶京，重买千金笑"（《轮台子》），"又岂知、名宦拘检，年来减尽风情"（《长相思慢》），"向绣幄，醉倚芳姿睡，算除此外何求"（《如鱼水》），"图利禄、殆非长策。除是恁、点检笙歌，访寻罗绮消得"（《尾犯》）。

王国维说："艳词可作，唯万不可作俙薄语。……余辈读耆

---

① （宋）胡仔：《苕溪渔隐词话》卷一，唐圭璋编：《词话丛编》第一册，中华书局 2005 年版，第 163 页。
② （宋）胡仔：《苕溪渔隐词话》卷二，唐圭璋编：《词话丛编》第一册，中华书局 2005 年版，第 171—172 页。

卿……词，亦有此感。"① 王国维说的"儇薄语"大约就是指柳永沉湎于写歌妓舞女的浮薄媚态与鸳衾绣被之乐。柳永在词中一再表示对功名的漠视甚至鄙视和对追欢买笑生活的陶醉。这是柳永功名无望之后的一种反叛和发泄。他希望从歌妓舞女的故作姿态和有意逢迎中求得心理安慰，这是情感上的补偿，能够获得不同于功名的自信。

虽然柳永偶尔也会有才子佳人情感模式的作品："风流事、难逢双美"（《尉迟杯》），"佳人才子，少得当年双美"（《玉女摇仙佩》），"美人才子，合是相知"（《玉蝴蝶》），但功名利禄与仕宦出处之想并未从柳永的观念中离去片刻，否则也就不会有那些看似洒脱实则伤感的语句，以及他后来更名而另取功名的行为了。所以，柳永更倾向在与青楼女子的交往中获得心理与生理的快感，更愿意把她们娇媚、欢快的一面记录下来，或者说他更愿意挖掘这些青楼女子身上明媚快乐、惹人怜爱的一面，这就在一定程度上使他笔下的女性失去了真实性，青楼女子生活的酸苦被有意地隐去了。

张先在北宋"以歌词闻于天下"，"俚俗多喜传咏（张）先乐府"。陈廷焯评张先词曰："张子野词，古今一大转移也。前此则为晏、欧，为温、韦，体段虽具，声色未开。后此则为秦、柳，为苏、辛，为美成、白石，发扬蹈厉，气局一新，而古意

---

① 王国维：《人间词话删稿》，唐圭璋编：《词话丛编》第五册，中华书局2005 年版，第 4265 页。

渐失。子野适得其中，有含蓄处，亦有发越处。但含蓄不似温、韦，发越亦不似豪苏腻柳。规模虽隘，气格却近古。自子野后，一千年来，温、韦之风不作矣，亦令我思子野不置。"①

陈廷焯说张先词虽声色已开而不失古意，为"古今一大转移"，可见其词的独特性。这种含蓄而亦具声色的特色也表现在张先塑造的女性形象上，张先笔下的女性形象已脱去了花间词以来艳冶浮靡之气。张先以精巧新工的笔致将这些女子写得含蓄而朦胧，秀雅而有韵味，如："簟纹衫色娇黄浅。钗头秋叶玲珑剪。轻怯瘦腰身，纱窗病起人。　相思魂欲绝。莫话新秋别。何处断离肠，西风昨夜凉"（《菩萨蛮》）；"衾凤犹温，笼鹦尚睡。宿妆稀淡眉成字。映花避月上行廊，珠裙褶褶轻垂地。　翠幕成波，新荷贴水。纷纷烟柳低还起。重墙绕院更重门，春风无路通深意"（《踏莎行》）；"体态看来隐约，梳妆好是家常。檀槽初抱更安详。立向尊前一行。　小打邓钩怕重，尽缠绣带由长。娇春莺舍巧如簧。飞在四条弦上"（《西江月》）；"香钿宝珥。拂菱花如水。学妆皆道称时宜，粉色有、天然春意。蜀彩衣长胜未起。纵乱云垂地。　都城池苑夸桃李。问东风何似。不须回扇障清歌，唇一点、小于珠子。正是残英和月坠。寄此情千里"（《师师令》）；"锦筵红，罗幕翠。侍宴美人姝丽。十五六，解怜才。劝人深酒杯。黛眉长，檀口小。耳畔向人轻道。柳阴曲，是儿家。门前红杏

① （清）陈廷焯：《白雨斋词话》卷一，唐圭璋编：《词话丛编》第三册，中华书局 2005 年版，第 3782 页。

花"(《更漏子》)。

张先不似柳永重肉欲图享乐，也就不会反复描写歌女的容姿体态与鸳帐绣被之欢。张先对女子的外貌妆容不是一味地写实，而是如绘画中的点染一样，他善于捕捉景物中富有灵气的一刹那和人物的神致风味，将朦胧美好的感觉以柔美雅致的形象体现出来，如上引的"簟纹衫色娇黄浅。钗头秋叶玲珑剪""轻怯瘦腰身，纱窗病起人""翠幕成波，新荷贴水""蜀彩衣长胜未起。纵乱云垂地"；又如"粉香生润，衣珠弄彩，人月两婵娟"(《燕归梁》)，"艳色不须妆样。风韵好天真，画毫难上"(《庆春泽·与善歌者》)，"弄妆俱学闲心性"(《木兰花》)等。

张先将歌女塑造得娴雅润洁，如良家女子一样，而其中的许多神采与韵味，都是凭借这种点染与烘托营造出来的，给人以韵外之致的美感享受。张先词就是通过这些点染与烘托逐渐散发其魅力，并深入人心的。张先曾十分自得自己的几句词，包括"云破月来花弄影"(《天仙子》)，"娇柔懒起，帘幕卷花影"(《归朝欢》)，"柔柳摇摇，坠轻絮无影"(《剪牡丹》)，也因这几句词，张先又称"张三影"。更有人称其"沉恨细思，不如桃杏，犹解嫁春风"句为"无理而妙"①，当时即有"桃杏嫁东风郎中"之称。宋祁赞赏其"云破月来花弄影"句，称其为"云破月来花弄影郎

---

① （清）贺裳：《皱水轩词筌》，唐圭璋编：《词话丛编》第一册，中华书局2005年版，第695页。

中"①。李调元更以为"张三影已胜称人口矣，尚有一词云：'无数杨花过无影。'合之应名'四影'"②。

诸家皆倾许张先词中涉及"影"的词句，这并不是偶然现象。张先善于写一些如影一样的不易把握的存在，写得空灵幽眇、含蓄朦胧而富有韵味。这一审美也体现于他对女性的书写。张先对女性形象的塑造反映了北宋词进一步雅化的倾向，而他善于以点染与烘托来塑造描写女性的创作手法应影响了李清照。

晏殊与欧阳修的词并称，人称晏欧。刘熙载曰："冯延巳词，晏同叔得其俊，欧阳永叔得其深。"③说明二人渊源相同而各有侧重。在女性形象的塑造上，二人更加注意雅化。晏殊生活雍容，气象华贵，常常流连于诗酒宴会，也常常接触歌妓舞女，但他写歌女的词却很淡，如"一曲细丝清脆、倚朱唇。斟绿酒、掩红巾"（《凤衔杯》），"风流妙舞，樱桃清唱，依约驻行云"（《少年游》）。

歌妓舞女在晏殊的笔下只为应景之用，而失去了温、柳笔下的热力与吸引力。晏殊对她们只作一般的描写，没有对哪一个或哪一类歌女表示出特别的热情与兴趣，即使写男女之情也态度冷

---

① （宋）胡仔：《苕溪渔隐丛话》引《遁斋闲览》，葛渭君编：《词话丛编补编》第一册，中华书局 2013 年版，第 57 页。
② （清）李调元：《雨村词话》卷一，唐圭璋编：《词话丛编》第二册，中华书局 2005 年版，第 1391 页。
③ （清）刘熙载：《词概》，唐圭璋编：《词话丛编》第四册，中华书局 2005 年版，第 3689 页。

静理性，俨然以第三者的视角在冷眼观看。这也与晏殊对词的理解有关，据记载："柳三变既以词忤仁宗，吏部不敢改官，三变不能堪，诣政府，晏公（殊）曰：'贤俊作曲子么？'三变曰：'只如相公亦作曲子。'公曰：'殊虽作曲子，不曾道"针线慵拈伴伊坐"。'柳遂退。"① 从晏殊对柳永词作的鄙薄态度来看，他反对柳词的尘下，有将词雅化与含蓄化的倾向，因此晏殊笔下的女子个性娴雅，情感隐忍含蓄，比较看重自己，带有晏殊个人的喜好色彩。

　　欧阳修词中的女性形象给人的感觉似乎更淡。欧阳修也有如柳永"针线闲拈伴伊坐"一样的词作，如"因倚兰台翠云鬟。睡未足、双眉尚锁。潜身走向伊行坐。孜孜地、告他梳裹。　发妆酒冷重温过。道要饮、除非伴我。丁香嚼碎偎人睡，犹记恨、夜来些个。"（《惜芳时》）但是这样的作品在欧阳修词作中属于极少数。他的闺思春愁一类的词写得很好，与李清照此类题材的词风格十分相近。叶嘉莹在谈及温庭筠词时说："《花间》词的那些男性作者，竟然在征歌看舞的游戏之作中，无意间展示了他们在其他言志与载道的诗文中，所不曾也不敢展示的一种深隐于男性之心灵中的女性化的情思。"② 这一现象也表现在欧阳修写闺思春愁一类的词中。

---

① （宋）张舜民：《画墁录》，丁传靖辑：《宋人轶事汇编》卷十，中华书局2003年版，第465页。
② 叶嘉莹：《迦陵论词丛稿》，河北教育出版社1997年版，第234页。

但欧词细看起来毕竟还是男性的笔墨，如"梧桐落，蓼花秋。烟初冷，雨才收。萧条风物正堪愁。人去后，多少恨，在心头。 燕鸿远，羌笛怨。渺渺澄波一片。山如黛，月如钩。笙歌散，梦魂断，倚高楼"（《芳草渡》）中①，"山如黛"句依然能够看出是出自男性之手。像"山如黛"这样的词句，是将自然界景物与女子的容貌鬓发等联系在一起，将景物与女子的外貌都作为客观的可以全面观照的事物来写，这种视角显然不是女子从自我观照角度所能体验并行诸笔端的；况且，这种将女子某个身体部位当作美的事物来与外界事物类比的写作方法背后的写作意识，显然也不符合当时女子的心态，因为当时的女子是不会这般自我夸耀的。

以上对诸家词作的检点虽然篇幅冗长了些，但可以大致看出晚唐至北宋时期词人在塑造女性形象上的特点。李清照对女性形象的塑造或者说对自我形象的塑造就是在此基础上形成的。

李清照笔下的女性形象绝大多数是自叙性的。作为女性，李清照词的内容多言闺中愁思，即使表达国破家亡或思念旧乡之感，也是以闺房为背景而婉约言之，具有一定局限性。但由于其词自叙性的特点，词中女主人公的身份不再是男性词人笔下的歌妓舞女，而是良家女子，这是词自产生之后首次出现大量的非青楼歌妓形象。在李清照词中，有大约三类女性形象。

第一类是天真烂漫的女性形象。如："蹴罢秋千，起来慵整

---

① 本词又见冯延巳《阳春集》。

纤纤手。露浓花瘦，薄汗沾衣透。　　见客入来，袜刬金钗溜。和羞走。倚门回首，却把青梅嗅"（《点绛唇》）；"绣面芙蓉一笑开。斜飞宝鸭衬香腮。眼波才动被人猜。　　一面风情深有韵，半笺娇恨寄幽怀。月移花影约重来"（《浣溪沙》）；"卖花担上，买得一枝春欲放。泪染轻匀，犹带彤霞晓露痕。　　怕郎猜道，奴面不如花面好。云鬓斜簪，徒要教郎比并看"（《减字木兰花》）；"昨夜雨疏风骤。浓睡不消残酒。试问卷帘人，却道海棠依旧。知否，知否？应是绿肥红瘦"（《如梦令》）。

《点绛唇》中的少女，活泼美丽，刁顽精怪，带着顽童似的娇憨，此前的词中难以见到这样的女子形象。《浣溪沙》中女子的独特并不是因为她有芙蓉般美丽的面容与"宝鸭衬香腮"的娇嫩，而是因为她在"眼波才动被人猜"句中体现出的自信与可爱，她自信自己正被眼前的人儿怜爱，自信自己的心事有人在乎也有人去猜，这样纯粹从女性的心理与情感出发的描写，是任何男性写词高手都无法做到的，因为这不是写作与言情技巧的问题，而是写作者的角度与心理的问题。而一个"约"字更透露出了女子在这份情感中的主动性与决定权。是否约会，是否再爱，并不由男子说了算，而由眼前这位美丽率性又娇憨的精灵女子说了算。这是在男性词人笔下不会出现的女性形象，也不同于男性词人笔下的歌妓舞女，要靠故作姿态来讨好男性。虽然李清照没有写歌妓舞女，而是写良家女子，但由于作者是女性，仍然容易招致诋毁与侧目。明人沈际飞评《点绛唇》云："片时意态，淫夷万变。美人则然，纸上何遽能尔。"①认为这样的女性形象是不宜写在纸上的，持反对态度。《减字木兰花》中的女子，有感于花的娇嫩欲滴而联想到自己的长相，"怕郎猜道，奴面不如花面好"，于是，"云鬓斜簪，徒要教郎比并看"。云鬓斜簪有一种慵懒的妩媚，刻画出一个活泼天真、妩媚自怜的女子形象，一个"徒"字更将女主人公的娇蛮之态与自信洒脱表露无遗，这是只有夫妻情感幸福美满、充分发现了自我价值与魅力的女子才有的神态与个性，而塑造出这样形象的词人自然属于这一类女性。《如梦令》中的女子在日常生活中心思细密，对自然界的变化异常关注，所以，才会有"知否，知否？应是绿肥红瘦"这样知性动情的诘问。前人在评价此词时都以为"绿肥红瘦"句"天下称之"②，"此语甚新"③，"'绿肥红瘦'创获自妇人，大奇"④，"人工天巧，可称绝唱"⑤，却没有意识到词中女子对海棠的关切中有一种自我期待，以及在认知上的不依不饶，这也是只有自我期待很高的女子才有的矜持与执着，而这些不仅仅从"绿肥红瘦"这一对

---

① （明）沈际飞：《草堂诗余四集·词话》，邓子勉编：《明词话全编》，凤凰出版社 2012 年版，第 5388 页。

② （宋）陈郁：《藏一话腴》内篇卷下，四库全书本。

③ （宋）胡仔：《苕溪渔隐丛话》，葛渭君编：《词话丛编补编》第一册，中华书局 2013 年版，第 81 页。

④ （清）黄氏：《蓼园词评》引沈际飞语，唐圭璋编：《词话丛编》第四册，中华书局 2005 年版，第 3024 页。

⑤ （清）王士禛：《花草蒙拾》，唐圭璋编：《词话丛编》第一册，中华书局 2005 年版，第 683 页。

雨后花草的指代中表现出来，更从一问一答尤其是答的声口宛然中凸显，表现出女子的个性、女子爱钻牛角尖以及女子的伤痛，从而完成了对女子形象的整体刻画与塑造。黄蓼园说："一问极有情，答以'依旧'，答得极澹，跌出'知否'二句来。而'绿肥红瘦'，无限凄婉，却又妙在含蓄。"① 可谓是意识到了是李清照作为女性的情绪与性格使此词显示出异乎寻常的魅力，而不仅仅是用语的工巧高妙。

李清照词中这些娇美活泼的女子，与男性词人笔下的女子形象有很大不同。男性词人虽然对女子尤其是歌妓舞女的娇媚与嗲态描摹极多也极深入，但由于他们在两性关系中是权利上位者，使他们无法真正从女子的心理与情感角度去理解她们的所思所想，他们更陶醉于表现女子对他们的依赖臣服和邀宠耍媚，更陶醉于表现女子对他们的专一忠贞，尽管这种表现有时是带有妄想成分的。同时，男性词人也会有意回避女子对他们不专的怨恨及其他负面情感。

男性词人笔下一贯的女性形象给人造成了假象，也在一定程度上掩盖了女性真实的面目、情感、思想，造成了读者错误的阅读期待。李清照身为女性，受过良好的教育，以她过人的勇气与笔力使真实的女性走入词中，走入历史。

李清照笔下另一类女性形象是闺中相思与愁春的少妇。这类

---

① （清）黄氏：《蓼园词评》，唐圭璋编：《词话丛编》第四册，中华书局 2005 年版，第 3024 页。

女性在李清照词中所占比重最大，李清照的大多数词作中都有这么一位少妇的影子。李清照不是像男性词人那样将女子作为观赏物来描画，而是从自身出发，因此，她塑造的女性形象常常就是自己的形象。这种塑造不是像男性词人那样站在旁观者的立场，从而可以比较全面地画面感极强地将眼中的女子记录描写下来，自我内视的角度使李清照不像男性词人那样侧重于对女子的容貌、妆饰、身材、媚态作红红绿绿的描画，而是借助外物，以身边事物的衬托来营造出一种优美的情境。

在这样的情境中，虽然没有直接描写词人自己，而词人的形象已经借此塑造了出来。如《一剪梅》中，"云中谁寄锦书来？雁字回时，月满西楼"，写相思，却只写了大雁在天空中排成人字形状，月光洒满西楼，而此时，那个因思念丈夫无法入睡的词人，整日遥望大雁，夜深人静时在西楼独自颙望的形象便呼之欲出了。思念之情是可感而不可触摸的，更无法赋诸形状，但是，词人用"才下眉头，却上心头"二句，将无形的相思之情变得似乎有形了，否则，我们怎么在眉头与心头都看到了呢？而思念也似乎有了重量。眉头的一蹙一展又使思念的词人形象立体了。

再如《凤凰台上忆吹箫》一词："香冷金猊，被翻红浪，起来慵自梳头。任宝奁尘满，日上帘钩。生怕闲愁暗恨，多少事、欲说还休。新来瘦，非干病酒，不是悲秋。　　休休。这回去也，千万遍《阳关》，也则难留。念武陵人远，烟锁秦楼。唯有楼前流水，应念我、终日凝眸。凝眸处，从今又添，一段新愁。"词人的形象是通过几个层次表现出来的。首先是闺房的起居。香炉里的香已冷灭，红色的绣被翻卷成波浪状，女主人公虽然醒来却懒得起来梳头，装有头饰的宝奁被闲置在一边，太阳已经照在帘钩上了。开首六句，一个"冷"字，一个"慵"字，一个"任"字，一个"闲"字，将女主人公的情绪起落、闺房寂寞写了出来，这是从有形事物上来写的。而"生怕""欲说还休"又将女主人公的心事重重写了出来，这是从无形的内心来写的。"新来瘦，非干病酒，不是悲秋"短短十一字，却频繁地用了"瘦""病""悲"这些表明身体与心理状况的词，"瘦"与"病"是视觉上可以看到的，而"悲"虽然也是视觉上可以感受到的，但着重表明了内心与情感的状态。这是从有形与无形两个层面共同刻画。至此，一个慵懒、消瘦、悲愁而情绪掩抑的女性形象在我们的眼前凸现。而"唯有楼前流水，应念我、终日凝眸"通过楼前流水的倒影映现出一个凝眸愁思的优雅淡然的女子形象，使得此词中闺思女子的形象异常清晰立体。

这是李清照的笔法，回环吞吐、婉转含蓄的表现方式如女子的性情，是女性化的手法。这样塑造形象的手法在李清照词中已经成为一种较为固定的手法，如"莫道不销魂，帘卷西风，人比黄花瘦"（《醉花阴》）；"独抱浓愁无好梦，夜阑犹剪灯花弄"（《蝶恋花》）；"险韵诗成，扶头酒醒，别是闲滋味。征鸿过尽，万千心事难寄"（《念奴娇》）等，都是从内在出发写自己的心境，并配以闺房内外的景物与自然界物候时节的变化，共同营造烘托出一个整体情境，而词人的自我形象就凸显其中了。

第三类是愁苦的老年妇人形象。这类形象在李清照早期的词中没有出现过。通过颇有身世之感的伤痛感发与对老年妇人容貌鬓发等的描写，李清照为我们塑造了忧国思乡的老年女性形象。如《永遇乐》："落日镕金，暮云合璧，人在何处？染柳烟浓，吹梅笛怨，春意知几许？元宵佳节，融和天气，次第岂无风雨？来相召、香车宝马，谢他酒朋诗侣。　中州盛日，闺门多暇，记得偏重三五。铺翠冠儿，捻金雪柳，簇带争济楚。如今憔悴，风鬟霜鬓，怕见夜间出去。不如向、帘儿底下，听人笑语。"上片十二句分为四组，每组的前两句为一层意思，后一句为一层意思，其中前两句语意连贯，描述当时的自然环境与时节物候，景物偏于明丽，如"镕金""合璧""元宵佳节""融和天气"等。但每组最后一句以反问句式和拒绝的陈述句表明意思的转折，"人在何处？""春意知几许？""次第岂无风雨？"这三个疑问使元宵佳节本应有的喜乐气氛逐渐淡薄最终消失。词人之所以疑虑重重，是因为经历了太多风雨和惊吓，心有余悸，因此对美好时光将信将疑。"谢他酒朋诗侣"就是对喜乐与游乐生活的排拒。李清照用疑问的句式和犹疑的语气写出经历了重重苦难的老年妇人的心态，而下片的今昔对比以及"如今憔悴，风鬟霜鬓"的形容和"怕见夜间出去"的心态，更如剪影一般使词人的自我形象立体清晰起来。

《声声慢》可以说是李清照晚年生活的集中写照，这其中有将痛苦客观化与美化的倾向。评者历来多感叹李清照此词中的十四个叠字用得如何奇特，但如果从她的自我形象塑造的角度来考虑，则这十四个字之奇不仅仅在于双声叠韵的排列与组合，更重要的是在词的开始即毫不避讳地坦陈了自己的生活状态。这十四个字，前四个字是动词，后十个字是形容词。"寻寻觅觅"是思量了自己一生的生活状态，无论是美词美文美景还是美好的人和事，甚至是美好的自我，她一直在寻觅着。寻觅是一种积极的处世态度，但是，寻觅的结果又如何呢——冷冷清清，凄凄惨惨戚戚。这种消极与悲哀表面上的触因是国破家亡与夫死物丧，实际是生命最终必然面对的现实造成的。此时，词人的体力、智慧、情感等生命能量都处于下滑衰老状态了。

再如《武陵春》："风住尘香花已尽，日晚倦梳头。物是人非事事休。欲语泪先流。　闻说双溪春尚好，也拟泛轻舟。只恐双溪舴艋舟，载不动、许多愁。"风是不会住的，但词人却用了一个"住"字；花落明年还会开，但词人却用了一个"尽"字；"事事"已"休"。在老年李清照的眼里，风已住、花已尽、事已休，外界事物与自身生命似乎都已经走到了尽头，而不会再出现转机了，反映了词人的悲观与孤苦心境。以前是"欲说还休"，现在是"欲语泪先流"，万事皆休，唯有泪还无止歇地流；舟可以载人，甚至可以载数人或多人，但唯独载不动一个人的愁，愁何其深重。再如"病起萧萧两鬓华"（《山花子》）；"小风疏雨潇潇地，又催下、千行泪。吹箫人去玉楼空，肠断与谁同倚？一枝折得，人间天上，没个人堪寄"（《孤雁儿》）；"凉生枕簟泪痕滋。起解罗衣、聊问夜何其……旧时天气旧时衣。只有情怀、不似旧家时"（《南歌子》）；"春归秣陵树，人老建康城。　感月吟风多少事，如今老去无成。谁怜憔悴更凋零。试灯无意思，踏雪没心情"(《临江仙》)等，都表现了两鬓花白、孤苦无依、憔悴而情怀恶劣又恍如梦中的老年李清照形象。

我们常常看到男性词人形容自己颓老的作品，如张先《天仙子》的"水调数声持酒听，午醉醒来愁未醒。送春春去几时回？临晚镜，伤流景，往事后期空记省"，将年过五十的词人的心境与精神刻画得惟妙惟肖。但是，反映老年妇人的形象与心境的作品，大概是从李清照开始的。

那是因为，男性词人写词的现实场景是歌筵酒席，眼前都是年轻女子美丽轻盈的身影，从而催生了他们的创作激情。另外，词的创作与诗言志传统是背道而驰的，男性词人写词本来就是为了在词中表达轻松的内容。即使写了艳词，也可以推脱给词的文体本身。所以，他们更乐于在词中毫无拘束地抒发自己浪漫的情感，而绝不会塑造年老衰败的女性形象。李清照词中那个孤老但却时时怀人念远、心系家国的老年女性形象由此就显得更加富于内涵和珍贵。

3. 以故为新：词的创作方法的改变

清人陈廷焯云："李易安词，风神气格，冠绝一时……妇人能词者，代有其人，未有如易安之空绝前后者"[①]；"易安格律绝高，不独为妇人之冠"[②]；"李易安词，独辟门径，居然可

---

① （清）陈廷焯：《词坛丛话》，唐圭璋编：《词话丛编》第四册，中华书局2005年版，第3724—3725页。

② （清）陈廷焯：《云韶集辑评》卷十，葛渭君编：《词话丛编补编》第三册，中华书局2005年版，第1632页。

观。……妇人有此，可谓奇矣"①。陈廷焯以"空绝前后"形容易安词在妇人词中的地位，并且，他注意到易安词"风神气格"不凡，"格律绝高"，"独辟门径"，给了李清照词以很高的评价。

陈氏的"独辟门径"之说可谓是敏锐地意识到了李清照词在创作上的独特与新创。回顾前面提到的李清照历指诸家词作的不足，提出词"别是一家"的主张，并认为作词应该尚文雅、协音律、重铺叙、讲浑成、要典重、主情致、讲故实的观念，便明白李清照创作词虽不见得首首按照上述具体要求去做，但李清照在词的创作上一定有自己不同于前人与他人的词学观念与审美追求，这才使得她的词"冠绝一时""空绝前后"。

细味李清照的词作，其间情与景的表达都十分真诚独特。所谓情，是指其词中不凭借意象而直接抒发者，往往具有强大的感发力，令人在深受感染的同时叹服其情之深致独特；所谓景，是指通过各种颇具特色尤其是颇具女性化色彩的意象，衬托出作者深婉细腻的心曲，而这些意象又具有象喻意义，是作者情感与心理的外化或延伸。情与景的组合、错落与重复成就了李清照词摇曳多姿的特色与夺人心魄的感发魅力。王国维说："昔人论诗词，有景语、情语之别。不知一切景语皆情语也。"又说："词家多以景寓情。"②李清照词即在情景交融与相互生发、辉映方面做得非

① （清）陈廷焯：《白雨斋词话》卷二，唐圭璋编：《词话丛编》第四册，中华书局 2005 年版，第 3818 页。

② 王国维：《人间词话删稿》，唐圭璋编：《词话丛编》第五册，中华书局 2005 年版，第 4257 页。

常出色。

首先，李清照词最大的特色就是善于用精致的闺房以及与闺房有关的意象来作为主人公活动的背景。这并不等同于其他词家的强"要入闺房之意"①，而是她自己悠闲富足生活的自然写照，无须有意为之，也无须硬做。词中写闺房意象始于花间词派，尤其是温庭筠的笔下，此类意象最为突出与典型，但是正如前面所说，温词中的意象是破碎和不连贯的，是经过了作者的提纯的，所以，意象虽然密集，意象与意象之间却没有很好地彼此生发。而李清照词则通过此类意象不仅交代了词人所处的环境，而且为情感集中而有效地表达做了铺垫。如《一剪梅》："红藕香残玉簟秋。轻解罗裳，独上兰舟。云中谁寄锦书来？雁字回时，月满西楼。　花自飘零水自流。一种相思，两处闲愁。此情无计可消除，才下眉头，却上心头。"首句"红藕香残玉簟秋"，以闺房外的花残香淡与闺房内床簟的温觉，婉转而又唯美地点明了时已入秋。这种感觉是含蓄又真切的，表现词人并不愿意意识到秋的到来的心情，但床簟的凉冷提醒着词人秋天已经到来。

更重要的是，本词以此首句营造了一种美丽雅致而又略带伤感的女性化意境，如陈廷焯所言，是"精秀特绝，真不食人间烟火者"②，使随后"轻解罗裳，独上兰舟"的行为更自然。"云中

① （宋）沈义父：《乐府指迷》，唐圭璋编：《词话丛编》第一册，中华书局2005年版，第281页。
② （清）陈廷焯：《白雨斋词话》卷二，唐圭璋编：《词话丛编》第四册，中华书局2005年版，第3819页。

谁寄锦书来"的问句使本词女主人公的所思所想终于明了化，而"雁字回时，月满西楼"两句虽亦为景语，但我们分明看到了词人在月夜西楼仰望大雁的情景，这两句写景之句体现了词人言情与刻画人物形象极为高妙的手段。所以，李清照词中闺房意象的运用起到了很好的铺垫与营造氛围、酝酿感情的作用。李清照批评晏幾道词"苦无铺叙"，可能亦是有这方面的考虑。

以闺房意象为铺垫在李清照词中很普遍，典型的如《凤凰台上忆吹箫》之"香冷金猊，被翻红浪，起来慵自梳头。任宝奁闲掩，日上帘钩"、《念奴娇》之"萧条庭院，又斜风细雨，重门须闭""楼上几日春寒，帘垂四面，玉阑干慵倚。被冷香消新梦觉"、《孤雁儿》之"藤床纸帐朝眠起。说不尽、无佳思。沉香烟断玉炉寒，伴我情怀如水"、《南歌子》之"天上星河转，人间帘幕垂。凉生枕簟泪痕滋。起解罗衣、聊问夜何其"、《浣溪沙》之"小院闲窗春色深，重帘未卷影沉沉。倚楼无语理瑶琴""淡荡春光寒食天，玉炉沉水袅残烟。梦回山枕隐花钿""玉鸭熏炉闲瑞脑，朱樱斗帐掩流苏。遗犀还解辟寒无"等，此不赘述。

其次，服饰、妆饰意象在李清照词中也非常重要。这类意象不仅展示了女主人公之美，也是一种有力的表现手法。如《南歌子》："天上星河转，人间帘幕垂。凉生枕簟泪痕滋。起解罗衣、聊问夜何其？ 翠贴莲蓬小，金销藕叶稀。旧时天气旧时衣。只有情怀、不似旧家时。"此为李清照后期词作。前两句由天上过渡到人间，是概括性的景物描写，暗示了词中所感所发之情不仅仅是一己之情。"凉生"一句透露了词人的情绪不好，泪湿枕簟，至此，铺叙到了一定程度，一句"起解罗衣、聊问夜何其"将词人的悲凉愁苦和孤独生动地表达了出来。夜太漫长了，泪流个不止，不知不觉和衣而眠，又突然惊醒，迷迷糊糊中问几更了？才想起自己还没有正式入睡。

"起解罗衣"并不是男性词人笔下浪漫欢爱的行为，而是借此体现词人经历了国破家亡打击之后情思恍惚、孤独寂寥的生活。"翠贴莲蓬小，金销藕叶稀"进一步将这种悲苦的情绪与生活状态推向极致。由解罗衣之行为自然引出词人打量罗衣之图案。贴上去的莲蓬显得小了。是真的小了吗？没有，是因为距离贴莲蓬即缝制罗衣的时间已经很久了，连用金缕绣制的藕也因为多次的洗涤折叠而掉了金粉，使藕叶显得稀少了。衣服上面的图案逐渐磨损淡化这一现象暗示了时间之久远，今昔之巨变，如今生活之坎坷与落魄，所以，就为下面"旧时天气旧时衣。只有情怀、不似旧家时"的伤痛抒发作了铺垫，使其词作的张力达到了似乎要撑破的地步，而罗衣与罗衣之图案则将作者的怀国念家、思念亡夫的心情全部暴露了出来。这就是服饰与装饰在李清照词中所起的作用。

此外，如《永遇乐》之"铺翠冠儿，捻金雪柳，簇带争济楚"、《诉衷情》之"夜来沉醉卸妆迟，梅萼插残枝"、《浣溪沙》之"瑞脑香消魂梦断，辟寒金小髻鬟松。醒时空对烛花红"、《菩萨蛮》之"风柔日薄春犹早，夹衫乍著心情好。睡起觉微寒，梅花鬓上残"、《菩萨蛮》之"归鸿声断残云碧。背窗雪落炉烟直。烛底凤钗明。钗头人胜轻"、《醉花阴》之"东篱把酒黄昏后，有暗香盈袖"、《蝶恋花》之"乍试夹衫金缕缝。山枕斜敧，枕损钗头凤"等，都非闲笔，在表现手法上，其服饰与装饰都与上述《南歌子》有类似的作用。

最后，富有感发作用的时令节日也需提一下。张炎在谈到节序时曾说："不独措辞精粹，又且见时序风物之盛，人家宴乐之同。……至如李易安《永遇乐》云：'不如向、帘儿底下，听人笑语。'此词亦自不恶。而以俚词歌于坐花醉月之际，似乎击缶韶外，良可叹也。"①

节序在李清照词中极为常见，如写元宵节之《永遇乐》，写重阳节之《醉花阴》、写七夕之《行香子》，又如《念奴娇》有"宠柳娇花寒食近，种种恼人天气"，《怨王孙》有"多情自是多沾惹，难拚舍。又是寒食也"。节序往往带来环境的改变，从而成了触发词人心绪变化的诱因，如词人由"红藕香残玉簟秋"（《一剪梅》）、"春到长门春草青，红梅些子破，未开匀"（《小重山》）而产生了相思之情。况且，节令与物候的变化最易引起人的伤时之感与身世之叹，如"长记海棠开后，正是伤春时节"（《好事近》）、"乍暖还寒时候，最难将息"（《声声慢》）。提到时令节序，李清照或直接抒发或通过用典，来表达对屈原、陶渊明等人高洁人格的向往以及对以他们为代表的士大夫生活习俗与雅趣的喜好，如词中多次提到的饮酒以及对梅花、桂花、银杏、白菊的歌

① （宋）张炎：《词源》卷下，唐圭璋编：《词话丛编》第一册，中华书局2005年版，第263页。

咏，其中蕴含了词人的品格与精神追求，是咏物亦是咏自我。

另外，对前人与同时代人语意的化用也是李清照词作中一个很突出的现象。她曾在《词论》中反对柳永"词语尘下"，要求语言典重，对语言的要求很高。李清照虽然对花间词人以及柳永、张先、晏几道等人的词都提出了批评，但是，她又很注重对这些词人的语言与语意的学习与化用。下面简单将李清照词与化用诸家的词列出一些来，做一比较。

化用温庭筠词意的词有："起来慵自梳头"（《凤凰台上忆吹箫》）化用了"懒起画蛾眉。弄妆梳洗迟"（温庭筠《菩萨蛮》）；"背窗雪落炉烟直。烛底凤钗明。钗头人胜轻"（《菩萨蛮》）化用了"相忆梦难成。背窗灯半明。翠钿金压脸。寂寞香闺掩"（温庭筠《菩萨蛮》）；"伤心枕上三更雨，点滴霖霪。点滴霖霪。愁损北人不惯起来听"（《添字丑奴儿》）化用了"梧桐树。三更雨。不道离情正苦。一叶叶，一声声。空阶滴到明"（温庭筠《更漏子》）。沈义父在谈到作词需要注意字面时，曾说："要求字面，当看温飞卿、李长吉、李商隐及唐人诸家诗句中字面好而不俗者，采摘用之。即如《花间集》小词，亦多好句。"[①]看来李清照很早就注意到从花间词那里化用词意了。

化用北宋词人的词有："香冷金猊，被翻红浪，起来慵自梳头"（《凤凰台上忆吹箫》）化用了"酒力渐浓春思荡。鸳鸯绣被翻红

---

① （宋）沈义父：《乐府指迷》，唐圭璋编：《词话丛编》第一册，中华书局2005年版，第279页。

浪"（柳永《凤栖梧》）；"来相召、香车宝马，谢他酒朋诗侣"（《永遇乐》）化用了"持杯谢、酒朋诗侣"（柳永《归去来》）；"乍暖还寒时候，最难将息"（《声声慢》）化用了"正不寒不暖，和风细雨，困人天气"（张先《八宝装》）；"休休。这回去也，千万遍《阳关》，也则难留"（《凤凰台上忆吹箫》）化用了"休休休便休，美底教他且。匹似没伊时，更不思量也"（张先《生查子》）；"东篱把酒黄昏后，有暗香盈袖。莫道不销魂，帘卷西风，人比黄花瘦"（《醉花阴》）化用了"衣香拂面，扶醉卸簪花，满袖余煴"（张先《泛青苕》）；"乍暖还寒时候"（《声声慢》）化用了"乍暖还轻冷"（张先《青门引》）；"卖花担上，买得一枝春欲放。泪染轻匀，犹带彤霞晓露痕。　怕郎猜道，奴面不如花面好。云鬓斜簪，徒要教郎比并看"（《减字木兰花》）化用了"牡丹含露真珠颗。美人折向帘前过。含笑问檀郎。花强妾貌强。　檀郎故相恼。刚道花枝好。花若胜如奴。花还解语无"（张先《菩萨蛮》）；"蹴罢秋千，起来慵整纤纤手。露浓花瘦。薄汗沾衣透。　见客入来，袜刬金钗溜。和羞走。倚门回首。却把青梅嗅"（《点绛唇》）化用了"好个人人，深点唇儿淡抹腮。花下相逢、忙走怕人猜。遗下弓弓小绣鞋。　刬袜重来。半嚲乌云金凤钗。行笑行行连抱得，相挨。一向娇痴不下怀"（欧阳修《南乡子》）；"独自怎生得黑"（《声声慢》）化用了"独自个、怎生睡"（欧阳修《一落索》）；"窗前谁种芭蕉树？阴满中庭。阴满中庭。叶叶心心舒卷有余情。　伤心枕上三更雨，点滴霖霪。点滴霖霪。愁损北人不惯起来听"（《添字丑奴儿》）化用了"小桃风撼香红碎。满帘笼花气。看花何事却成愁，悄不会、春风意。　　窗在梧桐叶底。更黄昏雨细。枕前前事上心来，独自个、怎生睡"（欧阳修《一落索》）；"雁字回时，月满西楼"（《一剪梅》）化用了"雁字来时，恰向层楼见"（晏几道《蝶恋花》）；"物是人非事事休。欲语泪先流"（《武陵春》）化用了"物是人非"（晏几道《洞仙歌》）；"险韵诗成，扶头酒醒，别是闲滋味"（《念奴娇》）化用了"明朝三丈日高时，共拼醉头扶不起"（晏几道《玉楼春》）。

当然，以上也不排除李清照词中所写与前人和同时代人之词中所写有暗合的现象。不过，李清照对他们的词是很熟悉并有心得与研究的，这也可能使她在作词时无意中对前人的词进行了吸收与改进。在化用他人词意时，李清照并不是简单的化用，而是遵从她自己的词学主张。

第一，李清照化用的大多是唐宋词中的语言与意象，与秦观、贺铸、苏轼等人更喜化用唐诗不同。由于观念与取法不同，使得秦观等人的词显示出以诗入词、以诗为词的特点，使词失去了词的本色而向诗靠拢。而李清照词化用温庭筠、柳永、张先等词的语言则说明她有意向他人的词作学习，追求词别是一家，为的是使词的特色更加纯粹。也许正是由于这方面的努力，使李清照词在众多词人中更加独特，冠绝一时。

第二，追求典雅与蕴藉。如"被翻红浪"一语在柳永词中是他青楼歌馆生活的简单记录，语言直露而俗媚，但是在李清照这里却成了闺房精致秀美生活的映衬，起到了烘托人物形象的作用，而又不乏美感。所以，同样的词语，在李清照这里成为精绝之语而被人称颂，在柳永那里却很少引人注意，甚至引起他人诟病。

第三，追求意境的感发张力。欧阳修的"独自个、怎生睡"（《一落索》）虽也是以女性口吻写闺房寂寞，但流于普遍的小女儿态，无甚新意；而李清照的"独自怎生得黑"一句却形象地将失去家国的老年词人漂泊孤独的凄凉晚景刻画了出来，因此，较前者有更高的境界和更易使人感发的张力。另如柳永的"持杯谢、酒朋诗侣"（《归去来》）亦是普通的酒席宴间的应酬，而到了李清照笔下，"来相召，香车宝马，谢他酒朋诗侣"就不是指简单的诗酒来往了，而是寄寓了鲜明的今昔对比与国破家亡之感。

第四，追求对人物形象的重新塑造。如张先的《菩萨蛮》与李清照的《减字木兰花》。很明显，后者无论从语意上，还是从人物形象塑造上都借鉴了前者，但是，李清照的词却显得比前者有韵味，前者之"花若胜如奴，花还解语无"显得无力而软弱，个性不太鲜明，又回到了女性取悦男性的老路上了。李清照笔下的女子的行为不是为了取悦男子，而纯粹是展现了一个天真自然毫无矫饰的娇憨刁顽的女子形象，"徒要教郎比并看"之"徒"字准确地体现了女子的自信与无所顾忌。这也反映了李清照在化用他人语意时有意去俗趋雅，脱去此前男性词人笔下的庸俗与尘下，追求雅致的词境与典雅的意境，在塑造人物上，更是力避男性词人笔下对歌妓舞女的惯用写法。由于笔下人物多是自我抒写，自然将作者的修养与风神以及作为出身高贵的知识女性的追求带入了词中，雅化了词的内容，提高了词的格调。这也就是我们为什么那么容易被李清照笔下的女主人公打动的原因，也是李清照词雅化的原因。

此外，李清照词摇曳跌宕的结构方式、别有慧心的体验以及淡雅的色彩等，也是非常突出的特色，限于篇幅，此不赘述。

李清照曾经说"学诗谩有惊人句"（《渔家傲》），透露出在诗词文的创作中，她是很注重"学"的，只是这方面被人关注得少，这也是我写作此文的起因之一。李清照通过对前人及同时代词人的学习，批判地吸收了他人词中的优点，而熔铸在自己的写作中，她对词的当行本色的理解以及她的勇气与自信，使她的风神气质与智慧都展露了出来，从而带给人一种高层次的美的享受，让人由衷地产生怜爱之情或者为之伤心落泪。而这种对风神气质之美的感知与书写，是男性词人无法做到的。王灼说李清照"轻巧尖新，姿态百出，闾巷荒淫之语，肆意落笔，自古缙绅之家能文妇女，未见如此无顾籍也"[1]，虽然是否定李清照的言论，但是从中我们却可以看出，他无意之中为我们提供了这样的信息：李清照"姿态百出"说明她很善于塑造自我形象，而这些形象必然是带有很大的魅力与感染力的，不然，王灼不会这么嫌恶地说是"姿态百出"。"自古缙绅之家能文妇女，未见如此无顾籍也"，则说明李清照突破了传统缙绅家妇女不会写词或者不敢

---

[1] （宋）王灼撰，岳珍校正：《碧鸡漫志校正》卷二，人民文学出版社 2015 年版，第 34 页。

在词中书写自己的陈寝旧臼，同时也提醒了我们，李清照在词作中为我们创造了一类"缙绅家妇女"形象。这是李清照在女性形象塑造方面对宋词所做的巨大贡献。

（原载《女作家学刊》第二辑，作家出版社，2021 年，有改动）

导读二　李清照自我意识的觉醒

　　作为女作家，李清照之所以为我们留下了千古难以磨灭的印象，那是因为我们在阅读她的作品时，能时刻感觉到其独立人格所散发的魅力。在封建社会，女性很难拥有完整的独立人格。男女生理上的差别使女性过早地沦为附属的角色，又被男尊女卑的伦理观念和男外女内的分工规定为"卑"的地位和"内"的角色。在这种主流、正统的规定中，女性无法拥有与男性同等的经济、教育、社会保障等资源，在物质与精神层面都只能依赖男性。在深受封建礼教浸淫的古代中国，"几千年来制订了种种规矩，压抑束缚，蔽塞聪明，使女子永无教育，永无能力，成为被驯服的牛马和玩物"（杨之华《妇女运动概论》）。相应地，在文学上，因为层层桎梏，女性"一切值得讴歌的天才和能力，都不容许表现出来，简直可以说，她们的能力是受礼教的摧残而葬送了"（胡云翼《中国妇女与文学》），女性只剩下在家庭中扮演的角色，所谓"妇人，从人者也。幼从父兄，嫁从夫，夫死从子"（《礼记·郊特牲》）。女性只是家庭的奴仆与生育工具。

　　在李清照出现以前，文学不属于女子。无论男女作者，他们关于女性的作品，很少将注意力放在女性自身，往往是越过女性，把目光投射在某种对他们有用的东西上，女性只是做了这种东西的招牌，从而造成了女性文学的迷失。这大半是由于男权社会对女性的愚化政策所致。这种愚化政策的客观结果是：在数量上，诸如《诗品》《文心雕龙》《昭明文选》《唐人选唐诗》《全唐诗》《宋诗钞》等完备的选集、总集和评论著作，几乎都是男性的天下，女作家及其作品凤毛麟角，十分稀少；在质量上，由于女作家队伍的素质普遍低下，多是些弃妇、怨女、婢妾、女冠、娼妓等，作品大都哀叹婚姻不幸，抱怨命运不济，指责负心人薄情，此外难有其他主题，正所谓"女性的天空是低的"，而男性文人还要插足这本已很低的天空。其主要表现为：

第一，"男子而作闺音"（田同之《西圃词说》）。这是中国古代男作家最擅长的婉约式表达方式，它形成了悠久而又强大的代言形式，在中国古代文学中占显著地位。这类作品中虽不乏优秀作品，但大多数作者在写到女性时无法深入女性内心世界，往往流于陈套。如薛道衡的《昔昔盐》，缠绵悱恻，但也只是着重在诗的技巧上下功夫，名句"飞魂同夜鹊，倦鸟忆晨鸡。暗牖悬珠网，空梁落燕泥"，就是用外物衬托思妇的悲愁，但未能深入女性的真实感受；即便是专记"绣幌佳人""类不出乎绮怨"的花间之冠温庭筠，满纸香腮、柳眉、花面、雪胸之辞，极尽对女子的粉饰铺排，但锦绣华贵物象的堆砌，也只能将女子引向被"物化"的方向。在这类作品中，女性只是被观赏的客体。男作家没有女性经验但却常将主观自我加入进去，正如十七世纪一个鲜为人知的女权主义者保玲欠尔所言："所有男人写关于女人的书都应加以怀疑。因为男人的身份有如在诉讼案中，是法官又是诉讼人。"男作家只能粗略捕捉女性普遍的表面现象而加以侧面渲染，即如上面说过的外物衬托法，以为它代表了女性，是女性固有的而非被强加的特色，因而终不如女性自我描写来得真实贴切。另外，由于男女的性别差异，男性在观察女性时难免带上男性色彩，往往重声色描写，肉欲的暗示性很强，如"扑粉更添香体滑，解衣唯见下裳红"（韩偓《昼寝》）、"酥凝背胛玉搓肩，轻薄红绡覆白莲"（韩偓《偶见背面是夕兼梦》），等等。男作家着眼于美丽面容、苗条身材、优美体态的描写时，尽管极尽描绘吟咏之能事，但毕竟写不出女性的本质属性，所谓"男子树兰而不芳，无其情也"。

第二，臣妾意识。借女子口吻而有所寄托，表达怀才不遇之感，这一传统源于屈原的"美人香草"手法。在《离骚》等作品中，作者自比为女性以象征自己失宠于楚王，无论是"被薜荔兮带女罗"的山鬼，还是"目眇眇兮愁予"的湘夫人，都是喻象的载体，意在浇自己胸中之块垒，而无意于探求女性的本质属性。在中国古代，那些常有失意被弃之感的男子们，难以直言其失败的挫折感，就假借女性口吻表达其难言之隐。所以，中国古代文学中的弃妇形象特别多，实在是别有所指的。在家庭生活中居于主体地位的男性，在君君臣臣的封建社会中却备尝了为人臣的被动与辛酸。源于屈原美人香草意象的臣妾意识，形成了中国文学独具的阴柔美、偏重女性心态的传统，正如胡云翼所说："妇女文学是正宗文学的核心。"林语堂也说:"中国人的心灵在许多方面都类似女性心态。"后世作品对这一传统的延续也大都表现为虽写女性而实非写女性的特征,如唐代朱庆馀的《闺意献张水部》:"洞房昨夜停红烛,待晓堂前拜舅姑。妆罢低声问夫婿,画眉深浅入时无?"以新娘拜舅姑时忐忑不安的心情比喻自己对科举考试前途未卜的忧虑。此类名为描写女性心态、实为寄托男性情志的作品,在中国文学史上比比皆是。

李清照一扫以往文学中的女性迷失的特征与臣妾意识,第一次将自我作为抒情主人公形象袒露在读者面前。李清照以自我及自我世界为主体,通过大胆坦率地抒写自我来完成对外部世界的观照与对生命价值的体验,而不是将自己作为男性的对照物出现。

李清照自我觉醒意识的萌生得益于良好的家庭教育环境。她出生的"家家泉水,户户垂杨"的名城济南,是齐鲁文化发源地,也是稷下学坛旧地,文化氛围相对开放。其父李格非是思想开明的名士,当时已闻名于世;其母为名臣王拱辰的孙女,"善作文"且"工词翰",有很高的文学素养。李清照置身于文化气氛浓厚的书香门第,耳濡目染父母的人格魅力与教养,接受较为开明的教育,加之济南"四面荷花三面柳,一城山色半城湖"的自然环境的陶冶,使她拥有了"清水出芙蓉,天然去雕饰"般的至情至性,活泼开朗,率直刚强。她不像一般闺秀那样埋没于"磨穿铁砚非吾事,绣折金针却有功"的琐碎事务,而能够自觉地在精神领域进行高层次的追求,并且能够像男作家那样无顾忌地从事文学创作，少女时即写出了"诗情如夜鹊，三绕未能安"这样成熟老到的句子，正如时人王灼所评："自少年便有诗名，才力华赡，逼近前辈。"李清照所处的地域环境、家庭环境，再加上自身条件相对优越，使她能够保有未被世风浸染的个性，其女性自我的意识也容易被唤醒。

李清照自我意识的觉醒体现在她眷恋秀丽的自然风景这类小事上。在此，她明显不同于被长期拘禁于闺房的一般女性。她不仅能像古代男子一样，将自我作为主体，沉浸其中，流连忘返，而且还能用笔把这种精神感受表现出来，如她的《如梦令》："常记溪亭日暮。沉醉不知归路。兴尽晚回舟，误入藕花深处。争渡。争渡。惊起一滩鸥鹭。"虽然该词没有刻意进行人物外形、行动等描写，但我们却分明感受到一个自主意识十分强的女子的爽朗洒脱之举。在此前的作品中，我们常见男子纵情山水，却难以见到女性能够无所顾忌地表达此种感情，更少见女子记录自己纵情山水的经历，因此从本词天真率直、潇洒豪放、无所顾忌的开拓性形象中，我们真切地感受到李清照的自我意识在觉醒。这一倾向在她的《点绛唇》中也表现得相当明显："蹴罢秋千，起来慵整纤纤手。露浓花瘦。薄汗轻衣透。　见有人来，袜刬金钗溜。和羞走。倚门回首。却把青梅嗅。"随着词的逐步展开，一个天真、调皮、贪玩、羞涩又敢于挑战的不安分的少女形象浮现在我们眼前。她不像一般女子非礼勿听、非礼勿视，奉礼教束缚为至上的信条，她的"自主"意识很强烈，以至于出现了"倚门回首。却把青梅嗅"这样羞怯中透出挑战意识的动作。这在古代文学中是十分新鲜的内容。由于李清照是用自己的笔抒写自我的亲身体验，所以其作品能够充分表现自我。

李清照自我意识的觉醒首先表现为她无视封建礼教的压抑束缚。且看其《浣溪沙》："绣面芙蓉一笑开。斜飞宝鸭衬香腮。眼波才动被人猜。　　一面风情深有韵，半笺娇恨寄幽怀。月移花影约重来。"说的是一位别有风情的女子和心上人幽会并书信往来的情景。欧阳修曾写过与此类似的词句："月上柳梢头，人约黄昏后。"（欧阳修《生查子》）欧阳修的诗句被男性社会所默许，而李清照的"月移花影约重来"却被视为不检点之语，以致许多文人都不承认这是她的作品。在此，李清照不顾封建礼教的规范，敢充分以"自我"为主，大胆表露情窦初开的少女真实的内心世界。可见，她的礼教观念非常淡薄，而自我意识则相当强烈。"眼波才动被人猜"一句，逼真地写出了少女的柔情蜜意，那极具感染力的自我怜爱、自我满足与自我陶醉，是只有自我意识充分觉醒的女子才能意识到的。

李清照自我意识的觉醒还表现在她渴望突破封闭狭小的家庭生活圈子而跻身社会。这种情绪虽未打出明确的旗号来说明，但却时时刻刻困扰着她，成为李清照生活中一个永远解不开的结。例如她的大量咏花词，绝不同于某些咏花词的单调勉强、生拉硬扯，而是赋予花以崇高的人格意义，是自己理想的寄托与象征。"不知酝藉几多香，但见包藏无限意"（《玉楼春》）、"此花不与群花比"（《渔家傲》），以梅花喻自己的坚强高贵和与众不同，自视颇高；"自是花中第一流"（《鹧鸪天》），则是借咏桂花来象征自己人品才识的高超绝俗，洋溢着自主乐观的精神。最主要的是，她的词中竟有事业无成、抱负不伸的慨叹："我报路长嗟日暮，学诗漫有惊人句"（《渔家傲》），"如今也，不成怀抱，得似旧时那？"（《转调满庭芳》），"感风吟月多少事，如今老去无成"（《临江仙》），都是抱负未酬的伤痛抒发；"多情自是名沾惹"（《怨王孙》），则说出了她所有烦恼与不满的缘由：自我期望值高而现实又无法满足这种期望。这往往又是男性文人的特权。

我们常见男性文人连篇累牍地表达悲惨身世、伤古悼今、向往理想世界、歌颂永恒价值，却听不到女性类似的声音。李清照作为女性加入了这个行列，显示出她高于一般女性的觉悟。这种因自我意识觉醒而产生的理想未伸的苦闷，即使在她的爱情词中也能见到，如《凤凰台上忆吹箫》。明人李廷机评此词曰："宛转见离情别意"（李廷机《草堂诗余评林》卷三），李攀龙也说："非病酒，不悲秋，都为苦别瘦"（李攀龙《草堂诗余隽》卷二），都说是相思苦。二说均言之有理，且"武陵人远，烟锁秦楼"说的也正是怀念远人。但是他们只说对了一半，词中女主人公内心的另一番难言之隐，就不是男子所能猜测到的了。她十分感伤地说："生怕闲愁暗恨，多少事，欲说还休。新来瘦，非干病酒，不是悲秋。"这些"欲说还休"的"闲愁暗恨"和"新来瘦，非干病酒，不是悲秋"的缘由，恐怕连她自己都难以说清楚。以李清照的智慧才情，没有什么是说不清楚的，而唯独这"闲愁暗恨"说不清楚，这是为什么？

我认为，所谓"闲愁暗恨"，所谓"多少事"，其实就是她潜意识中更高的理想追求。李清照在其诗《分得知字》中明显地表达出了这种思想倾向："学语三十年，缄口不求知。谁遣好奇士，相逢说项斯。"项斯是唐江东人，未成名时，以诗卷谒杨敬之。杨爱其才，作《赠项斯》诗："处处见诗诗总好，及观标格过于诗。平生不解藏人善，到处逢人说项斯。"项斯由此名振，擢上第。李清照以项斯自比，也具有项斯那样的诗情与标格，却被长期埋没。封建社会不允许女子有出头露面的机会，李清照只能忍受被埋没的命运而不能有所抱怨，只能承认是自己"不求知"。"缄口不求知"是咬啮人心的愤懑之语，是一个极具智慧、颇怀抱负的天才女性被拘于闺房中的铁证。

　　李清照的诗词可以说体现了封建社会中的知识女性发自内心地对社会的不就范，其中渗透着自我意识觉醒的女性最大的不幸与悲哀。李清照性格的特别可贵之处在于，她顶着男权社会坚如磐石的重压，却始终不甘沉沦、不甘言败。她虽然说"缄口不求知"，但她始终没有缄口不语。自我意识的觉醒使她意识到此生遇知的不易，她不再寄希望于"谁遣好奇士，相逢说项斯"了，而是努力寻找自身的生存价值。她尽己所能地进行文学创作，收集金石古玩，学习书法绘画，参与社会时事，进行文化学术研究。她意识到自己是独立的人，男人可以用文学抒写自我，女人也可以用文学抒写自我。因此，她的文学艺术活动也绝非附庸风雅、娱宾遣兴、浅尝辄止，而是以此为己任不懈地去追求，因而也便有了她饮誉千古的成就。

　　李清照自我意识的觉醒更突出地表现在以女性笔调抒写女性

真情实感。

第一，她选择了词这种易于表现女性幽深柔婉情致的载体，来表达她细腻真挚而又独特的女性情感与女性体验。她选取生活中最易牵动人心的物象寄托她的情感。在《如梦令》中，她借问答的形式，以娇嗔和少见的执着语气，为雨后海棠的生存状态进行辩解："知否，知否？应是绿肥红瘦！"作者那细微敏感的心无法忍受别人对微小如海棠一样的生命有丝毫忽略。那种怜花惜花、与花同感受其至同命运的孩子气的认真，是只有心细如发、情深似水的女性才能做到的。

第二，李清照词中那些空灵而独特的比喻，也是她女性笔调的一种体现。如《醉花阴》中的"莫道不销魂，帘卷西风，人比黄花瘦"。以花喻人是古代咏花词的一大特征，但以黄花喻人却自李清照始。她借黄花贴切地比喻倍受相思苦的女主人公，让人在消瘦脆弱的物象和心灵的震颤中，深刻明了"衣带渐宽终不悔，为伊消得人憔悴"的生命体验。这首词使赵明诚深受感动，"自愧弗逮，务欲胜之"（伊世珍《琅嬛记》卷中引《外传》）。但赵明诚废寝忘食写了三十首，也无法与李清照这三句相比。赵明诚写不出李清照式的《醉花阴》，除了才力不济之外，主要原因就在于他是男性，即使与李清照是志同道合的夫妻，也难以深入描绘出李清照的内心世界。像这样别有心致、独具机杼的比喻，在李清照词中随处可见。

"国家不幸诗家幸，赋到沧桑句便工"，由于李清照一生连遭丧国失家、夫君早逝、飘零流转等诸多打击，所以她对愁苦情怀有较他人更深入的体会，这是李清照女性笔调的第三个特点。她晚年词作《武陵春》中的名句"只恐双溪舴艋舟，载不动、许多愁"，将抽象无形的愁比作有形的实体，既符合"闻说双溪春尚好，也拟泛轻舟"时的自然环境，又符合李清照的女性身份，同时更衬托出她的愁情如涨溢的双溪春水般深沉而又无穷无尽。正因为她对愁情有深切独特的体验，所以极易触景生情。如她对眼泪的写法就很独特，如《青玉案》中的"如今憔悴，但余双泪，一似黄梅雨"，作者抓住梅雨持续时间长这一特性，用连绵不断的梅雨比喻自己的双泪，形容泪水之似有似无、如雨如雾、缠缠绵绵、断断续续而又弥久不绝，从而使一个长久愁闷孤苦的形象生动地浮现出来。类似的比喻还有："枝上流莺和泪闻，新啼痕间旧啼痕"（《鹧鸪天》）、"留得罗襟前日泪，弹与征鸿"（《浪淘沙》）等，想象新巧独特，恰到好处地表达了她细腻深曲的心致。

　　第四，李清照的女性笔调还表现在她常作"痴语"，她的痴情专注使万物皆着上她的痴迷色彩。这是对生命充满深刻眷恋的女性容易产生的情绪，如"眠沙鸥鹭不回头，似也恨，人归早"（《怨王孙》），作者对暮秋的湖光山色流露出极大的喜悦而迟迟不肯离去。她把这种依依不舍之情很自然地注入到鸥鹭身上，使鸥鹭也动了幽情，似乎在怪怨人之无情，如此美景不细加欣赏反而急于离去。新颖独特的情感铸成新颖独特的痴语。这样的痴语很多，如"唯有楼前流水，应念我、终日凝眸"（《凤凰台上忆吹箫》）、"独自怎生得黑"（《声声慢》）、"甚霎儿晴、霎儿雨、霎儿风"（《行香子》)等，似从心田中流出，不假思索，无须雕饰，像少女在轻轻地低诉。总之，李清照以女性笔调抒写女性情感，而绝无以男权为标准的矫揉造作，充分表现出了她作为女性的深层意识和情感。

李清照自我意识的觉醒具有重大意义。李清照打破了中国古代文学艺术中女性作为世俗玩物和被观赏者的传统。在李清照笔下，女性仿佛第一次拥有了自己的灵魂，开始用自己的眼睛而非他人的眼睛去观察，用自己的耳朵而非他人的耳朵去倾听，用自己的头脑而非他人的头脑去思考——这，正是中国古代女性的胜利。

（原载《山西大学学报》1997 年第 3 期，有改动）

簪花还是"闾巷荒淫之语"？

《减字木兰花·卖花担上》

卖花担上，买得一枝春欲放。泪染轻匀，犹带彤霞晓露痕。

怕郎猜道，奴面不如花面好。云鬓斜簪，徒要教郎比并看。

这首词作于李清照早期。按照徐培均的说法，是"新婚后作"。李清照在《金石录后序》中说："余建中辛巳，始归赵氏。时……侯年二十一，在太学作学生。"[1] 建中辛巳即宋徽宗建中靖国元年（1101）。李清照生于元丰七年（1084），结婚这年正好十八岁。那么这首词，就应该是词人十八岁之后所作。从词的整体氛围看，出自年轻妇人之手，反映了新婚女子的娇媚与幸福。并且，李清照选取的这首小令，双调四十四字，两仄韵两平韵，属于仙吕调。"仙吕清新绵邈"[2]，曲调的清新缠绵亦正契合词人

---

① （宋）李清照撰，徐培均笺注：《李清照集笺注》，上海古籍出版社 2002 年版，第 309 页。本书所引李清照文章出自此书的，以下只注页码。

② （元）周德清：《中原音韵》，（清）刘熙载撰，袁津琥校注：《艺概注稿》，中华书局 2009 年版，第 586 页。

当时的情感状态，尽管在押韵上还有些稚嫩，结尾两句本应属于一个韵部，却破了韵（一属侵韵、一属寒韵）。这也完全符合年轻词人的创作心态，她或者格律尚未十分谙熟，不能跟晚年的《永遇乐》《声声慢》《武陵春》诸作相比，或者词人本身对是否押韵与破韵并不在乎，她认为只要词意好就可以了。假若是属于后者，亦可见词人的自信与洒脱。

在立意构词方面，本词与《点绛唇》一样，都是以赋的手法，直接叙事，而非词人在创作成熟期普遍呈现的以景入词。前二句直写词人从卖花人的花担上，买了一枝含苞欲放的花。

我们知道唐代人喜欢花，像白居易、李商隐笔下，写了大量的花。尤其是白居易，在去世前两年，还专门到赵村看花，写下《游赵村杏花》：“游村红杏每年开，十五年来看几回？七十三人难再到，今春来是别花来。”而宋人对花的喜爱，丝毫不亚于唐人，李清照就是这样一位。在能够确定为她的 53 首词作中，有33 首词中写到了各种名目的花，其中梅花最多，有 16 首；其次是菊花，有 4 首；再有就是桂花、梨花、海棠、藕花、芍药、酴醾、桃李花等。宋人不仅爱花，也流行簪花、插花，因此花朵生意在宋代非常成规模，沿街走巷卖花者也甚多。孟元老《东京梦华录》曾记载：“是月季春，万花烂漫，牡丹、芍药、棣棠、木香，种种上市。卖花者以马头竹篮铺排，歌叫之声，清奇可听。”[1]

---

[1] （宋）孟元老撰，伊永文笺注：《东京梦华录笺注》卷之七，中华书局 2007年版，第 737 页。

吴自牧《梦粱录》也说："春光将暮，百花尽开，如牡丹、芍药、棣棠、木香、酴醾、蔷薇、金纱、玉绣球、小牡丹、海棠、锦李、徘徊、月季、粉团、杜鹃、宝相、千叶桃、绯桃、香梅、紫笑、长春、紫荆、金雀儿、笑靥、香兰、水仙、映山红等花，种种奇绝。卖花者以马头竹篮盛之，歌叫于市，买者纷然。"[1] 这种卖花习俗至南宋仍盛行不衰，陆游就有"小楼一夜听春雨，深巷明朝卖杏花"（《临安春雨初霁》）这样的诗句。蒋捷的词也曾生动地描写了卖花与买花的过程："担子挑春虽小。白白红红都好。卖过巷东家。巷西家。　　帘外一声声叫。帘里鸦鬟入报。问道买梅花。买桃花。"（《昭君怨·卖花人》）在走街串巷的卖花人的叫卖声中，丫鬟问主人到底要买什么花。

所以，上片词人说的买花的行为，就这样诞生了。词中虽未明言到底买的是桃花还是杏花，还是别的什么花，总之，这花鲜嫩欲滴，晨露未干，所以词人形容它是"泪染轻匀，犹带彤霞晓露痕"，那花上滚动的露珠均匀细密，就像是均匀滴落其上的泪珠；而那刚离枝的花上，似乎还带着红色的朝霞和晨露的痕迹。以此来形容鲜花的清新、花期正盛。如此形容，是指新买的鲜花，也象征年轻词人鲜活、欣喜的生命。可谓以花写人。

过片展露了词人的心理活动，结句是词人的行为。词人的小心思，害怕新婚的丈夫认为自己不如花好看，所以，她将花插在

---

[1] （宋）吴自牧撰，黄纯艳整理：《梦粱录》卷二，大象出版社 2019 年版，第 223 页。

鬓边，非要叫丈夫比比看，看看到底是花好看，还是自己好看。如果说上片起二句是直接叙事，无丝毫铺垫，可谓直抒胸臆，那么下片的直截了当、流畅快捷，更是出人意料。这完全看不出作者的构思、创作痕迹，给人的感觉是不假思索、直接从心底流出的想法与动作，"反映"而不是"塑造"出了娇憨、幸福、自信、毫无城府的新婚李清照的情感状态。"徒"字的运用传神，可谓点睛之笔。徒要，就是非要的意思。没有商量余地，没有一般妻子在丈夫面前的小心、不安、怯懦、柔顺，而是毫无顾忌、理所当然地以为，自己与花比美，会得到丈夫的赞许与欣赏。这样独立、自信的心态，是与丈夫的出身相当并且才情过人的妻子，才会在丈夫面前独有的情状。

但是，为何李清照类似的作品会被评价为"轻巧尖新，姿态百出，闾巷荒淫之语肆意落笔，自古缙绅之家能文妇女未见如此无顾籍也"？会被认为是"夸张笔墨，无所羞畏"[1]？难道宋代女性不簪花吗？簪花是有伤风化的行为吗？显然不是的。

欧阳修《洛阳牡丹记》曾说："洛阳之俗，大抵好花。春时，城中无贵贱，皆插花，虽负担者亦然。"明言无论男女贵贱，皆插花，也就是鬓边簪花。这是春日里很普遍的行为。南宋周密《武林旧事》记载，六月六日，都人士女为避暑之游，所插之花，"茉莉为最盛，初出之时，其价甚穹，妇人簇戴，多至七插，所

---

[1] （宋）王灼撰，岳珍校正：《碧鸡漫志校正》卷二，人民文学出版社2015年版，第34页。

直数十券，不过供一饷之娱耳"①。簇，丛的意思。簇戴，就是一丛丛地戴着。意思是说，六月六这天，妇女头上爱簪茉莉花，这时茉莉开得正盛，价钱也不菲，但即便如此，妇女们头上都要插戴好几枝，甚至有多至七枝的，就连作者周密都觉得为了一时之娱而花费甚高，有些可惜。但这也恰好反映出当时女性对于簪花的热爱。正因簪花颇为流行，甚至出现了通过扑卖方式赢得花戴的情形："四时有扑带朵花，亦有卖成窠时花、插瓶把花、柏桂罗汉叶。春扑带朵桃花、四香、瑞香、木香等花。夏扑金灯花、茉莉、葵花、榴花、栀子花。秋则扑茉莉、兰花、木樨、秋茶花。冬则扑木春花、梅花、瑞香、兰花、水仙花、腊梅花。更有罗帛脱蜡像生、四时小枝花朵沿街市吟叫扑卖。"②晏殊词"小桃花与早梅花，尽是芳妍品格。未上东风先拆。分付春消息。佳人钗上玉尊前，朵朵秾香堪惜"（《胡捣练》），即言女子春天头上插戴桃花、梅花。

宋人如此喜欢簪花，易安笔下描写簪花并非违情之举。而词人对于簪花的喜爱，甚至在南渡之后，依然不改，如她在词中所写："醉莫插花花莫笑。可怜春似人将老"（《蝶恋花》）；"年年雪里。常插梅花醉"（《清平乐》）；"睡起觉微寒。梅花鬓上残"（《菩萨蛮》）。宋代女子除了头上插戴传统首饰如步摇、钗、簪、花钿，

---

① （宋）周密撰，杨瑞点校：《武林旧事》卷第三，浙江古籍出版社 2015 年版，第 58 页。

② （宋）吴自牧撰，黄纯艳整理：《梦粱录》卷十三，大象出版社 2019 年版，第 341 页。

还喜欢将桃、杏、荷、菊等四时花卉簪于发鬓，或将其插戴在花冠上。

宋代不仅女子簪花，男子簪花也很普遍。苏轼就曾在诗中写道："子有千瓶酒，我有万株菊。任子满头插，团团见花不见目。醉中插花归，花重压折轴。"（《答王巩》）杨万里也有诗写道："春色何须羯鼓催，君王元日领春回。牡丹芍药蔷薇朵，都向千官帽上开。"（《德寿宫庆寿口号》）

可见，从士人到下层百姓都簪花。宋真宗就曾亲赐戴花："真宗与二公（陈尧叟、马知节），皆戴牡丹而行"，"寇莱公为参政，侍宴，上赐异花。上曰：'寇准年少，正是戴花喫酒时'"。[①]仁宗时期，年轻的司马光"性不喜华靡，闻喜宴独不戴花，同列语之曰：'君赐不可违。'乃簪一枝"[②]。韩琦帅淮南时见后园金缠腰芍药花开，即邀请王珪、王安石、陈升之宴饮，各簪花一枝，后来四人皆为宰相，被传为佳话[③]。"四相簪花"的典故即由此而来，可见簪花在宋代君臣中实属常见。

除了头上簪花之外，宋人亦十分喜爱屋内插花。李清照笔下也曾记载："南枝可插，更须频剪"（《婵人娇·后庭梅花开有感》）；"年年雪里。常插梅花醉"（《清平乐》）。所以在宋人的绘画作品中，

---

① （宋）吴曾撰，刘宇整理：《能改斋漫录》，大象出版社 2019 年版，第 119 页。
② （元）脱脱等：《宋史·司马光传》，中华书局 1985 年版，第 10757 页。
③ （宋）沈括撰，金良年点校：《梦溪笔谈》卷三，中华书局 2015 年版，第 305 页。

时常可见屋内有花瓶、有插花，甚至有满屋插满鲜花者。南宋洪迈《夷坚志》就曾记载一则："临安丰乐桥侧，开机坊周五家，有女颇美姿容。尝闻市外卖花声，出户视之，花鲜妍艳丽，非常时所见者比。乃多与直，悉买之，遍插于房栊间，往来谛玩，目不暂释。"① 在遇到一些节日，如五月端午时，家家户户须皆插鲜花："初一日，城内外家家供养，都插菖蒲、石榴、蜀葵花、栀子花之类。一早卖一万贯花钱不啻。何以见得？钱塘有百万人家，一家买一百钱花，便可见也"，"虽小家无花瓶者，用小坛也插一瓶花供养。盖乡土风俗如此。寻常无花供养，却不相笑，惟重午不可无花供养。端午日，仍前供养"②。如果端午这天不插花是要被人笑话的。

既然宋人如此喜爱花，也爱簪花、插花，那么李清照在本词中所写的买花、簪花其实就是宋人常有的行为。如此普遍，哪里"轻巧尖新，姿态百出"而"无顾籍"了？

以王灼为代表的宋人，是无法容忍李清照在词中表露与丈夫的闺房情趣吧？在他们看来，这些都不应该为外人道，更不该"肆意落笔"，且四处流传。在他们看来，"怕郎猜道，奴面不如花面好。云鬓斜簪，徒要教郎比并看"属于"闾巷荒淫之语"，李清照明明白白地写下来了，就是不符合她仕宦家庭女性的身

---

① （宋）洪迈撰，和卓点校：《夷坚志·夷坚支丁卷第八·周氏买花》，中华书局 2006 年版，第 1033 页。

② （宋）西湖老人撰，黄纯艳整理：《繁胜录》，大象出版社 2019 年版，第115 页。

份。他们担心如此影响波及，必然会带坏仕宦家庭之女子。陆游在《夫人孙氏墓志铭》中记载的一则易安被拒之事就能说明一定问题：

> 故赵建康明诚之配李氏，以文辞名家，欲以其学传夫人。时夫人始十余岁，谢不可，曰："才藻非女子事也。"[①]

可见在南宋时期，女性富于才情与善辞藻并不被主流社会所认同。出于自我保护，仕宦家庭的女子不敢去学诗词创作，更不敢将自己的诗词作品展露给他人。否则，就会被认为是有伤风化，也就是王灼所说的"缙绅之家能文妇女未见如此无顾籍"，而那些大胆表达真情实感的词作，自然就是"轻巧尖新""无所羞畏"的了。

这些真实的闺房之情，不仅女性不能表达，就是男性表达了，也会被认为是轻浮之作，被人瞧不起。晏殊与柳永的对话，就流露了这样的看法：

> 柳三变既以词忤仁庙，吏部不放改官。三变不能堪，诣政府。晏公曰："贤俊作曲子么？"三变曰："只如相公亦作曲子。"公曰："殊虽作曲子，不曾道'彩线慵拈伴伊

---

① 钱仲联、马亚中主编：《陆游全集校注》卷三十五，浙江古籍出版社 2015 年版，第 103 页。

坐'。"柳遂退。①

晏殊的骄傲在于，他没有创作像柳永词中"彩线慵拈伴伊坐"这样的语句，其实就是反对将闺房私情诉诸笔端并流布于外。像柳永这样著名的男性词人不可以，李清照这样出身于仕宦家庭、公爹是宰相、丈夫是太学生的女性更不行。

但是，李清照当初在创作这首词的时候，何尝不知当时士大夫的看法呢？她何尝不知此作既出，必然会遭遇像王灼这样的评价和不齿呢？但李清照是谁？她的出身和所受到的教育以及思想、观念、才情，使她具有独立的自我判断力，而非轻易将他人的是非观强加在自己身上。我们在词中看到了李清照的天真、自然、大胆、直率，也看到了她与赵明诚自由平等的沟通。由此，我们看到了她的勇气，她的不易。这是在千年之后，我们在读本词的时候，需要知道的。李清照的伟大，不仅在于其过人的才情、其作品的辞采华茂、其高超的艺术成就，更在于她是那个时代敢于遵从内心、挑战传统观念与权威的人。唯其如此，才能葆有真心，才能创作出具有赤子之心的伟大作品。如此，说李清照是千古一人，也不为过。

---

① （宋）张舜民:《画墁录》，葛渭君编:《词话丛编补编》卷八，中华书局2013年版，第3996页。

心情：隐约于季节与场景之后

《蝶恋花·暖雨晴风初破冻》

暖雨晴风初破冻。柳眼梅腮，已觉春心动。酒意诗情谁与共？泪融残粉花钿重。　　乍试夹衫金缕缝。山枕斜欹，枕损钗头凤。独抱浓愁无好梦，夜阑犹剪灯花弄。

词是女性化的载体，不仅仅是因为其中充斥的是女性尤其是歌妓舞女的云影，也不仅仅是因为词常常表达一种私人化的细腻深致的情绪与大胆的男欢女爱，还由于其多言及与女性有关的物什妆饰以及由此产生的别致风韵。词流露出的一些贵族气，乃至秾丽唯美的色彩，无不与此有一定关系。李清照的这首词表现了一个女子的闺愁与相思，是宋词中常见的题材。对于这样泛滥而俗气的内容，兰心蕙质的女词人是如何来表现呢？李清照曾说："世人作梅词，下笔便俗。予试作一篇，乃知前言不妄耳。"（《孤雁儿·序》）在评论柳永的词时，又说："虽协音律，而词语尘下。"由此可知，李清照是最痛恨庸俗与尘下的，无论是语言内容还是风格。因此，这首词虽然也写闺中念远，写刻骨相思，但却是于居处环境的诗意化描写与女性生活点滴的细微描写中流泻而出。虽波澜不惊，平静如淙淙流水，但却于丝丝袅袅中晕染、弥漫，直至浸入人的内心。

上下阕似乎都在写景，所不同的是，上阕写室外的自然景色，预示着节令物候的更迭；下阕写衣服妆饰的变化与环境之微细之处，透露出词人内心的起伏与情绪之变化。

季节的变化最易触动人敏感的神经，引起情绪的剧烈变化，多少诗情画意的佳作，多少流传千古的名篇，无不借这一触媒发酵而成形。柳永在词中多次用到"良辰好景""好天良夜"，一方面是由于词人对时光有一种异乎常人的疼爱与惺惜，一方面则是表达触发其动情作词的诱因。

多情多感的女词人亦是如此。你看，冬天过去了，应该是初春时节了吧。雨微洒在空中、地面、深深的庭院、雕琐的楼头，还有词人的发髻耳尖，瘦削如玉的手指，没有冬季的阴冷瑟瑟，有一丝暖意，像温泉，传入人心。风也不再呼啸如怨妇，而是变成了乖巧的小女儿，带着甜意和润润的体贴，讨好着我们的女主人。看来，春天真的降临了。但是，她还没有洗落征尘，没有来得及褪去所有的寒意，没有告知亲朋好友，要不，怎么只有河水从冰冻中苏醒，为她迎风洗尘？雨是暖雨，风是晴风，似乎已是一派轻柔的艳阳天气，但"初破冻"的转折，一个初字，提醒了春的乍到，一个破字，更递进地揭出了春脱蜕于冬，冬刚刚离去。暖雨晴风后的这一转折，似乎才是词人所深切感受到的，也是她要欲说还休的。这分明暗示着全词的情调，词人的情绪，无不与这看似和暖实则料峭的春天，有着隐约莫辨的关系。也许，这只是我们初读到这七个字时掠过的一缕微云，瞬息便没了影踪。但春是可爱的，她的生命力是无法阻挡的，她总是会在造物主疏忽的时候，向人间绽露笑脸，秘泄消息。你看，那柳树刚刚抽蕊，星星点点的嫩芽如慵睡的美人的眼，而那梅花的软瓣亦如美人含羞带怯的香腮，粉红中透露出酡酡的羞晕，沉醉而不自持了。柳眼梅腮虽是自然景物的拟人化，但亦语涉双关，分明衬托出词中女子同样的情态与美好的憧憬。这就是春天最让人不舍之处，她总能带给人希望，无论是谁，哪怕是瞬时的。所以，才有春心萌动。一股暖流如汩汩泉水，流布人的全身，所经之处，冰凌剥落，顺着水流渐渐消融、变暖，最终漾为一池春水。

春心涌动的后果是什么呢？没有人知道。但是，它必是使人的内心因了多感多求多盼而异常受苦。"闺中少妇不知愁，春日凝妆上翠楼。忽见陌头杨柳色，悔教夫婿觅封侯。"（王昌龄《闺怨》）草长莺飞之时，杂花生树之际，美好的人美好的心渴望享受美好的时节，与心爱的人一起共度良辰好景。春天因为有心爱的人儿相伴而有了意义，否则，纵有良辰好景，又有什么意义呢？如同不懂音乐的耳朵遇到音乐，不懂美景的眼睛遇到美景一样，岂止是形同虚设，简直是不存在。所以，闺中少妇见柳色而顿生悔意，词中女子见春天而生与人共同烂漫美好、一起登临饮酒、一起赏文作诗之心。而女子的这一美好浪漫情绪是没有回应的，因为太浪漫太美好，现实中很难得到满足，她们心中的人儿是不可能在她们相思兀起的时候，在她们需要的时刻，陪伴在眼前的。由美景引发美情，由美情又引发美愿，而迎接美愿的就只有失望甚至绝望了，所以，闺中少妇的悔并不仅仅是由于丈夫觅封侯，她悔的其实是丈夫不在身边，无法与她一起完成心灵的遨游和情绪的巡礼。故，词中女子才有"酒意诗情谁与共"的疑问。与其说是疑问，倒不如说是反问与怨艾，是明明知道没有人一起共享这饮酒与赏春之盛事，而发出的感伤之词。

那么，这份感伤究竟到了什么地步？"泪融残粉花钿重"，词人笔下的女子显然要比王昌龄笔下那位"春日凝妆上翠楼"的少妇更为脆弱，更为婉约。这位美人终于无法隐忍，而滴下了大大的珠泪，如红蜡，如杜鹃之啼血。既然有了第一滴，就有了第二滴，第三滴……数不清的泪珠串成线，汇成河流，娇脸之上的红粉早已被污湿被冲刮而残败，这么一张残妆之脸怎不令人心生恻隐？

"花钿重"？花钿怎么能够重呢？先说花钿。它是古代女子的装饰物。有的是用鱼骨等剪成花样形状，上面以金粉等染色或绘成图形，贴于女子的额头或两颊，温庭筠《菩萨蛮》中之"翠钿金压脸"即指此；有的是发饰，先以金属圈出花呀叶呀鸟呀的形状，然后在其中填以打磨成同样形状的花形叶形鸟形的各种颜色与质地的精美宝石，其间再饰以金色的小颗粒或珍珠为点缀，这些美丽之物在光与影的交错之下闪闪发光，光彩耀眼夺目。此处的"花钿重"由于接在"泪融残粉"之后，应也是指额头中间之花钿，化用温庭筠《菩萨蛮》词意。花钿重是一种什么样的感受呢？这又透露了什么呢？如果没有因相思而形容憔悴的人，是很难体验到的。什么叫衣带渐宽？什么叫弱不禁风？原来，人在情绪极度低落的时候，会产生轻飘飘的感觉，这时，身体的轻再也无法承载哪怕是丁点儿之物的重量了。花钿重说明女主人身体之虚弱、心情之绝望，到了经受不起一枚花钿的地步。女主人公瘦弱不禁风的体态跃然眼前。

但是，春天毕竟来了，被包裹了一冬的身体也需要透透气，吸收一丝春的气息，所以，有了试春衣。"乍试夹衫金缕缝"，夹衫为唐宋时贵族女子常穿的一种春秋居家服，外为稍厚的面料，与夏日薄如轻纱的罗衣不同，内以绢做里，直领对襟，长度及膝，上面饰以花纹。其实就是常说的褙子。

"金缕缝"之"缝"此处押仄韵，读去声。而"金缕缝"也就是指夹衫的领口、袖口、衣服和袖子的边缘等缝绣以金缕线为装饰。金缕一般有捻金缕与片金缕，片金缕容易在缝制与穿的过程中碎落，而捻金缕则是通过在面料上按照事先绣出的花纹图案用丝线钉上去，不容易脱落，也是唐宋时期较为流行的。虽然唐宋时期金缕工艺达到了非常发达的水平，但在衣服上绣以金缕仍不是平民百姓所能享受到的。

况且，下层平民女子也是享受不到这种穿长长的夹衫的待遇的。即使偶见穿褙子的女性参加劳作，她们出于劳作和行动方便的考虑，也是齐腰系一条带子或窄巾。因此，乍试夹衫金缕缝，显示了女子的地位与身份，她是一个上层仕宦家庭女子。她的生活虽然富足悠闲，但是却无法驱走内心的寂寞与相思。于是，闺中独步独坐还独倚，百无聊赖。

"山枕斜欹，枕损钗头凤。"山枕，是古代闺房女子床上的必备寝具，所谓"山枕"，其实就是形状像山，枕面下小上宽，上面中间低两边高，呈下弧形。之所以称为山枕，还由于它是硬的，由瓷、水晶、宝石烧制或打磨而成。山枕的形状有如意形、叶子形等，它下小上大的形状正好托住女子如云般茂密的头发，还会起到支撑发髻的作用。唐代女子的发髻大而向两边扩散，睡觉的时候，用发钗绾住，不至于压在脖子下面。因此，形容女子入寝的词作中也经常提到发钗，发钗与山枕相碰而发出的轻轻的叩击声，曾是唐宋词人热衷描述与痴迷的，如贺铸《菩萨蛮》云："绛纱灯影背。玉枕钗声碎。"词中女主人因为心事重重而无法入睡，卧而复起，起而复卧，斜倚山枕，玉制的钗子因为碰到了坚硬的山枕而折断。这也暗示了女子心中尖锐的断裂之痛，如折损的钗头凤一般。

这是闺中女子的春愁与相思，冷清、寂寞、苦涩。除了相思还是相思，再没有其他物事。它与男子的相思是何其不同！

宋词中表达相思之篇多不胜数，作者大多是男子。但是，他们的相思带有那个时代深深的烙印。首先，他们相思的对象不固定，令其思念并留下词作的女子，往往并不是妻子，多是青楼歌馆中的女子。其次，他们的相思只是瞬间的感发，这种情绪的冲动或出现于离别分手之际，或出现于奔波劳顿的路途中，或是羁留他乡闲来寂寞之产物，总之，只是自己丰富多彩生活的点缀，而不是全部。况且，即使在相思的时刻，男子也可以在歌舞筵席上尽情享乐，即使是在声色的间隙，也会偶发相思而成情真意切之文字，其真实性与专一度显然是无法与女子相比的。

也正因女子生活的特殊性，造成了她们性格的缠绵细腻，词中女子无法消受这孤独，"独抱浓愁无好梦，夜阑犹剪灯花弄"。愁浓到极致，即使在梦中亦是怀抱令人伤感的愁，这种愁对女子的折磨让她产生了惧怕感，她怕入睡，怕做梦。而她对于这种常相伴的愁的认识亦比他人更深刻。愁本是心理活动，无影无形，可感而不可触，而词人却将它视之为有形与有重量之实物，不仅是可以载的（"载不动，许多愁"），还是可以抱的。厌倦了日复一日的抱愁而眠，于是，想到了逃避，也就有了夜深人静剪烛花的举动。蜡烛燃到一定时间，就会有黑色的捻子，只有剪去它，才会使蜡烛重放异彩。但，灯花是需要不断去剪的，这也是有闲工夫的人才会去注意的事情，"弄"即描画出这种无聊举动如何消磨时间，一个更深不寐的女子在灯前一次一次剪灯花的孤寂形象浮现出来，令人惋惜之至。

这是一位惜春的女子，是一位浪漫而有情致的女子，一位有文化与情调的女子，也是一位力求与男子并肩齐心的女子，否则，怎会有酒意诗情的奢望？但，她又是一位对生活有着细致感受、对居处有着精致要求的女子，春衣上的纹绣、山枕与钗头凤的精美，无不向人传达出这样的信息。而物什的精美又衬出人的精致、婉约、多情。

词本来是细小的花，一个女子写的闺愁词，更是小花中的小花，它或许根本无法引起人们的注意。但是，对于一个局促于闺

中的女子而言，又有什么办法使人在意她的相思，哪怕仅仅是她
意中的人儿在意呢？她的心碎，她的绝望，她的期望，她的无
奈，她的恐惧，甚至是由此产生的委婉心致，故作反常之态，又
有谁在乎呢？她又能使这个世界有什么改变呢？但是，你能因此
抹杀这曾经发生的一切吗？抹杀她心中唯一的思念吗？你一定能
读出词人的心痛，以及在她内心曾经发生的一切，一切的一切。

景语物语：闺中的心事

《凤凰台上忆吹箫·香冷金猊》

香冷金猊，被翻红浪，起来慵自梳头。任宝奁尘满，日上帘钩。生怕闲愁暗恨，多少事、欲说还休。新来瘦，非干病酒，不是悲秋。　　休休。这回去也，千万遍《阳关》，也则难留。念武陵人远，烟锁秦楼。唯有楼前流水，应念我、终日凝眸。凝眸处，从今又添，一段新愁。

易安词善于借身边物事来说话。情绪的抒发、心事的表露，多是借了身边物事的铺垫衬托而显得水到渠成，并且富有意蕴。虽然，在词中描写闺房之景并非李清照的独创，而是自花间词以来词中特有的道具性与装饰性，但是，男性词人的视角与趣味，显然无法与李清照词中的清新幽雅相媲美。在李清照笔下，描写居室的精美陈设并不仅仅是为了铺排居处的豪奢侈丽，而是于其中见出词中女子深曲的心事与丝丝连连的情绪轨迹。

那么，词中女子的闺房又是怎样一个世界呢？

首先映入眼帘的是金猊。自唐代起，人们的生活开始精致化，对室内情景的营造尤其重视。中国古人可以说是十分浪漫并讲究情调的，如果能复原他们的生活，我们就会由衷叹服这种优雅，要远远超出我们的想象。

宋代，闺房尤喜熏香。时辰不同、情境不同，所熏的香也不同，需用不同的香和以蜜、枣膏、白芨水、蜡等，做成小球、小丸或小饼的形状。宋人的焚香是一件既复杂又富情趣的事情，十分讲究火候。一般是在金属或瓷质的香炉内生一块炭墼，上面覆以炉灰，炉灰上再盖以隔火砂片，最后放上精美的香饼、香球或香丸。这样既不至于因炭火太旺而烟气弥漫，也保证了香能够被充分烘烤而散发出淡淡的味道。"炉中不可断火。即不焚香，使其长温，方有意趣，且灰燥宜燃，谓之活火"[1]，保持活火不仅是为了易燃，还是为了使焚香所营造的这种意趣情致保持下去而不间断。所以，添香续香就显得重要，而它的复杂程度又超出我们的想象，故红袖添香被古人视为一种浪漫。此外，香炉的造型也是十分讲究的，这是因为在功用性之外，宋人还讲究美观与情趣。多数情况下，香炉被做成一些动物的造型，名曰"香兽"，如麒麟、香鸭、狻猊等。孟晖在《花间十六声》中认为，"大约因为狻猊、麒麟一类造型的香兽看上去很有气派，所以，在宋代，被当

---

[1] （明）文震亨撰，陈剑点校：《长物志》，浙江人民美术出版社 2019 年版，第 98 页。

成了大型宫廷仪式上的陈设"①。宋代天子在集英殿举行大宴会时，就"设银香兽前槛内"②。

了解了焚香与香炉的大致情况，再反过来看词中的"香冷金猊"。金猊即鎏金的狻猊。《老学庵笔记》载："故都紫宸殿有二金狻猊，盖香兽也。故晏公《冬宴》诗云：'狻猊对立香烟度……'今宝玉大弓之盗未得，而奉使至虏庭，率见之，真卿大夫之辱也。"③由此可知，在陆游的时代，金狻猊为宫中摆设，北宋都城陷落后，这金狻猊被当作宝贝，流落于金人之地。我们也大致明白，金猊在青年李清照生活的北宋末期，绝非随处可见的闺房焚香用具，它可能只见于贵族或高层仕宦之家，不仅仅是焚香之具，而且还是标明身份与排场的物品。李清照为名臣之女、名相之媳、名士之妻，能见到此物自不稀奇。于此，"金猊"的出场显示了词中女子身份的不一般和闺房的豪华。在这样的华美闺房中，金猊之口吐出的香气也定是奇异的名香，而词中女子却任金猊中的香火熄灭、冷却，而不去添香续香，闺房的冷清与居处其中的女子的心灰意懒，于此明见。

那么，这个懒得添香的女子又在做什么呢？是有什么事情羁绊而使她忘记了添香吗？"被翻红浪，起来慵自梳头"告诉了我们答案。原来，这个美丽的人儿正在床上辗转反侧呢。你

---

① 孟晖：《花间十六声》，生活·读书·新知三联书店 2006 年版，第 155 页。
② （元）脱脱等：《宋史·礼志·宴飨》，中华书局 1985 年版，第 2683 页。
③ （宋）陆游撰，李昌宪整理：《老学庵笔记》卷四，大象出版社 2019 年版，第 154 页。

看，绣着华贵图案的红色锦衾被她的辗转翻身而弄皱，掀起了红浪。"被翻红浪"可谓典语隽语，美好的意境被这么一个微小的细节与色彩照亮。说起来，李清照并不是第一个用这一好词儿的人，柳永《凤栖梧》有"鸳鸯绣被翻红浪"，是用来描写词人与歌妓的双栖双宿，浪漫但显尘下。易安用了这一美词儿，却重新营造了一个典雅别样的意境，在这里，虽然也是形容闺房之情景，但是脱去了由男性词人眠花宿柳而沾染的情色意味，多了女子对自身优雅生活的认同与自身生活状态的细味。这是一个高雅的女子，而不是歌舞筵席上供人玩弄的身怀娇媚与善作姿态的风尘女子。这不单单是化用他人用语，词人由此改变了理想女性的身份与角色。

那么，这个"被翻红浪"的女子，在做什么呢？想什么呢？夜已尽，晨已来，本是新的一天，应该是带着惊喜与新鲜去迎接第一缕阳光的，可偏偏，她像耍脾气的小孩子，赖在床上，懒得起来，懒得梳妆。此刻，镶着钻石与珍珠的精美妆盒，失去了它的用武之地，只是被闲置在一边。太阳在冉冉升起，她的光照射在屋里，照在了雕成辟邪形状的金色帘钩上。此时的女主人，也许还没有掀起帘子，只是任帘幕低垂，任阳光无望地照在没有挽起帘幕的帘钩上。想起"明月不谙离恨苦。斜光到晓穿朱户"（晏殊《鹊踏枝》），那是明月不解人情，令人懊恼，此处却是女子不愿解情，逃避而堕怠。让我们看一下词中女子的闺房全景吧：她斜倚在床上，床上被翻红浪，床的周围立着屏风，而阳光则照在屏风之外帘帐的帘钩上。古人有在床四周设屏风的习惯，如庾信《镜赋》"玉花簟上，金莲帐里，始折屏风"，唐代王琚《美女篇》"屈曲屏风绕象床，葳蕤翠帐缀香囊"都是明证。

女子早晨起床的第一件事，是推折起床前的屏风，然后再掀起帘帐，开始活动。屏风的外面，是四垂的帘帐，而香兽金猊就被置于屏风与帘帐之间。那镶着宝石与珍珠的妆盒，则被放置在一边。宋代高腿家具流行，镜台被置于几案上，女子可以坐在椅子上梳妆，或站在镜台前梳妆，我们甚至可以看到立于镜台前的女子镜中的脸庞。现在，女子连床都懒得起，更别谈梳妆了，宝奁与镜台自然也不会放置在床上。所以，"任宝奁闲掩"是含了这么一层意思的。这是女子的生活状态。

"生怕闲愁暗恨，多少事，欲说还休"显得有些突兀。因为人的眼睛与心理暂时无法从对室内陈设的描写一下子跳跃到愁啊恨啊之上，但细味起来，又不突兀。为什么？人的生活无非包括物质生活与精神生活，对物质状态的描写最终是为了反映人和人的精神状态。虽然词人用了"生怕"一词，表示对其后所陈说的愁啊恨啊持否定态度，但是，"生"字却透露出了一种惊心，这种怕还不是一般的怕，而是让人触目惊心的怕。女子为何有这样刻骨的惧怕？那是因为她之前已经过多地领略了这种愁啊恨啊。所以，她现在的怕是一种无法抵御的抵御，是一种无法控制的控制，是为了不陷入闲愁暗恨而采取的决绝而理性的态度。虽然是拒不谈起这闲愁暗恨了，可是，心不是机器，无法完全做到冷静和理性，无法全部听从指令。于是，一句"多少事，欲说还休"如漏网之鱼，如无法闸住的涓涓细流，悄无声息地流泻了出来。

女子的心迹终是"犹抱琵琶半遮面"了。可谓一波三折。

女子善感，虽然告诉别人不许提及，她自己终是无法藏住掖住，自动透露了"天机"。"新来瘦，非干病酒，不是悲秋"，较前面三句更加明白了些。虽然，她依然爱用"非干""不是"这样的否定语，但是，此地无银三百两，聪明的人们，总是不愿意听她"非干""不是"的指引，不愿意顺着"非干""不是"的路走下去，而是折回来，从反方向去意会。也就是说，虽然女子的消瘦与病酒没有干系，也不是因为悲秋，但总算是承认，她的消瘦，是因为愁。至于这份愁是一份什么样的愁，我们暂时不晓得。有的本子上此处的"悲秋"为"悲愁"，我比较倾向前者。所谓病酒，即是酒喝得多了不舒服，好像生了病一样。李清照词中多次提到酒——"酒阑歌罢玉尊空"（《好事近》），"浓睡不消残酒"（《如梦令》），"沉醉不知归路"（《如梦令》），"金尊倒，拚了尽烛，不过黄昏"（《庆清朝慢》），"酒醒熏破春睡，梦远不成归"（《诉衷情》），"险韵诗成，扶头酒醒，别是闲滋味"（《念奴娇》），"东篱把酒黄昏后，有暗香盈袖"（《醉花阴》），"酒美梅酸，恰称人怀抱"（《蝶恋花》），"忘了临行，酒盏深和浅"（《蝶恋花》），"酒阑更喜团茶苦"（《鹧鸪天》），"三杯两盏淡酒，怎敌他、晓来风急"（《声声慢》），不仅病酒，而且还有"酒朋诗侣"（《永遇乐》）。

我们不知道宋代女子饮酒者是否普遍，李清照词中多次提到饮酒，至少表明她常常饮酒。此处的悲秋情怀更是参与到男子的精神世界中了。这说明，词中女子的生活也时常与男子一样，不仅同男子一样饮酒，也同男子一样有精神活动。这种生活容易使人着迷，也容易使人为之神魂倾倒，甚至憔悴消瘦。所以，女子又连用了两个否定，传达了这样一种信息：新近身体消瘦了，但是瘦的原因并不是因为病酒和悲秋。这也就是说，病酒与悲秋同样可以使人憔悴。但是，女子的这一次消瘦与憔悴的原因并不是病酒与悲秋。

女子的憔悴消瘦到底是为了什么呢？"休休。这回去也，千万遍《阳关》，也则难留。"过片意不断。承接上面的疑问，女子以伤痛的语气，在那里哀叹，罢了罢了，你这一次离开呀，即使《阳关曲》唱千万遍，也无法阻挡你前行了。《阳关曲》为送别时演唱的歌曲，由王维《送元二使安西》诗改编而成："渭城朝雨浥轻尘，客舍青青柳色新。劝君更进一杯酒，西出阳关无故人。"因重复三遍，也称《阳关三叠》。当然，重复的方式有多种。千万遍《阳关》形容分别时刻的缠绵与对离人的挽留，《阳关曲》唱了一遍又一遍，即使唱到千万遍，也留不住心中的那个人儿。意中人行意的坚决反衬出闺中人的愁苦与对意中人的眷恋。虽说休休，却不能休休。"休休"词用得妙极，妙在将女子的柔弱、牵挂、无奈形象地表现了出来。虽然可以理解为罢了罢了，但罢了罢了根本无法与"休休"这个词相抗，那种类似语气词的感叹，婉转缠绵的音调，都是任何其他词语所无法取代的。"休休"远接上阕的欲说还休，到此，却依然是不能休。人终究是离去了，但是守候的人却无法从别离的情境中走出，伤痛又执着。但即使伤痛又执着，也是身处一个人的世界，品尝一个人的风起云涌。这时，女子便与外界建立了某种联系。

"念武陵人远，烟锁秦楼。唯有楼前流水，应念我、终日凝眸。凝眸处，从今又添，一段新愁。"武陵人，出自陶渊明《桃花源记》"武陵人以捕鱼为业"。武陵人居住在世外桃源，不知秦汉，无论魏晋，过的是一种潇洒自足的理想田园生活。而词中女子将远行的人儿比作陶渊明笔下的武陵人，暗含了对他自由自在生活的艳羡，也表明了自己与意中人的阻隔。而烟锁秦楼，则表明自己的居处即为秦楼。秦楼的典故见于《列仙传》，就连本词的词牌也是来源于这一典故："萧史者，秦穆公时人也。善吹箫，能致孔雀、白鹤于庭。穆公有女，字弄玉，好之，公遂以女妻焉。日教弄玉作凤鸣。居数年，吹似凤声，凤凰来止其屋。公为作凤台，夫妇止其上，不下数年。一旦，皆随凤凰飞去。故秦人为作凤女祠于雍宫中，时有箫声焉。"① 秦穆公为女儿弄玉和女婿萧史筑凤凰台，这对眷侣最后飞升成仙。

李清照以《凤凰台上忆吹箫》来写离别相思，未始不寄寓着自己与丈夫赵明诚亦为神仙眷侣这样的用意。而本词上片十句四平韵、下片十一句五平韵的结构，以及所押之"尤"韵音调悠长和婉，亦将词人的心曲婉转缠绵地表达了出来。美丽的仙界意象下凡到人间思妇的居所，使闺房中人更平添了几许高贵与娴雅。但是，回到词的结尾，高贵娴雅又怎样呢？情意缠绵又怎样呢？独自一人，连楼前的流水都动了恻隐之心，为她的相思记下了重重的一笔。这是李清照式的离愁与缠绵。

---

① （汉）刘向撰，邬文玲整理：《列仙传》卷上，孙家洲主编：《中华野史·先秦至隋朝卷》，泰山出版社 2000 年版，第 337 页。

取法唐调 含蓄蕴藉的相思

《浣溪沙·髻子伤春慵更梳》

髻子伤春慵更梳，晚风庭院落梅初。淡云来往月疏疏。

玉鸭熏炉闲瑞脑，朱樱斗帐掩流苏。遗犀还解辟寒无？

据徐培均的说法，这首词的写作年代应为政和五年（1115）李清照屏居青州时期，时年三十二岁。这一年，赵明诚得《汉司空残碑》[1]，还得《汉祝长严诉碑》以及刘跂所赠《汉张平子残碑》。在此前后，赵明诚访得的器物、碑像等远不止此。李清照在《金石录后序》中也说："收书既成，归来堂起书库大橱，簿甲乙，置书册。如要讲读，即请钥上簿，关出卷帙。或少损污，必惩责揩完涂改，不复向时之坦夷也。是欲求适意而反取憀慄。余性不耐，始谋食去重肉，衣去重采，首无明珠翡翠之饰，室无涂金刺绣之具。遇书史百家字不刓阙、本不讹谬者，辄市之储

---

① 据于中航：《李清照年谱》，台湾商务印书馆 1995 年版。

作副本。自来家传《周易》《左氏传》，故两家者流，文字最备。于是几案罗列，枕席枕藉，意会心谋，目往神授，乐在声色狗马之上。"① 这一时期，赵明诚访得大量文物，以致在归来堂起书库，建大橱，分门别类藏书，还建立书目，严格借阅制度，俨然是图书馆的管理雏形。由此也反映出，赵明诚常年外出访古，夫妻间亦常常分离。本词就是在这种背景下创作的。

上片首句叙事，说自己懒梳头。但是句法倒装，以"髻子"开头，视觉冲击力很强。倒装句法的谓语是"伤春"，给人的感觉不是人伤春，而是髻子伤春，感觉奇妙。因伤春而慵懒，所以懒梳头，用一"更"字表明，词人并不是完全不梳头、蓬头垢面，而是由于伤春、没有心情，故懒得精心打理。此句取意于"自伯之东，首如飞蓬。岂无膏沐？谁适为容"（《诗经·卫风·伯兮》），表达丈夫不在身边、无心打扮的慵懒情绪。类似情形，花间词也有，如温庭筠《菩萨蛮》："小山重叠金明灭。鬓云欲度香腮雪。懒起画蛾眉。弄妆梳洗迟。 照花前后镜。花面交相映。新帖绣罗襦。双双金鹧鸪。"词中女子慵懒、迟迟不肯梳妆，也是由于她的心上人不在身边，因相思而情绪低落。温词含蓄蕴藉，不直言，他通过"双双"来反衬女子的孤单，通过"鹧鸪"在唐诗中常意指离别以及鹧鸪叫声类似"行不得也哥哥"，来委婉表达女子的孤独和相思。本词首句所表达之情景，与温词有异曲同工之妙。只不过温词表达更为隐忍，而且由于词中女主人

---

① （宋）李清照撰，徐培均笺注：《李清照集笺注》，第 310 页。

公可能为歌女的身份，便细描其精致妆容与肤色鬘发。而本词作者为女性，是以第一人称身份写自己，所以就少了他者视角中的"声色"色彩，而多了点染与感发手法。尤其是上文提到的，李清照"食去重肉，衣去重采，首无明珠翡翠之饰，室无涂金刺绣之具"，不重外形奢华而重精神愉悦，所以只是以"髻子"本身来写，而没有不必要的装饰。但一个"髻子"，一个"伤春"，既点明了季节，又交代了人事，还奠定了情感基调。

二三句转为写景，并进一层点明时、地。时为春日黄昏，地为自家庭院。晚风，吹落了梅花。而"初"字表明，只是吹落了一点，不是大片凋零。此情此景，又似乎令人想到"摽有梅，其实七兮。求我庶士，迨其吉兮"（《诗经·周南·摽有梅》），诗中女子因树上梅花逐日减少而产生紧迫感，希望男子趁吉日良辰赶快来求婚。本词作者虽然是已婚状态，但因丈夫常年在外，不免孤单，尤其大好春日独自度过，难掩懊恼，所以希望丈夫像《摽有梅》中的男子一样，早日归家，共度美好春天。而"初"也暗含了希望——花初落，你若归来，还赶得上。这样的想法，在李清照词中不止一次出现，如"二年三度负东君。归来也，着意过今春"（《小重山》），"一年春事都来几。早过了、三之二……买花载酒长安市。又争似、家山见桃李"（《青玉案》）。

三句承衔而来，仍写景，由地上至天上，由庭院至云、月。人虽在远方，不能归来，但天上淡淡的云，却能闲闲地来往。这一写法比温庭筠词中常以成双成对的鹧鸪、鸳鸯、鸂鶒、双燕等来反衬女子的孤独更进一步。李清照笔下的淡云也好，月也好，本身并无成双成对之义，但通过情境的渲染、铺垫，却起到了比温词更为出人意料的效果。当然，也更宛转，更富有灵气，需要体味、咀嚼。由于云的轻巧往来，月也变成"疏疏"的了。你说"疏疏"是何意？你去体会。一般人不这么用。这也是神来之笔。因为云的来往，月虽然被遮掩、被环绕，也不会懊恼，而愿意变得朦胧。疏疏，透露出人情味，也透露出几许可爱。

上片二三句第五字都是入声字（落、月），形成一种俪偶和对应，共同烘托出暮春月下庭院里梅花飘落的情形，令人想到了王维的"人闲桂花落，夜静春山空"（《鸟鸣涧》），虽然山涧与庭院不同，但似乎都可以听到落花簌簌的声音，静谧而富有禅意。

过片意转，视角回到屋内。首句写熏香，次句写斗帐，皆是花间词中常见的意象。玉鸭熏炉，指玉质的或白瓷的鸭形熏炉。根据现出土的多款定窑白釉香炉可知，这种香炉釉质细腻，莹润光洁，如玉一般。玉鸭熏炉，大约就是指鸭形白釉瓷质熏炉。瑞脑，即龙脑，名贵香料，具有镇心、去心腹邪气的作用。斗帐之色如朱樱。《政和经史证类备用本草》卷二十三曰："（樱桃）熟时深红色者，谓之朱樱。"朱樱斗帐即深红色斗帐。深红色斗帐的帐额上装饰着流苏。深红与白色形成绚丽对比，绚丽中难掩孤寂。两句中的第五个动词——闲、掩，亦形成一种对比。闲，意即瑞脑将燃尽，香气微弱，似有似无。表明女主人公无心添香。掩，表明斗帐是掩蔽着的，而并未搴起，如若搴起，流苏就不会规则地掩在斗帐上了。二者都透露出词人蜷卧斗帐内、孤独而寂寞的情形。

结句用反问语气，似调节了气氛。遗犀，帐上的镇帏犀。遗，即通。犀，指犀牛角。《汉书·车师后国传》中"通犀、翠羽之珍盈于后宫"句注引如淳注曰："通犀，中央色白，通两头。"[1]李商隐《无题》"心有灵犀一点通"即指此。五代王仁裕《开元天宝遗事》记载："开元二年冬至，交趾国进犀一株，色黄如金；使者请以金盘置于殿中，温温然有暖气袭人。上问其故，使者对曰：'此辟寒犀也。顷自隋文帝时，本国曾进一株，直至今日。'上甚悦，厚赐之。"[2]杜牧《杜秋娘》："虎睛珠络褓，金盘犀镇帷。"苏轼《四时词四首》之四："夜风摇动镇帏犀。"苏轼《春帖子词·夫人阁四首》其四："风暖犀盘尚镇帷。"帷帐上悬犀，可以起到镇帷帐的作用。结句的反问，含两层意思。一是通犀珍贵而有灵气，所谓"心有灵犀"；一是其除了具有镇帐作用，还可以驱寒，所谓"辟寒"，以此委婉表现斗帐内的词人感到寒冷，多半是心理感觉孤寒，但不明言。

这是一首表达闺中相思的词，有愁，也有怨。与男性词人不同，李清照写的不是代言体，她写的是自己的情感状态，是自己的相思，不便表达得那么直白，故借鉴温庭筠表达闺思、闺怨的笔法，将情感外射在物象上，投射在景物中，通过写景来抒情。所以，清人谭献说："易安居士独此篇有唐调。"（《复堂词话》）周

---

① （汉）班固撰，（唐）颜师古注：《汉书》，中华书局1962年版，第3928页。
② （五代）王仁裕撰，丁如明等校点：《开元天宝遗事》卷上，上海古籍出版社2012年版，第9页。

济说："闺秀词惟清照最优，究苦无骨。"(《介存斋论词杂著》)"唐调""无骨"，可谓把握到了本词的精华。结在含蓄蕴藉上。

《浣溪沙》词调比较特殊，上下片各三句，奇数句。正如夏承焘先生所言："第三句结句并且是拖一个独立无偶的尾巴，它的地位和作用却等于绝句的第三、四两句。这一句还要起两句的作用。一般绝句的作法，第三句要转，第四句是收。《浣溪沙》末句七字要抵得绝句的第三、第四两句，那么，这七个字要能做到即转即收，才算称职。"① 他谈到晏殊《浣溪沙》"无可奈何花落去，似曾相识燕归来"两句，"从表达效果和作品章法说，把这两句放进律诗，可成为全首诗的中坚。写入这首《浣溪沙》，却嫌全首不匀称。其实是结句太弱连累了它"②。夏承焘先生说得很有道理，《浣溪沙》词调难在结句上，结不好，就如晏殊的"小园香径独徘徊"一样，成了一个累赘的尾巴，将前两句渲染的意境解构了，被夏承焘先生称为"词家的懈笔"③。而本词中，李清照的结尾则很精彩，正如夏承焘先生所言："这样以问句作结，更能表达含蓄不尽之情，比作直叙语好。"④ 这是易安词中最像花间词的一首。

宇文所安说："杜甫在集大成的诗作中留下了个人的印记。有人也会用'集大成'的称号来描述周邦彦，不过周邦彦不一定

---

① 夏承焘：《唐宋词欣赏》，北京出版社 2016 年版，第 197 页。
② 夏承焘：《唐宋词欣赏》，北京出版社 2016 年版，第 195 页。
③ 夏承焘：《唐宋词欣赏》，北京出版社 2016 年版，第 195 页。
④ 夏承焘：《唐宋词欣赏》，北京出版社 2016 年版，第 200 页。

能背负得起。李清照恰恰值得这个名号。人们能从她的所有作品中看到词的过去，但这需要经过训练——因为她所有作品看起来都是独一无二的李清照的手笔。她拥有一种天赋，代表了词最光明的前途：为韵文赋予一种声音"，"她诉说平常，在其中加入新颖的细节，使她的词作听起来极为个人化；她笔下的平常看起来就像从那个时刻自然生发的"①。李清照的"集大成"，她的像"自然生发"的"平常"，是"看似平常却奇崛"，是蕴蓄了高超的技艺的。这是李清照善于学习前人词作并拥有自己的词学主张、词作实践的结果。李清照独特的观念，创造了其独特的艺术成就。

---

① 〔美〕宇文所安著，麦慧君、杜斐然、刘晨译：《只是一首歌——中国 11 世纪至 12 世纪初的词》，生活·读书·新知三联书店 2022 年版，第 372—373、375—376 页。

梅鬟与沉香：春日闺房的故乡之思

《菩萨蛮·风柔日薄春犹早》

风柔日薄春犹早，夹衫乍著心情好。睡起觉微寒，梅花鬟上残。　　故乡何处是？忘了除非醉。沉水卧时烧，香消酒未消。

李清照在《词论》里评晏幾道词时说他"苦无铺叙"。我们读晏幾道词，一般很少有像易安词那样典型的景物描写起兴来作为铺叙，而是伤痛的话语往往开篇即满心而发，虽然感人，但在李清照看来，却是缺乏铺叙而致的遗憾。李清照是写词高手，在词学理论方面亦具有很高的眼界，她的这一要求初觉苛刻，但对于词的写作却是极为重要的一个环节。说到底，情境的烘托在词里尤其重要。这样，词的感发力量才能借以发挥。李清照的这首《菩萨蛮》即具有这方面的特点。

这首词中，每一字每一句，都具有张力和穿透力，它们彼此碰撞交融发酵而成浑融的意境，感伤与感动的力量直接挑战着我们的知觉与体验。

这首小令语句较为整齐，上片是七七五五句式，下片是五五五五句式，在句子的长短形式上，造不成曲折摇曳的艺术效果。但是，词人却在用词上极下功夫，使自己深细、婉曲的情感得以形象地表达。

开篇两个七言句式作为铺垫，交代了大致的时节与情绪："风柔口薄春犹早，夹衫乍著心情好"。我们习惯于将有形事物在我们身体上引起的触觉形容为柔或者是硬，比如，羽毛是轻柔的，婴儿的肌肤是柔嫩的。在这里，风是柔的，它吹在人们肌肤上的感觉易使人产生一种温柔的感觉，故风虽是无形的，但凭借了柔的感觉，它亦似乎是有形的了。而日薄的形容更为令人叫绝。人们对太阳的感知是通过她身上发出的光的强弱来决定的。太阳光强烈，我们便觉得温暖，而阳光微弱或被乌云笼罩，我们便觉得阴冷甚至寒冷。阳光给人的纯粹是身体上的温觉感受，可是，此处词人却用了形容厚度的薄来形容太阳。这里的薄读为阳平，是厚薄的薄，而不是读为去声的表示迫近的动词，如东晋南朝吴声歌曲中的"日薄牛渚矶"。

那么，日薄又是什么呢？用形容厚度的薄字来形容给人温觉的太阳，形成一种感觉上的交叉与错乱，而那种流溢于词间的微妙感便因此出来了。一般的形容词是很难形容出词人"日薄"所寄寓的感觉的，我们只能用粗陋浅钝的词将其理解为与淡薄、微薄之类相似的意思，但是却无法完全准确表述词人所要的那种感觉。

　　风柔日薄是一种对感觉的形容，下面的三个字"春犹早"，则是一种冷静理性的判断语。原来这是一个早春的天气，风轻轻柔柔地吹拂在脸上，太阳的光淡薄而懒散地照在人的身上、脸上和四周的景物上，没有太多的热力，也没有太多的热情，令人在柔风中突感早春的料峭，心情也在日薄风轻中忽冷忽热，阴晴不定。但是，春寒再料峭，春日再薄淡，也毕竟是春天了，脱去冬装、初试春装的欣喜滑过了词人的心头。青袍似春草，那是一种男性的情怀，而夹衫乍着所体现的轻柔美好，则是属于女人的惊喜。所以，词人毫不吝啬地用了"心情好"这样直露大白的语言来表示此际的心境。由日光薄淡清冷所引起的阴冷感受和隐约的不快，此刻似乎已无踪影。女人的感觉、心情瞬息之间原来可以有如此大的变化。真是女子的感觉、女子的世界！

　　节令的变化似乎该告一段落了。接下来，词人自己的生活真正登场了。"睡起觉微寒，梅花鬓上残"，这两句亦是一虚一实。上句言感觉，下句言妆饰。古人有元日鬓插梅花的习俗。初着夹衫的词人，在初春的天气，没有去踏青，没有去探春，而是独自睡去，醒来后感觉身上有些微的寒意，插在鬓上的梅花也因睡觉而揉损残败了。这种寒冷与残败所带给人的懊恼和清冷的感觉不期而至，没有一星半点儿的预示，也没有丝毫防备与阻止的机会。这寒意是由身体内部袭来，由心的深处漫延滋生，是一种无望的清冷。乍着春衫带来的好心情，此刻又在哪里？短短四句二十四字，心情似云起云灭，忽喜忽忧，真乃一波三折，回环吞吐。

词人的这种清冷的寒意到底从哪里来？难道仅仅是由初春的天气而来吗？下片的抒写是上片对外物与内心的描摹铺垫的目的。"故乡何处是？忘了除非醉。沉水卧时烧，香消酒未消。"四句二十字，是整齐的五言句，单从句式而言，没有变化，也不适合表达跌宕的情绪与对外界景物的细腻深曲的描写，所以，词人干脆直接说出自己的内心所想。故乡两句伤入骨髓。提起故乡，每个游子都有一番挥之不去的思念和牵挂，所以，李白说"举头望明月，低头思故乡"。但是，词人这里却发出了"故乡何处是"的疑问。

世上难道有人不知道自己的故乡在哪里吗？这个疑问显得可笑，凡是神志清楚的人，谁又不知道自己故乡在何处呢？短短五字直白的言语，却凭空出奇，最初令人发笑的感觉之后，却深深地令人心惊了。原来，词人在对故乡的思念中又背负了失去故乡的沉重与煎熬。现在，国家已亡，何谈故乡！即使认得故乡路，此生又怎能回得去故乡呢？故乡又不知是在哪些金人的铁蹄之下受难？怎不令人生出不知故乡在何处的困惑呢？思乡之上更进一层。

而"忘了除非醉"则是在思乡之上的又一层伤痛与惦念。自己身为南下流民，失去故国的酸辛与逃难中的颠沛流离，令人尤其对旧日在故乡的安宁平静、幸福和乐的日子无法忘怀，而倍加怀念。这种怀念无时无刻不在折磨着词人，愁苦着词人，令词人产生忘却的妄想。这种妄想看似不近人情。"何以解忧？唯有杜康。"忘却的办法只能是饮酒。只有在酒醉不醒的情况下，才能暂时忘却故乡。

其实，词人并不是真的要忘却故乡，而是要忘却那种思念故乡的煎熬。"上邪！我欲与君相知，长命无绝衰。山无棱，江水为竭，冬雷震震夏雨雪，天地合，乃敢与君绝！"这位女子对于爱情是何等的坚定与决绝！而词人对于故乡的那份情，也是同样的坚贞与笃定，否则，何出此决绝之奇语？但是，词人毕竟是女子，是一个无法参与国家大事、无法改变丝毫现状的流落无依的女子，所以，只能在闺中任心绪起伏。结句"沉水卧时烧，香消酒未消"间接描写了时间的流逝。入睡时，香炉里还烧着沉水香，醒来时，香已尽、烟已灭，但是，酒却未醒来。可知词人醉酒有多深，醉酒有多深就有多深的乡愁。细味这两句：焚香而眠，给人一种诗意的感觉，一种宁静的心情，缭绕轻幽的炉烟袅袅而升、袅袅而散，人沉重的心思似乎也可以随着这袅袅香烟渐渐平复；但是现在，香炉里的香已焚尽，已无袅袅四散的香烟，而主人一任香消炉冷，亦是心灰意冷，亦是沉醉不醒，那唯一可以驱散乡愁的渠道亦堵塞不通了。看来，这种乡愁是永远都无法消散的了。

整首词给人的感觉似乎是云淡风轻的，没有什么特别凄厉之语，如本词牌先仄后平的押韵一样，亦如皓、寒韵一样，开口都较大，读来给人一种从容平静的感觉。而且，音律上的先抑后扬，也使情绪不至于特别低沉。只有"故乡何处是？忘了除非醉"与其他句式形成鲜明对比，既是仄声，又是开口小的纸韵、寘韵（纸、寘通用），使人的情绪为之下沉，产生一种压抑凄涩的感觉，正与词人所表达的对故乡的思念形成统一风格。而字面上给人的整体感觉亦是如此。况且，下片在直诉故乡之思后又复归到景物的细雕刻画，词人似乎平静了。但是，从这种看似平静的语气与音韵中，我们却分明体验到了词人那非同一般的愁苦，它是借助字里行间那细微的情感表述，被我们感觉到的。伤心人伤心语。

秋千院落：寒食节的疏离与爱恋

《怨王孙·帝里春晚》

帝里春晚，重门深院。草绿阶前，暮天雁断。楼上远信谁传？恨绵绵。　　多情自是多沾惹，难拚舍。又是寒食也。秋千巷陌人静，皎月初斜，浸梨花。

据徐培均笺注的版本，李清照现存词不多，只有六十首，虽然只有六十首，但却篇篇是精品。李清照"自少年便有诗名，才力华赡，逼近前辈"（王灼《碧鸡漫志》），"诗词行于世多"（无名氏《瑞桂堂暇录》），在当时的名气就很大。朱熹甚至说："明诚，李易安之夫也。"在那个讲究女子三从四德的年代，女子都是从于夫的，而朱熹却将同样是名人的赵明诚系于其妻名下，可见李清照在当时的知名度。而李清照的词，在当时也形成了一种独特而鲜明的风格，叫作"易安体"，仿作者很多，出名的有侯寘、辛弃疾、刘辰翁等人。侯寘有《眼儿媚·效易安体》，辛弃疾有《丑奴儿近·博山道中效李易安体》。刘辰翁在两首《永遇乐》的序中，坦陈了李清照词及其事对他产生的巨大触动和他对易安词的模仿与膜拜："余自乙亥上元诵李易安《永遇乐》，为之涕下。今三年矣，每闻此词，辄不自堪。遂依其声，又托之易安自喻。虽辞情不及，而悲苦过之"；"余方痛海上元夕之习，邓中甫适和易安词至，遂以其事吊之"。

其实，一百个作者，心目中便有一百个李清照。易安体给人产生的印象大约也如此，我们只能根据自己的体验，自己所能感受到的一些东西，去揣摩它，模仿它，而无法全然地掌握，这就是为什么如辛弃疾、刘辰翁这样的名家，他们的效易安体之作亦苍白僵硬。但是，这些都不影响我们对易安词的喜爱，也不妨碍我们对易安词永恒的解读。

这是一首闺中念远词。按照徐培均年谱的说法，这首词应作于崇宁二年（1103），即李清照二十岁的春天，也就是她婚后的第二年，根据是《〈金石录〉后序》中的一段叙述："后二年，出仕宦，便有饭疏衣练，穷遐方绝域，尽天下古文奇字之志。日就月将，渐益堆积。"这一推想有一定的合理性。而从本词的风格来看，亦似清照婚后最初几年的作品。赵明诚为搜寻文物，常造访各地，探幽览胜，这期间的李清照有时会犯一些相思，生几缕闲愁，本属自然。上片开头八字如一个长镜头，由高而低、由远而近。"帝里春晚"，说的是北宋都城汴梁已是暮春时节，"重门深院"，则是说词人居处在重门深院。两句将时间、地点以及词人的确切居所都写出来了。是以一种诗意的看似无意的闲笔带出，又似一个镜头从空中俯视，先入眼的是汴京城四通八达的街衢和高大密集的府第，这些都掩映在浓密的垂柳和漫天飘飞的柳絮杨花中了，而镜头从空中急速俯冲摇近，定格在一家有着几进院落的宅子中，那重叠的院落和一重重的门，衬托出词人居处的气派，同时也透露了压抑和寂寞。此处的重门，并不是指闺房的门，而是指每进院落中的大门，在俯视的整体观照中，重重的门尽现眼底，烘托出院子的深，院子的大，院子的寂寥无人。

接下来两句，"草绿阶前，暮天雁断"，视角由闺房内而出，或者我们可以理解为，这是词人眼中所见之春景。在重门深院中，在柳树掩映、众花怒放、流莺缭乱中，词人走出了琐窗雕户，来到了阶前。阶前之草如此茂密浓绿，像与树啊花啊约好了似地疯长着，大约意识到春天即将过去。词人不禁抬起头来，哦，已经是黄昏了！天空中只有云彩，却不见大雁的踪影，难道它们也如断了线的风筝吗？就这么一低头一抬头间，词人的眼界与心境有了多么大的改变，有了多么大的跌落与反差，也只有词人自己清楚。春草是如此生机勃勃令人欣喜的事物，暮天与大雁却象征逝去的流光与被人思念的事物，人的心情怎能不从凄凄的春日而骤然降落！一个"断"字，惊心动魄地透露出了词人情绪的低落和相思的绝望。

而实际上，暮天雁断只是外景的触动罢了，词人内心原本就有满腔的相思与愁怨，这是她的情感底色，暮天雁断只是词人情感底色的显影。因为，她原本就有许多的委屈，许多的思念，只是借黄昏与大雁抒发了罢了。寂寞的人儿总是喜欢徘徊，喜欢俯仰之间咀嚼自己的心事，正如后来的"云中谁寄锦书来，雁字回时，月满西楼"(《一剪梅》)，那种"才下眉头，却上心头"的心事，婉转忧伤，变换着存在的形式，却不愿意离去。这两句将词人闺中念远的情态活现了出来，也让我们感受到了词人内心的苦闷。

在这样的情境之中，外界的铺垫已到了蓄势而不得不发的时候。"楼上远信谁传？恨绵绵。"这是直接的抒发，没有修饰，也没有遮拦，似是未经思想直接脱口而出的。《饮马长城窟行》有"青青河畔草，绵绵思远道。远道不可思，宿昔梦见之。梦见在我旁，忽觉在他乡。他乡各异县，展转不可见"；《西洲曲》有"忆郎郎不至，仰首望飞鸿。鸿飞满西洲，望郎上青楼。楼高望不见，尽日栏杆头"；《长恨歌》有"天长地久有时尽，此恨绵绵无绝期"。前两首说的都是闺中女子思念在外的丈夫，后一首则是形容唐玄宗与杨贵妃生死两隔绵绵不绝的爱情与思念。词中化用这三首诗，使念远思夫的情绪更加明朗化，同时也将词人尽日楼头等待的状态写了出来。所谓的恨绵绵，虽然含了幽怨，却是表明了这种牵挂绵绵无绝。

过片"多情自是多沾惹，难拚舍。又是寒食也"。词人把自己这种念远之苦，归结为是自己多情，实际也是对自己情深而不能自已的一种自我嘲讽。她像是对丈夫说，我自然知道是自己多情，所以才招来这么多的忧烦，难以割舍，况且又是寒食节到了呢。一般人读到此处很容易就滑过去了，没有深味寒食节对词人情绪的影响。李清照在词中不止一次地写到寒食："宠柳娇花寒食近，种种恼人天气"(《念奴娇》)；"淡荡春光寒食天。玉炉沉水袅烟残"(《浣溪沙》)。寒食节是一个容易让李清照内心产生诸多感发的节日。但是，我们却没有真正体味到寒食节在当时人们的生活中占有怎样的位置。翻开宋代有关寒食节的记载，看看仕女游乐、万人空巷的场景，我们便明白李清照的孤独和不甘了：

> 清明节，寻常京师以冬至后一百五日为大寒食。前一日谓之"炊熟"，用面造枣䭔、飞燕，柳条串之，插于门楣，谓之"子推燕"，子女及笄者，多以是日上头。寒食第三日，即清明日矣。凡新坟皆用此日拜扫。都城人出郊。……士庶填塞诸门，纸马铺皆于当街，用纸衮叠成楼阁之状。四野如市，往往就芳树之下，或园囿之间，罗列杯盘，互相劝酬。都城之歌儿舞女，遍满园亭，抵暮而归。……自此三日，皆出城上坟，但一百五日最盛。节日，坊市卖稠饧、麦糕、乳酪、乳饼之类。缓入都门，斜阳御柳，醉归院落，明月梨花，诸军禁卫，各成队伍，跨马作乐四出，谓之"摔脚"。①

寒食节后，即是清明节。在古代，清明节是祭奠亲人的时节，但是对于当时大多数没有什么娱乐消遣的人来说，寒食节与清明节更是郊游踏青的时节，也是可以尽情游览亭园、随意欣赏歌舞的时节。"芳树之下，或园囿之间，罗列杯盘，互相劝酬"，这样

---

① （宋）孟元老撰，尹永文笺注：《东京梦华录笺注》卷之七，中华书局2007年版，第626—627页。

热闹欢乐的场面，对于女子更是珍贵。而且，不只普通百姓如此，就是在当时的皇宫，也十分重视这一节日。《东京梦华录》还记载了宫中对于这一节日的准备。前半月，派宫人、车马、仪仗出宫，朝拜陵墓，宗室、大臣与亲戚们也纷纷出动人马扫墓祭奠，仅随从人员的穿戴就气派非凡，有一定的规格："从人皆紫衫，白绢三角子、青行缠，皆系官给。亦禁中出车马，诣奉先寺、道者院，祀诸宫人坟，莫非金装绀幰，锦额珠帘，绣扇双遮，纱笼前导。"①

但就是在这样一个几乎全民狂欢的节日里，词人却独自关在闺房内，心中犯着思念，意兴惨淡，与四周的繁华喧嚣相比，愈显落寞寂寥。所以，词人才会有"多情自是多沾惹，难拼舍。又是寒食也"这样的伤感。在寒食节，周围人与词人明显的喜忧对比，使词人本已沾惹不清的心如游丝软系，更加烦乱不已。这三句话从口吻看，是词人对丈夫的倾诉。从整体看，这三句话又如绘画中的留白，包含了太多引人入情的意蕴。

张若虚的《春江花月夜》，以月为参照，将人在月夜下的相思与思索表达得淋漓尽致。月亮升到天空最高处的时候，也是诗人发思古之幽情、问苍茫人事、恒久历史与浩瀚宇宙的瞬间，随即，月亮开始西沉，诗人的情感也由高远之宇宙而降至人间之游子思妇，最后，由"昨夜闲潭梦落花，可怜春半不还家。江水流春去欲尽，江潭落月复西斜"的感伤与疼惜，到"斜月沉沉藏海

---

① （宋）孟元老撰，尹永文笺注：《东京梦华录笺注》卷之七，中华书局 2007 年版，第 626 页。

雾，碣石潇湘无限路。不知乘月几人归，落月摇情满江树"的淡雅的迷惘，而最终随着月亮的沉落，人的情绪亦复归平静，进入了沉沉混沌的梦乡。

本词在情绪的表达方面，与《春江花月夜》有惊人的相似。上片的情景描写是铺垫，其后的表达是词人真实情感的流露，而下片开始有关寒食的诉说则将这种情感与思念甚至委屈推到了极致，结尾的三句情景描写，又使情感由前台迷蒙在幕后，只留下淡淡的影子。"秋千巷陌人静，皎月初斜，浸梨花"，这是帝里人家黄昏最典型的情景：皎月初斜，喧闹了一天的汴京城此刻安静下来了，深宅大院的秋千旁，也没有了人影，只有淡雅洁白的梨花，沉浸在如水似乳般的月光下，梨、月相映相融，在银白与乳黄的光影与花晕中，竟有些梦幻与迷离。

宋人喜欢在微雨中打量梨花，在月光下欣赏梨花，所以有"梨花院落溶溶月"这样的句子。《东京梦华录》有"斜阳御柳，醉归院落，明月梨花"的形容，也反映了宋人的这种审美趣味。而这与李清照笔下的描写，又是多么相似。张先《菩萨蛮》有"月到梨花上，心事两人知"，又将梨花与相思融在一起，李清照此处写梨花，未始不包含这层潜在意义。而此处的"秋千"，暗示了白天曾经的嬉戏热闹场面。

《开元天宝遗事》载："天宝宫中至寒食节，竞竖秋千，令宫嫔辈戏笑以为宴乐，帝呼为半仙之戏，都中士民因而呼之。"[1] 看

---

[1] （五代）王仁裕撰，曾贻芬点校：《开元天宝遗事》卷下，中华书局2006年版，第41页。

来，寒食节时兴秋千之戏，在唐代天宝年间就已经盛行了，而李清照所处的宋代都城中，亦必十分盛行。但是，秋千也只在清明前后才被架起。晏幾道词有"已拆秋千不奈闲"（《浣溪沙》），柳永有"画堂春过，悄悄落花天。最是娇痴处，尤殢檀郎，未敢拆了千秋"（《促拍满路花》），说明清明过后，秋千一般是要拆的，并不一定终年挂在那里。

因为不常见，所以对于闺中人来说，清明前后能荡秋千就显得很珍贵。而词人在描写黄昏情景之时，特意加入秋千这一物事，亦是暗含了秋千背后曾经发生的宴乐场面，以及无人陪伴荡秋千的遗憾和惋惜。这又是一层暗比。总体而言，这"秋千巷陌"三句，准确而艺术地写出了当时帝京常见的情景，以及人们在这怡人环境中的娱乐。而这种欢快娱乐的场面中是没有词人的身影的。

无论是白日的喧闹，还是黄昏的静谧，词人都没有参与其中，而是以旁观者的身份冷静地打量着。这一切，都源于词人的独处与相思。因此，这三句之胜处又在一个"淡"，淡中蕴静。那是景，静中含淡，那是情，是彼时彼地词人渐渐复归的情绪，是一场内心的波澜平静后留下的涟漪，渐远渐细，渐远渐微……

尽管词中有高潮，有情绪直白的表达，但只是在本词中而已。相比于李清照的其他词，相比于整个宋词的言情方式，这首词给人的感觉犹如末尾三字，是轻微淡雅，是以"浸"的方式慢慢晕染着的，很符合李清照婚后不久的身份。那时的她虽是已婚妇人了，但依然是少妇，感物的方式、情感的表达是含蓄的，虽然有些感伤和哀怨，但不失清新之感，不失少妇的蕴藉。张端义说："炼句精巧则易，平淡入调者难。"[①] 诚是之谓也。

---

① （宋）张端义撰，许沛藻、刘宇整理：《贵耳集》卷上，大象出版社 2019 年版，第 150 页。

海燕与江梅的背后：那场隐约的爱恋

《浣溪沙·淡荡春光寒食天》

淡荡春光寒食天，玉炉沉水袅残烟。梦回山枕隐花钿。
海燕未来人斗草，江梅已过柳生绵。黄昏疏雨湿秋千。

词是一种情绪的表达。情绪复杂多样，变幻莫测，但无论怎样的情绪，在词中，都往往凭借景物的描写而体现出来。王国维说的"一切景语，皆情语也"①，沈祖棻说"亦物亦人，物即是人"②，算是深谙词中三昧。对于贯以身边景物、居处陈设来抒情的李清照来说，这一特点尤为明显。更有甚者，全篇皆叙景，词人的心思与喜怒愁爱，只是透过这些身边物事与情景委婉隐约地传递出来。如果不是对于词中所涉及的物事有深刻的了解，如果

---

① 王国维著，徐调孚校注：《校注人间词话》卷下，中华书局 2003 年版，第36 页。

② 沈祖棻：《宋词赏析》，上海古籍出版社 1997 年版，第 18 页。

不是对词人所处时代生活习惯和风俗人情有一定的感知，如果不是对词中的词语在当时的运用习惯有一定的考察，多数情况下，我们真的对词人所写不明就里，有雾里看花之感。如这首《浣溪沙》就是如此。但是，词面所显露的美丽和美感，却如万朵莲花，又是如此令我们目迷心动，流连而无法释怀。

开篇，交代了季节与节令，一个和煦明媚的春天呈现在词人眼前。淡荡者，和暖也。淡荡的春光带给人的应该是一种融融的感觉，有被包围的光泽与疼爱，庭院中的花草、雕琐的楼台，亦笼罩在光的柔晕中，把人熏醉了。这是天清气明的寒食节特有的韵味，也是词人眼中的春天。但是，词人毕竟身在秋千院落的深深院，身在垂帘琐窗的朱户内，"淡荡春光寒食天"，只是词人抬眼望时，临空发出的一声呓语，有如杜丽娘感叹："不到园林，怎知春色如许？""原来姹紫嫣红开遍"①。对于闺中女儿，美丽的春景诱发的，不是欣喜的感叹，反而是因长期压抑、不得遂其性情而来的愁怨。所以，寒食这一天和煦的春光带给词人的欣喜，只存在了一瞬间，过后便又回复到情绪的常态，她依然在闺房中如往日般"生活"着。

这是一种什么样的生活呢？"玉炉沉水袅烟残。梦回山枕隐花钿。"玉炉，白瓷制的焚香的香炉，由于其颜色，称其为玉炉。沉水，即沉香。《南史·林邑国传》载："沉木香者，土人斫断，

---

① （明）汤显祖著，张秀芬校：《牡丹亭》，花山文艺出版社1997年版，第28页。

积以岁年，朽烂而心节独在，置水中则沉，故名曰沉香。"[①] 清商曲辞《杨叛儿》有著名的两句："欢作沉水香，侬作博山炉。"[②] 沉香在玉炉中焚燃，香烟袅袅，在闺房扩散。古人房中焚香，讲究慢火微烟，香烟的散发不要强烈，免得人被烟熏着，要似有似无，若隐若现，才能充分发挥它的幽香，营造出优雅的氛围。如今，一个"残"字，表明香烟显然不再是若有若无的状态了，而是在不断减去它的丝缕，气若游丝了。沉香欲尽，既点明了闺房的悄无人声，又透露出词人已经有些时分没有添香了。那么，词人在干什么呢？她难道不知道香要燃尽了吗？古人房中焚香，亦讲究终日微火不断，不仅是为了诗意，也是为了炉灰不受潮，便于再次焚燃。词人却任袅袅的香烟渐残，原来她是刚刚梦醒，斜倚在山枕上，花钿由于在脸庞和山枕间挤压，纹痕印在了腮上。她还没有从睡梦中完全清醒地回到现实。这是一个慵懒的恰才白日梦醒的女子。

下片场景移至室外，分别写了春日斗草的情形，和柳树飘絮的状态。一个"斗"，活现了斗草场面的热闹，一个"生"，刻画了柳树郁郁葱葱的生命力，也侧面点染了春日万物抽青的活力。黄昏后，柳树的绿隐约在暮色中了，而斗草的人亦离去了，眼前的景色突然空旷起来，唯有悄然飘起的春雨，在不露声色地

---

① （唐）李延寿撰：《南史·海南诸国·林邑国》，中华书局 1975 年版，第 1948 页。

② （宋）郭茂倩编：《乐府诗集》卷四十九，中华书局 1979 年版，第 721 页。

填补词人内心的空旷，疏疏落落地打在秋千上，木质的秋千有一部分竟然被打湿了。词至此戛然而止。但"黄昏疏雨湿秋千"的情景却永远带着淡淡的忧愁，定格在了我们心里。这情景，亦是词人凝眸秋千院落的所见所感。

全词六句四十二个字，每句七字，皆为四三句式，句式整齐，押平声韵，韵脚开口较大，适于表达平缓而宁静的情绪。如晏殊的《浣溪沙》："一曲新词酒一杯。去年天气旧亭台。夕阳西下几时回。 无可奈何花落去，似曾相识燕归来。小园香径独徘徊。"虽然有惜春的感伤，但那是轻微的，不破坏整体的圆融典雅与宁静，而且，句意之间是连贯和谐的。而李清照的这首《浣溪沙》，从词的表面看来，亦似乎太过于"平静"，到了几乎看不见作者情感倾向的地步。但是，若细加体味，则在美丽细密的外景描写之下，藏有些"诡秘"的色彩。就句法构成而言，六句中，几乎每句之中都有一层转折，更深层则是，每句都似乎有矛盾和断裂在其中，是欲言又止，欲吐又吞，仿佛一个少女在极力掩饰着内心的一种真实心态或者情绪的萌动。

那么，词人为何会有这种内在的矛盾与不和谐？还得从词中所涉及的物事说起。

下片第二句，词人本来是写斗草一事，但前面却凭空来了一句"海燕未来"。既然海燕未来，又有什么说起的必要呢？海燕难道是藏有我们不知道的密码吗？先从"海燕"一词在唐宋诗词中的语义积淀谈起吧。戴叔伦有"细雨柴门生远愁，向来诗句若为酬。林花落处频中酒，海燕飞时独倚楼"（《寄司空曙》），形容人的孤独；耿湋有"篱花看未发，海燕欲先归。无限堪惆怅，谁家复捣衣"（《盩厔客舍》），表达思妇的孤单。在唐诗宋词的意象中，海燕一般是双双出现的，以海燕的双栖双宿衬托人的孤单，以双飞的海燕表达相思与念远。如："卢家少妇郁金堂，海燕双栖玳瑁梁。九月寒砧催木叶，十年征戍忆辽阳。白狼河北音书断，丹凤城南秋夜长。谁谓含愁独不见，更教明月照流黄"（沈佺期《独不见》）；"春情不可状，艳艳令人醉。暮水绿杨愁，深窗落花思。吴宫新暖日，海燕双飞至。秋思逐烟光，空濛满天地"（李群玉《感春》），等等。李中有《春闺辞二首》，写了春闺、春梦、怀春与春愁："尘昏菱鉴懒修容，双脸桃花落尽红。玉塞梦归残烛在，晓莺窗外唤梧桐。""边无音信暗消魂，茜袖香裙积泪痕。海燕归来门半掩，悠悠花落又黄昏。"其中"玉塞梦归残烛在""海燕归来门半掩，悠悠花落又黄昏"句，与李清照这首词的意境何其相似！

此外，海燕也许象征着往年的恋情没有着落："锦鳞无处传幽意。海燕兰堂春又去。隔年书。千点泪。恨难任。"（顾敻《酒泉子》）双燕代表了一种系念："百草千花寒食路。香车系在谁家树。泪眼倚楼频独语。双燕飞来，陌上相逢否？撩乱春愁如柳絮。悠悠梦里无寻处。"（冯延巳《鹊踏枝》）海燕还与词人的好梦有关系，也许海燕可以提醒词人曾经在梦中梦见意中人："谁把钿筝移玉柱。穿帘海燕双飞去。　满眼游丝兼落絮。红杏开时，一霎清明雨。浓醉觉来莺乱语。惊残好梦无寻处。"（冯延巳《蝶恋花》）有时，海燕与作者的一番春梦有关："屏山斜展。帐卷红绡半。泥浅曲池飞海燕。风度杨花满院。 云情雨意空深。觉来一枕春阴。
陇上梅花落尽，江南消息沉沉。"（张先《清平乐》）海燕也与表达相
思有关："细草愁烟，幽花怯露。凭阑总是销魂处。日高深院静
无人，时时海燕双飞去。 带缓罗衣，香残蕙炷。天长不禁迢迢
路。垂杨只解惹春风，何曾系得行人住。"（晏殊《踏莎行》）海燕还
与表达旧时的爱恋有关："海燕双来归画栋。帘影无风，花影频
移动。半醉腾腾春睡重。绿鬟堆枕香云拥。 翠被双盘金缕凤。
忆得前春，有个人人共。花里黄莺时一弄。日斜惊起相思梦。"
（欧阳修《蝶恋花》）

由"海燕"一词在唐诗宋词中的运用情境，可以想见李清照
在写到这里时，她在词面背后所要想说的话。她或许也有"斗草
阶前初见，穿针楼上曾逢"（晏幾道《临江仙》）的经历。海燕在这
里令人起了相思，唤醒了孤单，勾起了春愁春梦，勾起了旧时的
恋情和牵挂。所以，她要特别说一句"海燕未来"。

再说斗草。南朝梁宗懔《荆楚岁时记》载："五月五日，谓
之浴兰节。荆楚人民并踏百草，又有斗百草之戏。"斗草作为一
种游戏，在宋人中普及很广，尤其受青年女子的喜欢。柳永有
"处处踏青斗草，人人眷红偎翠"（《内家娇》）、"斗草踏青。人艳
冶、递逢迎"（《木兰花慢》）、"竞斗草、金钗笑争赌"（《夜半乐》），
记录了青年男女斗草嬉闹的情形；欧阳修有"踏青斗草人无数。
强欲留春春不住"（《渔家傲》），反映了斗草之际产生的伤春之情。
晏殊有《破阵子》，写女子清明时节斗草的情形："疑怪昨宵春
梦好，元是今朝斗草赢。"在柳永的笔下，斗草踏青是一件人人

参与的事情，更是一个借此可以和心爱的人相逢郊游的机会。

明及此，也便对词人的心事有了大致的了解：寒食清明是一个郊游踏青的好时节，身边的青年男女都参与进去了，而词人由于心中记挂着一个人，这个人可能是她的一份似断未断的恋情，所谓"隔年书，千点泪，恨难任"；也可能是她春梦中遇见的人儿；也可能是旧时的恋情，所谓"忆得前春，有个人人共"。但无论是哪种情形，海燕在词人心中触动的是这样一些有关情感爱恋的波澜，所以，词人才以"海燕未来人斗草"这样一句看似无意实则有着深深寄寓的句子，寄托其时复杂多感的心情。

接下来，"江梅已过柳生绵"，其结构形式与句中隐含的转折矛盾也是与上述的心事有关。江梅，"遗核野生，不经栽接者。又名直脚梅，或谓之野梅。凡山间水滨，荒寒清绝之趣，皆此本也。花稍小而疏瘦有韵，香最清，实小而硬"[1]。江梅是梅的品种之一，并不是在江边栽植的梅。江梅已经开过了，柳树也已经开始飘絮了。说明春天以她自己的节奏在进行着，向着深向着纵，大有"病树前头万木春"的感觉。

李清照在乎的并不是江梅本身。她虽然喜梅，但却与众不同："手种江梅更好，又何必、临水登楼？"（《满庭芳》）在她看来，自我种植、独自赏梅比专门去登山临水寻梅要好得多。那么，词人在词中表现出来的对江梅已经开过而有的惋惜，实在

---

[1] （宋）范成大撰，孔凡礼点校：《范成大笔记六种·梅谱》，中华书局2002年版，第254页。

也是借物抒怀而意不在此啊。况且，早在六朝的晋宋时期，就已经有了"忆梅下西洲，折梅寄江北"（《西洲曲》）有关相思的绝唱，尽管我们无法确定词中所言之江梅是否就是《西洲曲》中之"梅"，但七百多年前的绝唱，未始没有在词人的心空撒下鸿影。

李清照对花间词和北宋词作大家如柳永、晏殊、晏幾道、欧阳修、苏轼等人的词，及其各自的得失，都有很熟稔的理解，在《词论》中对各家的得失长短亦各有评骘，所以，对他们词中所用意象及其所蕴含的寓意，也应该是十分了解的，因此，她词中的"海燕""江梅"之句，亦不可简单地只作情景描写理解，而是应该体味到其背后所蕴含的潜在语义，和可能勾起的一些情感瓜葛。

大约正是因为牵涉着一段不便明言的恋情，词人只好借写景而吞吐腾挪，借此怀念一段未果的恋情或者意有所指的春梦。所以，陈祖美先生说："春日昼眠，莫非她也想作一个像前述赵明诚那样的'昼梦'？"当不是无根揣测，而是词人已经做了那样的一个春梦，或者已经有了那样的一段恋情，才借作词纪念这份心动和感伤，而且是不动声色地。

藤床纸帐 肠断人间：以咏物手法写悼亡词

《孤雁儿·藤床纸帐朝眠起》

藤床纸帐朝眠起。说不尽、无佳思。沉香烟断玉炉寒，伴我情怀如水。笛声三弄，梅心惊破，多少春情意。　　小风疏雨萧萧地。又催下、千行泪。吹箫人去玉楼空，肠断与谁同倚？一枝折得，人间天上，没个人堪寄。

李清照晚年创作的词有一个特点，就是不再注重居处精美物事的描画与铺叙，而多直接的抒发，情感浓烈不掩饰，伤痛之语往往直入人心，感发性更强。造成这一巨变的原因，当然是由于她多舛的命运，使她再也无法回到年轻时的岁月静好。周围环境与词人内心的巨变，亦影响了李清照的创作。原来，典雅优美是有物质前提的。

这首词即是李清照晚年词作之一，最初见于《梅苑》卷一。建炎三年（1129）八月十八，赵明诚去世，此年冬，《梅苑》编成，故将此词收入。但是另有一种说法，认为此词应作于赵明诚去世后的一段时间，而现存的《梅苑》只是后人辑补本。这样的说法有一定道理。李清照在此词前有小序云："世人作梅词，下笔便俗。予试作一篇，乃知前言不妄耳。"明确说这是一首咏物词。咏物之作，多数是咏眼前之物，方才有灵感与创作之佳思。以此来判断，则清照此词，最早应作于建炎四年（1130），即赵明诚去世之后的第一个春天，似乎更合情理些。当然，现在关于李清照作品的系年，绝大多数是合理的猜测，而无确切依据。

此时的李清照，身在何处呢？

建炎四年起的两三年间，清照奔波于浙东一带，此时大约是为颁金之事，追随高宗于浙东。《金石录后序》云："到台，台守已遁。之剡，出陆，又弃衣被，走黄岩，雇舟入海，奔行朝，时驻跸章安。从御舟海道之温，又之越。"[1]以一个五旬嫠妇，携金石器玩辗转奔波数地，其处境之艰难、情怀之恶劣、情感之绝望，可想而知。所以，词的开篇即言："藤床纸帐朝眠起。说不尽、无佳思。"在李清照早年词作中，涉及闺房之物，往往不脱精美典雅的浪漫氛围，即使言及床帐，也是"朱樱斗帐掩流苏"（《浣溪沙》），华贵气派。如今，映入眼帘的首先是藤床纸帐。

藤床为何物？明高濂《遵生八笺·起居安乐笺下》"倚床"条记载可为我们提供参考："高尺二寸，长六尺五寸，用藤竹编之，勿用板，轻则童子易抬。上置倚圈靠背如镜架，后有撑放活

---

① （宋）李清照撰，徐培均笺注：《李清照集笺注》，第 312 页。

动，以适高低。如醉卧、偃仰观书并花下卧赏俱妙。"[1] 据王仲闻先生解释："此蔽床以藤（或竹）编之，疑或即藤床也。"[2] 由上述记载我们可以知道，藤床由藤竹编成，朴素简陋，而其尺二寸的高度，闲暇时日卧赏烟霞、花石尚可，若以此为卧具，未免简陋而不挡寒冷，尤其是江浙一带的春日，湿冷逼人，最难将息。

至于纸帐，虽然其上有时可画以梅花诸物，颇有几分清雅，但依然无法与朱樱斗帐相比。而身居藤床纸帐之中的词人，外境之清寒困蹇已不言自明。在藤床之上，纸帐之中，词人睁开眼，窗外不知是什么鸟，带着悠长婉转的鸣叫，从枝头滑过了。于是，词人意识到了自己正身处异地他乡，再也不是"暖风帘幕"（《青玉案》）的"重门深院"（《怨王孙》）了。近来发生了太多事情，让她一时喘不过气来，眼睛刚刚睁开，忧愁烦闷就袭上心来，所以，词人发出"说不尽、无佳思"的叹息。"说不尽"之后，往往会接以愁啊恨啊之类的词，而此时的词人，却接以"无佳思"。

为什么要用一个否定词来表达此际的心情呢？大约是愁闷之事太多，不知从何说起了，只能以短短的一句否定，来圈定她的情绪范围；或者是，南渡前后发生的许许多多的变故，早已将她平静的生活彻底摧毁，如今，成天在奔波、忧苦、孤独、惊吓中

① （明）高濂撰，王大淳整理：《遵生八笺》，浙江古籍出版社 2015 年版，第 414 页。
② （宋）李清照撰，王仲闻校注：《李清照集校注》，中华书局 2020 年版，第 49 页。

渡过，包围着自己的，说不说都一样，都是这样一些不好的东西，所以，说不尽的，当然不是什么好的心情和思绪了，这也便有了"无佳思"的说法。无佳思，即情怀恶，就像她在另一首词中写的"断香残酒情怀恶"（《忆秦娥》）一样。这种恶劣的情怀显然与年轻时闺房相思念远所萦绕的愁怨不同，这是一种真正处于悲苦境地的人才能感受到的诸多苦难的集结。

虽然是赁屋而租，抑或是寄居在客栈，屋内陈设简陋，谈不上优雅，但熏香是有的，尽管比不上旧时"香冷金猊，被翻红浪"（《凤凰台上忆吹箫》）的气派。但是，此时的熏香又是什么样的呢？"沉香烟断玉炉寒"。玉炉里虽然燃烧的是沉香，但此刻早已燃尽，而由于没有人添香续香，所以，炉中只剩下了灰烬，而不再是香烟袅绕了。不仅如此，由于玉炉里的香早已燃尽，香炉里不仅没有热气，摸起来反而寒意逼人。江南的初春，屋里如果再没有熏香，那种清寒湿冷，可想而知。而"沉香烟断玉炉寒"的外部世界，正与词人此刻的内心世界与感受达到了惊人的一致，所以，词人说："伴我情怀如水。"所谓的"伴"，也便意味着玉炉香断而清冷湿寒的现状，与词人的情怀恰恰达成了同步，所谓"情怀如水"，绝不似"低头采莲子，莲子青如水"（《西洲曲》）的那种"如水"，那是表达了一种如水样碧绿的感觉，而此时的词人，那如水的情怀则是从温觉上而言，是说她的情怀，亦如烟断续的玉炉，清寒逼人。情怀到了如此冰冷的地步，那是怎样一种悲伤和绝望！可偏偏此时，不知是谁，吹起了《梅花三弄》的曲子，此前在词人心中蕴蓄的情绪，闻笛而被点醒，而惊心，而爆发，词人的情绪，就在笛声中稀里哗啦，溃不成军。

上片三句三组情景，逐层递进，词人起初恶劣的情绪，经过与外物的感应，益发消沉，终于在笛声中爆发。下片是更为强烈的抒发。与上片相似，下片亦是三组句子，每句前半部分是情景，后半部分是情感的表达。所不同的是，上片每句的外物与情感之间的联系还是比较均衡的，也就是说，外物引发的情绪的波动不是太大，正如"伴我情怀如水"一样，两者之间的关系是一种相伴的同步的关系。而下片的情绪强度，远大于外物的承载。也就是说，上片外物所激发的情绪积淀到了一定程度，使下片中的情绪稍微有外物的触发就会产生强烈的反应，甚至外界事物微小的动静，也能引发词人强烈的情绪波动。

"小风疏雨萧萧地。又催下、千行泪。"小风疏雨，不比秋风秋雨，带来愁绪，春天的小风，应该是"吹面不寒杨柳风"那样的细致微醺，春天的疏雨，应该是似有似无"润物细无声"那样的轻柔欣喜，这样的小风疏雨本应给人带来春的风信，带来万物复苏的预言，而词人却在本应喜悦的春风春雨之前落泪了，不是一时的情绪失控掉下的几滴泪，而是千行的泪。一个"又"字和一个"千"字，透露了眼泪的多而不断。而"又催下"，则意味着在小风疏雨之前，词人已经在落泪了，小风只是将她业已挂在脸上的泪吹落罢了，而这泪有千行万行，吹落了还会流出来，还会再被吹落。词人的眼泪才是真正令人惊心动魄的呢，比那笛声更加令人惊心！而不断的千行泪与断烟的沉香，又形成了多么鲜明的对比。真可谓是"未语泪先流"。

接下来，词人进一步说："吹箫人去玉楼空，肠断与谁同倚？"直接说出了她这千行泪是为那个吹箫人而落。

吹箫人为谁？源出典故。刘向《列仙传》"萧史"条载："萧史者，秦穆公时人也。善吹箫，能致孔雀、白鹤于庭。穆公有女，字弄玉，好之，公遂以女妻焉。日教弄玉作凤鸣。居数年，吹似凤声，凤凰来止其屋。公为作凤台，夫妇止其上，不下数年。一旦，皆随凤凰飞去。故秦人为作凤女祠于雍宫中，时有箫声焉。"吹箫人即指萧史，而此处，则是比喻词人的丈夫赵明诚。

本来，萧史与弄玉是双宿双飞的，而此刻，吹箫人却独自去了，只剩下词人自己独自一人留在人间，孤凄痛苦自不待言。此处，又是一个"断"字——肠断。"肠断与谁同倚"一方面说明了词人如今的孤独寂寞；另一方面也透露出吹箫人未去之时两人常常同倚的情形，委婉诉说出了词人与丈夫往日的恩爱常人难比。愈是情感笃深，就愈是无法接受与适应单独生活的日子。词人的伤痛于此可见。

正是因为如此，所以词人的任何一个日常行为都无法摆脱对往日美好生活的回忆和对如今单栖独飞生活的无法承受："一枝折得，人间天上，没个人堪寄。"春日又来临了，爱梅的李清照，信步走到了梅树下，她本能地折下一枝梅花，但就是这一折梅间，她的心情又伤痛到了极点。就是梅花再美，也没有了一起赏梅之人；就是梅花插在发间，也没有了赏爱之人；就是想折一枝梅花相送，人间天上，到哪里去找那个要送的人呢？一枝梅花，何其微小，人间天上，又是何其浩瀚广远，它们之间是多么大的对比呀，可偏偏就是这么小的一枝梅花，找不到寄托之处！这样的凄苦，还有比之更大的吗？

为了表现深重的伤痛，词人充分运用了数字与对比。如，"笛声三弄"与"多少春情意"；"一枝折得"与"人间天上"，这种数字与对比增强了表达的张力；此外，词人又几次用了否定句式，如"说不尽""无佳思""没个人堪寄"；甚至，词人在"断"字上的感觉亦值得注意，从香断到泪不断再到肠断，共同烘托出了一种心情。而这种"断"的情绪弥漫于全篇，成为词人一种重要的感物方式，也是其内在情绪的主调。而且，这一词牌押的又是仄声韵，而且是开口很小的纸韵寘韵（纸寘通用），这些，都在形式上契合词的内容的表达。

而从修辞上，词人也很注重整体氛围的营造。

首先，还是回到藤床上来。白居易："六尺白藤床，一茎青竹杖。风飘竹皮落，苔印鹤迹上。幽境与谁同，闲人自来往。"（《小台》）魏野："藤床藤枕睡腾腾，软胜眠莎与曲肱。"（《谢王歌太博惠藤床王虞部惠藤枕》）彭汝砺："藤床卧对炉烟细，想岸渊明漉酒巾。"（《问龚深之疾往复》）苏轼："道人劝饮鸡苏水，童子能煎莺粟汤。暂借藤床与瓦枕，莫教孤负竹风凉"（《归宜兴留题竹西寺三首》其二）；"我击藤床君唱歌，明年六十奈君何。醉颠只要装风景，莫向人前自洗磨"（《和赵郎中见戏二首》其二）；"白头萧散满霜风，小阁藤床寄病容"（《纵笔》）。苏辙："清境不知三伏热，病身唯要一藤床。"（《环波亭》）张耒："省门下马不读书，急扫藤床卧听雨。"（《曹辅》）惠洪："瓦枕藤床初破睡，蔗浆冰碗欲生埃。"（《升上人过石门》）郭祥正：“藤床未成寐，野鸟噪归林。”（《门巷》）晁补之：“清虚有物濯烦暑，藤床对月如对雨。”（《和王定国二首》其二）赵鼎：“竹枕藤床一室虚，松风瑟瑟梦惊余。破窗犹有流萤渡，老我疏慵不读书。”（《梦觉》）韩驹：“藤床瓦枕快清风，破闷文书亦漫供。”（《闻富郑公少时随侍至此读书景德寺后人为作祠堂因跋余旧诗后以自嘲》其一）虞俦：“功名休恨晚，身世一藤床。”（《喜雨》）曾丰：“藤床纸帐二十年，上至泥丸下丹田。”（《寿广东提举韩判院》）以上所引，除白居易之外，其他都是宋人，大多是北宋时人。藤床在这些诗中的出现，大都与表现文人清贫的生活、恬澹的情怀有关。关于藤床，还有一则记载颇耐人寻味：“王荆公妻越国吴夫人，性好洁成疾，公任真率，每不相合。自江宁乞骸归私第，有官藤床，吴假用未还，吏来索，左右莫敢言。公一旦跣而登床，偃仰良久，吴望见，即命送还。”①以王安石显赫的政治地位，其妻吴氏却借官府藤床而不愿还，并不是藤床贵重而买不起，而是藤床本是清寒之物，衣食优裕的吴夫人因此视其为稀有之物而不愿意归还，这也可从侧面了解到藤床在宋代人们生活中所扮演的角色。

　　再来看纸帐。唐释齐已：“沙泉带草堂，纸帐卷空床。”（《夏日草堂作》）王禹偁：“风摇纸帐灯花碎，月照冰壶漏水清。”（《夜长》）宋杨杰：“竹床纸帐睡正稳，无奈野猿惊觉来。”（《山房枕上

---

① （宋）朱彧撰，李伟国点校：《萍洲可谈》卷三，中华书局 2007 年版，第 163 页。

作》)苏轼:"困眠得就纸帐暖,饱食未厌山蔬甘"(《自金山放船至焦山》);"蒲团坐纸帐,自要观我身"(《赠月长老》)。苏辙:"隼旗画戟明千里,纸帐绳床自一庵"(《自咏》);"岸帻携筇夜夜来,蒲团纸帐竹香台。直须觅取僧为伴,更为开庵劚草莱"(《山房》);"茅庵纸帐学僧眠,炉爇松花取易然"(《次韵毛君烧松花六绝》其一)。陈师道:"纸帐熏炉作小春,青奴白牯对忘言。更无人问维摩诘,始是东坡不二门。"(《次韵苏公调告三绝》其三)宋僧道潜:"草堂早晚投君宿,纸帐蒲团不用收。"(《次韵李端叔题孔方平书斋壁》)郭祥正:"纸帐寒不眠,开门数点雪"(《山居绝句六首》其六);"岩花落尽莺啼懒,纸帐孤灯梦亦闲"(《桐城青山裴山人枉步见寻兴尽遽归》)。宋谢逸:"纸帐竹窗夜永,蒲团棐几人闲。万籁声沉沙界,一炉香袅禅关。"(《以水沉香寄吕居仁戏作六言二首》其一)宋毛滂:"蒲团纸帐两寂寞,独有老桧磨风霜。"(《立秋日破晓入山携枕簟睡于禅静庵中作诗一首》)宋李若水:"布衾纸帐饯残冬,老眼俄惊晓日红。"(《睡觉》)

由上引唐宋诗中涉及的纸帐可以看出,纸帐属于清寒之物,常与蒲团之类同时出现,以此烘托主人清寒孤寂的生活与出世的情怀。陆游《老学庵笔记》卷三载:"杜起莘自蜀入朝,不以家行。高庙闻其清修独处,甚爱之。一日因得对,褒谕曰:'闻卿出局,即蒲团、纸帐,如一行脚僧,真难及也。'"① 吴处厚《青箱

---

① (宋)陆游撰,李剑雄、刘德权点校:《老学庵笔记》,中华书局1979年版,第35页。

杂记》卷八亦载："枢相张公升，字杲卿，……退归阳翟，生计不丰，短毡轻绦，翛然自适，乃结庵于嵩阳紫虚谷，每旦晨起焚香读《华严》，庵中无长物，荻帘、纸帐、布被、革履而已。"①从上述宋人的记载中可以看出，纸帐为当时仕宦阶层最简陋的随身装备之一，其朴素清寒程度可以比拟行脚僧。

此外，宋人有在纸帐上绘梅花的习俗。高濂《遵生八笺》"纸帐"载："用藤皮茧纸缠于木上，以索缠紧，勒作皱纹，不用糊，以线折缝缝之。顶不用纸，以稀布为顶，取其透气。或画以梅花，或画以蝴蝶，自是分外清致。"②宋人诗中亦有此类反映。如赵葵："夜深梅印横窗月，纸帐魂清梦亦香。莫谓道人无一事，也随疏影伴寒光。"（《梅花》）刘克庄："瀑映梅华何所似，蚌胎蟾影浴寒江。梦回东阁频牵兴，吟到西湖始树降。雪屋恋香开纸帐，月窗怜影掩书釭。若将晋汉间人比，不是渊明却老庞。"（《和方孚若瀑上种梅五首》其三）

因为同属清寒之物，所以梅与纸帐在格调、审美上给人的感觉比较相似，这一点宋人已经注意到并运用到生活中了。宋林洪《山家清事》还引朱敦儒词"道人还了鸳鸯债，纸帐梅花醉梦间"（《鹧鸪天》），来说明纸帐与梅花十分相称。周密《齐东野语》卷十五有"玉照堂梅品"，认为"梅花为天下神奇，而诗人尤所

---

① （宋）吴处厚撰，李裕民点校：《青箱杂记》，中华书局1985年版，第88页。

② （明）高濂撰，王大淳整理：《遵生八笺》，浙江古籍出版社2015年版，第413页。

酷好"①。张端义《贵耳集》卷中亦说:"诗句中有梅花二字,便觉有清意。自何逊之后,用梅花不知几人矣。林和靖八首梅诗,惟'疏影横斜水清浅,暗香浮动月黄昏',可谓绝唱。有作听角词:'五更角里梅花调,吹落梢头那个花。'又有云:'小窗细嚼梅花蕊,吐出新诗字字香。'杜小山云:'窗前一样寻常月,才着梅花便不同。''绿窗昨夜东风少,开遍梅梢第一枝。''半夜梅花入梦香。''玉人和月嗅梅花。''纸帐梅花醉梦间。''夜寒无可伴,移火近梅花。'"②周、张二人都提到梅花为诗人宠物,一旦梅花入诗,"便觉有清意"。不仅如此,周密还"审其性情,思所以为奖护之策"③,得出花宜称、花憎嫉、花荣宠、花屈辱四事共五十八条,其中"花宜称凡二十六条"如下:"澹阴、晓日、薄寒、细雨、轻烟、佳月、夕阳、微雪、晚霞、珍禽、孤鹤、清溪、小桥、竹边、松下、明窗、疏篱、苍崖、绿苔、铜瓶、纸帐、林间吹笛、膝上横琴、石枰下棋、扫雪煎茶、美人淡妆簪戴。"④所谓"花宜称",是指与梅花十分相配之景物。在周密所提到的二十六种景与物中,本词所涉及的就有晓日(朝眠)、薄寒(沉香烟断玉炉寒)、细雨(疏雨)、纸帐、林间吹笛(笛声三弄,梅心惊破)等五种。可见,在本词中,虽然藤床纸帐之类

---

① (宋)周密撰,张茂鹏点校:《齐东野语》,中华书局 1983 年版,第 274 页。

② (宋)张端义撰,许沛藻、刘宇整理:《贵耳集》卷中,大象出版社 2019 年版,第 178 页。

③ (宋)周密撰,张茂鹏点校:《齐东野语》,中华书局 1983 年版,第 274 页。

④ (宋)周密撰,张茂鹏点校:《齐东野语》,中华书局 1983 年版,第 275 页。

的物事可能真实地反映了词人当时的生活状态，但是，除此之外，词人善于以与梅相配之物与景入词的意向是较为明显的。

因此，上述景物作为梅之伴侣的出现，并非偶然，而是体现了词人深细的修辞用心。这一点，如果不是对宋代相关物事在诗词中的运用习惯有所了解，大约是无法体味到的。

明于此，我们到现在才真正了解，《孤雁儿》虽为李清照悼念丈夫之词，但在谋篇布局上，在词的修辞手法上，她仍然严格遵循了咏物之作不明言所咏之物，但事事与所咏之物相关这一规律。而且，尤为高明的是，清照又不拘泥于所咏之物，而是在遵循咏物词基本规则的前提下宕开去，抒发了自己内心深重的伤痛之感，而使人读来以为只是悼亡词，却忽略了其实为咏物词。

至此，我们也明白了，李清照词中小序颇为少见，何独本词前偏有小序。词人大约是想通过小序告诉读者，这首词仍然是一首咏物词，而她对于"不俗"的追求，又使这首咏物词不同于绝大多数同类题材之作。词前小序又不仅仅标明了咏物词的特质，还借此使人明了了本词高出常人之处。以咏物方式写悼亡之情，高哉！

重门庭院 宠柳娇花：女性的视角与感悟

《念奴娇·萧条庭院》

萧条庭院，又斜风细雨，重门须闭。宠柳娇花寒食近，种种恼人天气。险韵诗成，扶头酒醒，别是闲滋味。征鸿过尽，万千心事难寄。　　楼上几日春寒，帘垂四面，玉阑干慵倚。被冷香消新梦觉，不许愁人不起。清露晨流，新桐初引，多少游春意。日高烟敛，更看今日晴未。

易安词清丽典雅，含蓄蕴藉，有一种特别的美，这也是易安词最动人之处。易安词的上述特质，多数情况下，是与她在词中巧妙调度景物与情绪，使景物情绪化，情绪景物化，情与景相互交融激发，共同发酵彰显有关。即如这首《念奴娇》，便是如此。这是一首"春日闺情"词，有的本子题为"春情"，大约作于政和六年（1116）李清照居青州时期。此时李清照三十三岁，这年的三月四日，赵明诚访古，三游长清灵岩寺，其《齐州灵岩寺千佛殿记》碑侧题名说："丙申三月四日，复过此。德父记。"三月四日正是阳历清明节前，所以本词有"宠柳娇花寒食近"句。

本词的开头，并不就径写室内陈设，而是将眼光落在了庭院中。这是一座什么样的庭院呢？萧条庭院。庭院萧条，说明人在其中走动少，冷清而安静。如此庭院，居住于庭院中的人如何，我们有了一个大致的感觉。接下来，词人用一个"又"字，在情绪上更进一层："又斜风细雨，重门须闭。"斜风细雨，在春日，本应是令人喜爱的，备受欢迎的，因为其中不仅有春的信息，更有春的味道。敏感多情如词人，对此当有更独特的感觉。就是这"不须归"的斜风细雨，在词人的笔下，反倒成了阻止其在庭院中漫步的客观存在。词人不仅因此取消了户外活动的打算，更将闺房之门关闭了。重门，指双重的门，一从里面开，一从外面开，如她的"花影压重门"（《小重山》），这种门在清末民初的北方民居中还可以见到。重门，说明了遮风挡雨的性能强，也意味着隔绝性能好。"重门须闭"，一方面照应了上句的斜风细雨，害怕斜风将细雨刮入屋内而将门紧闭；另一方面，也象征了词人此时的心情是封闭、压抑的。一个"须"字，又透露出了对"门"格外重视，不仅要关门，而且要关闭双重的门。词人过的是一种幽闭的生活。

起首这三句，句句写景，又句句透露出词人此时此地的情绪与心境，是女性化意识十分强烈的景色。词人亦是通过写景，来委婉陈露她的心迹。

下面两句，亦是写景："宠柳娇花寒食近，种种恼人天气。"

进一步清晰地交代了具体的时节。词人用了"宠"柳与"娇"花来告诉我们，这已经是春天了，并且接近寒食节了。但是，"宠"与"娇"本是用来形容倍受宠爱的女子的，这里却用来形容柳与花。拟人手法的运用，表现了词人的负面情绪，说明她对于这春天并不是怀着惊喜的，而是流露出懊恼与厌恶，和一种女子才有的似妒似嫉、似嗔似怨。本是写景，却透露出了年轻女子特有的嗔怒、任性甚至是蛮不讲理。这种娇嗔与无理的埋怨，恰切地显示了词人的执着与多情，无意中凸显出小女人态。而这种小女人的任性与意态成就了易安词的独特风景，亦显示了她的自信与自矜，并在词中不止一次地出现，如："知否，知否？应是绿肥红瘦。"（《如梦令》）

再看看词人的生活状态吧！她过的到底是一种什么样的生活？"险韵诗成，扶头酒醒"。又作诗，又饮酒，好不潇洒！但作的是什么诗？喝的是什么酒？险韵诗对扶头酒。险韵也就是窄韵、生僻韵，属于这类韵部的字或者数量少或者生僻，作起诗来可选择的余地就小，也便难作了。所以，作险韵诗不仅是需要才情，也是需要时间的。而扶头酒呢？宋元诗中涉及扶头酒的大约有如下描述："官闲从饮扶头酒，地僻谁同敌手棋。"（徐铉《又和寄光山徐员外》）"缩项鱼肥炊稻饭，扶头酒熟卧芦花。"（黄庭坚《次韵答任仲微》）"扶头酒好无辞醉，缩项鱼多且放馋。"（王禹偁《回襄阳周奉礼同年因题纸尾》）"晓日瞳瞳上纸窗，小炉文火近缣缃。冲愁满盏扶头酒，笑杀医师第一方。"（吕南公《晓日》）"瓮有扶头酒，厨无缩项鳊。"（华岳《次李信州七十韵》）"照眼妆新就，扶头酒半醒。"（徐玑《丽春花》）"要知今日扶头酒，犹是前时软脚尊。"（耶律铸《曲延春》）"平明剩买扶头酒，不向诸儿计橐金。"（王恽《近读夜永不寐等作觉清而颇寒吾恐伤中和而病吾子也因复继前韵假辞而薰炙之亦晁补之拟骚之遗意也》）

关于扶头酒，解释大致有两种，一是说浓度很大的烈性酒，一是说宿醒未解，早晨再饮以淡酒来缓解宿醉。但是由上述涉及的扶头酒来衡之，则其多半是指前者，不然也不会有王禹偁之"扶头酒好无辞醉，缩项鱼多且放馋"、黄庭坚之"缩项鱼肥炊稻饭，扶头酒熟卧芦花"了。因为体味诗意，前者诗言扶头酒是一种易令人喝醉的酒，而后者饮扶头酒恐怕已经不是早上时分了，说明扶头酒并非令人解醒之酒。再有元人王恽的"平明剩买扶头酒，不向诸儿计橐金"，扶头酒是一种专门可以买来的酒，那么，它大约就不是指让人醒酒的酒了，而是一种特定的酒。正是因为扶头酒是一种容易使人醉倒的酒，所以才有了徐铉诗官闲饮扶头酒来打发时日、抒发久不升擢的郁闷。

如此看来，词人闺门多暇，有大把的时间来消遣，所以，才会去作难度很大的诗，以打发时间；才会喝猛而易醉的酒，以渡过难熬的日子。但是，再难作的诗也有作成的时候，再难醒的酒也有醒了的时候，诗成酒醒之后，词人感到的是更加无法驱散的寂寞和无聊。"别是闲滋味"，那个"别"字，也透露了词人难以言说的特别的无聊和寂寞。词人为何如此的无聊难过呢？"征鸿过尽，万千心事难寄"透露了消息。原来她心爱的人不在身边，正在犯着相思呢。

　　下片仍是从写景开始。上片主要写了室外的景与天，而下片开头三句，则是从词人之居处为着眼点，写室内的环境，以及她对于外界的感知。也许又风又雨的连阴雨天气已经有几天了，在这样阴雨的天气，人是不情愿多走动的，只愿躲在自己的香衾暖褥里听风听雨，当然这都是在心情惬意的情况下才会有的状态。而词人显然没有如此悠闲自在的心情，她被思念所扰，虽然是帘垂四面，朦胧温馨，幽静浪漫，但帘幕虽严密却无法阻挡春寒的侵入，那大约不仅是身体上感到春寒料峭，而是心理上有一种侵浸的驱不走的寒冷，这种寒冷是因为孤寂，因为心情的沮丧，因为思念的辛苦甚至绝望。由于绝望，所以，才会有"玉阑干慵倚"的倦怠，而这种倦怠，又不仅是生理上的，更是情感和心理上的疲倦。

　　即使如此，人不可能永远蜷缩在床上逃避下去。况且锦衾冷落，玉炉香消，醒了又睡睡了又醒，梦了醒来醒了又入梦，"新梦"说明梦之多之频繁，正映照出女主人公单一的生活、专一的情感和去除不掉的心事，所以，词人连用两个"不"字，表明再愁再闷也必须起来了。此处似乎又看到词人强打精神的决心。

　　"清露晨流，新桐初引"，晶莹的露水点缀在清晨的植物上，清新的梧桐正在生长，用《世说新语·赏誉》的成句，晋人那种莹洁明亮的美照亮了词人幽闭的世界，所以，似乎有了新生的欣喜，而"多少游春意"又加强了这种清新与喜悦，也是受如此清美之景感染而致。

　　可是，愁绪与心事不是那么容易就被驱散的，在片末，"日高烟敛，更看今日晴未"的内心独白使她的心情又回复到了从前，如此美景而产生的游春之念只是存在了短短的一刹那，而一句视天气而定的犹疑看似认真，实际是一个堂皇的借口，它乘了惯性的翅膀，又使词人的心情回到了原点，回到了慵懒、孤寂与春愁。

这是一个自欺欺人的借口，犹如信誓旦旦要与负心男子决绝的女子，下了一夜的决心，而在最后，仍然以一句"东方须臾高知之"（《有所思》）的借口推翻了自己的决定，重新回到爱的漩涡不能自拔。

词人亦是如此。表面看来，她能否走出帘幕、走出闺楼、走出深院完全取决于天气的好坏，实际上却是她心甘情愿的选择，她虽然有哀怨有痛苦，可是她无法走出对心爱之人的思念。词人婉曲细腻的心事和复杂的心理活动至此大白。

前人在评及此词时，总是惊叹于李清照用词的奇特："余亦谓此篇'宠柳娇花'之句，亦甚奇俊，前此未有道之者"（《蓼园词评》）；"易安又有'宠柳娇花寒食近，种种恼人天气'，'宠柳娇花'，新丽之甚"（王世贞《弇州山人词评》）；"'宠柳娇花'，又是易安奇句。后人窃其影，似犹惊目"（沈际飞《草堂诗余正集》卷四）；"'宠柳娇花'，新丽之甚。不效颦汉魏，不学步盛唐，应情而发，自标位置"（卓人月《古今词统·词话》）；等等。他们虽然感受到了李清照用词的奇特、新人耳目，却没有从更深层次去理解和体会，这也许是因为他们本身是男性，无法真正了解女性幽微细腻的内心世界。

　　李清照之所以有如此的用语，原因很简单，因为她是女性，她将自己任性、感性的内心和情感自然地化为笔下的文字，没有过多的修饰，没有作为被观赏之物的被动、僵硬与刻板化，只是自自然然的女子世界而已。由于这一世界有风有雨有情有愁，由于这一世界多情多感多爱多恋，由于这一世界任情洒脱至情至性，又由于这一世界任性娇憨小女儿态，所以，她的笔下自然有了这许多变化，这一变化又通过外界景物的描写得到了立体的展示。人们在欣赏此词时总是习惯于仅从写作手法上去理解，说她善转笔锋，惯用跌宕笔法，又善于以出人意料之句结尾。实际上，这些修辞手法都是与她内心世界的多变与丰富密不可分的，也是与她形之于笔端的内容分不开的。如果抛开这些而只讲修辞与艺术手法，显然有些一厢情愿，也没有真正深入地理解词人。当然，由于李清照善于写景，而她的形象、内心和情感都是在外界景物的空隙中抒发而漫溢出来的，这也容易使人忽视她内心的力量的源泉。

落花流水 眉头心上：流动的相思

《一剪梅·红藕香残玉簟秋》

红藕香残玉簟秋。轻解罗裳，独上兰舟。云中谁寄锦书来？雁字回时，月满西楼。　　花自飘零水自流。一种相思，两处闲愁。此情无计可消除，才下眉头，却上心头。

《读书》2008年第12期有两篇文章相当精彩，一是陈平原老师的《燕山柳色太凄迷》，一是刘晓峰先生的《花落春仍在》。说起来，最初是被这两篇文章太美的题目诱惑，受了指引，一路读下去的。有感于，无论内容为何，诗意唯美的文字是读书人的天敌，你永远都难以抗拒她的魔力。易安词就具有这种魔力。先不说本词选取的词牌已足够美了，就是这起首七字，足以令历代文人心折骨惊，一见而惊艳，叹为"不食人间烟火"者。

这是秋日的某一天，词人动情了的留痕。一直以来，很惊诧红藕与玉簟的搭配。更准确地说，是惊异于红藕香与玉簟秋的搭配。从颜色上，暖色的红与清色的玉，相互映衬，那是怎样的绚丽而华贵，柔媚而矜持，如一袭华美的丝绸，那种柔软的质感与光泽，经眼难忘。红藕，红色的荷花。词人说的却不是荷花已残，而是说荷花的香已经残了。花残，是一种视觉的劫难，也是实在的凋落，而香残，则由视觉过渡到嗅觉，幽微隐约，却有似缕如烟的绵长，更有一种美好，牵系着人的感觉。词人由荷塘之藕香残而想起闺房中之玉簟，如水碧也罢，如玉润也罢，突有一股秋意，侵浸于玉簟之上。秋为名词，本不应作谓语，此处却紧随"玉簟"之后，以形容词而表示有秋意。秋意抢先闯入。

这是一个秋日，词人漫步于湖边或荷塘，发现荷花满目，但是已开过，只是花散发的香还似有似无地传来。词人由眼前的花败香残，突然意识到闺中那精美的竹席，已不知在什么时候浸入了秋意。香残秋浓，并没有带给人萧瑟的秋气与悲怀，那是因为，词人的心中，被一种美好的思念充盈，所以，我们不仅没有上述感受，被我们记住的，反而是盛开的红藕，只是，有一种淡淡的感伤，在藕香与玉簟之间，悄悄地释放。此时，词人轻轻提起罗裳，独自一人登上兰舟。在这一提一登间，有一种优雅孤单的美。虽然落寞，但尤显轻盈而高贵。词人独特的形象与个性也就此显现。

关于这首词的本事，最早见于元人伊世珍的《琅嬛记》："易安结缡未久，明诚即负笈远游。易安殊不忍别，觅锦帕书《一剪梅》词以送之。"先不说生于异代如何得知夫妻间之琐事，就是此书为伪书，其所言也自不足为凭，前人已有论及。但是，为何《琅嬛记》将此词想当然地附会为易安送别负笈出游的明诚而作呢？我想大约与"轻解罗裳，独上兰舟"一句有关，认为登船而去的必是男子，而登上兰舟又必是远行。还有的解释说罗裳是古代男女都可以穿的裙子，以此解释"独上兰舟"者为男子。所以，这里的关键是"罗裳"与"兰舟"，它们在词人所处的时代的使用习惯。

先看罗裳。柳永有"与解罗裳，盈盈背立银釭，却道你但先睡"（《斗百花》），"须臾放了残针线。脱罗裳、恣情无限"（《菊花新》）；晏殊有"青杏园林煮酒香，佳人初试薄罗裳"（《浣溪沙》）；欧阳修有"十五六，脱罗裳，长怎黛眉蹙"（《忆秦娥》）；秦观有"香篆暗消鸾凤，画屏萦绕潇湘。暮寒轻透薄罗裳。无限思量"（《画堂春》）；贺铸有"三扇屏山匝象床。背灯偷解素罗裳"（《浣溪沙》）；周邦彦有"整罗裳。脂粉香。见扫门前车上霜。相持泣路傍"（《长相思》）。此外，李之仪有"避暑佳人不着妆。水晶冠子薄罗裳"（《鹧鸪天》）、邓肃有"帘外报言天色好，水沉已染罗裳"（《临江仙》），等等。上面词中有关罗裳的描写，其穿罗裳者都为女子无疑。因此，尽管罗裳男女皆可穿，而在易安之前的北宋词家的笔下，着罗裳者大多为女性。易安对北宋诸家如柳、晏、欧、秦、黄、贺等人的词都十分谙熟，其词中涉及罗裳者，未始不受这种约定俗成的影响。

再来看兰舟。兰舟，即用木兰树的木材制造的小舟，后来用以指精美的小舟。提起兰舟，自然会想起柳永的"留恋处，兰舟催发"，以为兰舟即代表远行。但在宋词中，登兰舟者并不都是指离别远行，也有乘兰舟游玩、赏景者，如柳永的"兰舟飞棹，游人聚散，一片湖光里"(《早梅芳》)，即是指乘兰舟出游嬉戏，而晏几道的"守得莲开结伴游。约开萍叶上兰舟"(《鹧鸪天》)，则是写女子莲开时节乘兰舟结伴采莲游玩的情景。更不用说易安的"月满西楼"和"花自飘零水自流"两句，乃直接从小晏此首《鹧鸪天》的"采罢江边月满楼"和"花不语，水空流"两句化用而来。既然小晏的这首《鹧鸪天》对易安有如此大的吸引力，则易安《一剪梅》的部分意境取材于此再自然不过了。因而，此处兰舟句意为词人泛舟水上，而非指明诚远行离别。易安也有词记述自己曾泛舟出游的情景："常记溪亭日暮，沉醉不知归路。兴尽晚回舟，误入藕花深处。争渡？争渡？惊起一滩鸥鹭。"(《如梦令》)足以旁证"独上兰舟"的行为并不纯是男性化的。明于此，则"易安殊不忍别，觅锦帕书《一剪梅》词以送之"云云便尤显穿凿，而言此词乃易安"崇宁年间，因受党争株连，被迫归宁后，思念丈夫赵明诚所作"，则未免太过坐实。如此虽不囿于陈见，但又拨云投暗了。

"云中谁寄锦书来？雁字回时，月满西楼"，由"轻解罗裳，独上兰舟"逗引而出。词人泛舟莲海，闻雁阵而举目，刹那间想到该不是有谁托鸿雁而寄锦书来吧？但这只是因激动、思念之切而产生的瞬间迷乱，词人分明看到，大雁归来的时候，只有月亮洒遍西楼。西楼，并不是如以往的解释，是词人居处之所，它只是词人想象中的一个意象，那里居住着一位如自己一样的闺中人，在思念，在等待，恰如《春江花月夜》所描述的："可怜楼上月徘徊，应照离人妆镜台。玉户帘中卷不去，捣衣砧上拂还来。"楼与思妇之密切关系，自古诗十九首已然，如《青青河畔草》中那个叫喊着"荡子行不归，空床难独守"的"盈盈楼上女"，《西北有高楼》中的那个"愿为双鸿鹄，奋翅起高飞"的"杞梁妻"。此后，曹植有《七哀诗》："明月照高楼，流光正徘徊。上有愁思妇，悲叹有余哀。借问叹者谁，言是宕子妻。君行逾十年，孤妾常独栖。君若清路尘，妾若浊水泥。浮沉各异势，会合何时谐。愿为西南风，长逝入君怀。君怀良不开，贱妾当何依。"更是将思妇与楼、月成功而紧密地联结在一起，思妇与楼、月意象也被作为经典意象，在相似题材的作品中流传，《春江花月夜》"可怜楼上月徘徊"几句中的思妇意象，亦是受了曹植此诗意象的潜移默化。因此，唐人类似的表达，多爱用楼与月作为道具，而韦应物的"闻道欲来相问讯，西楼望月几回圆"（《寄李儋元锡》）、李益的"从此无心爱良夜，任他明月下西楼"（《写情》），更是将闺思与西楼意象凝结在一起。所以，本词中的"西楼"意象，是有诗歌内部的意象传统积淀的，它的出现，更象征了一种普遍的闺中思妇念远之情，而并不实指词人所居。况且，西楼只是站在他者角度的指称，不言已明矣。

至此，上阕六句将词人泛舟藕花深处、见大雁而起相思的情形勾勒而出。

过片"花自飘零水自流"，从写法上言，为承接上阕起句"红藕香残玉簟秋"而来。花为藕花，水为藕花深处之水。而从情感叙事角度来说，词人此时由仰望大雁，以及由此产生的联想，重新回到现实。现实是，她置身于藕花之中，花败了，有的已随水飘零。这又可谓见花而惊心，且是两重惊心：花落而惊心，落花被流水裹挟而去，则更是惊心。落花飘零于水上，却不能与水相融，正所谓"花自飘零水自流"，是自然万物的存在，亦是伤心人别有怀抱。落花固然是一种伤心，而水无止境地流于要流之处，随物赋形，未尝不是别样的伤心。但花自伤心，水自落泪，却都无法令对方解脱，所以，两个"自"，悟出了天地万物间物与物的相处方式，表面相安无事，实则静默无情，即"水流花谢两无情"（崔涂《春夕》）。由落花与流水而及人，人世间的事情何尝不是如此呢？所以，词人有了"一种相思，两处闲愁"的心语。虽然你我都在相思，都在思念着对方，但也只是人在两地，各自犯着闲愁，又能如何呢？多情处转无情。相思虽苦，但却无法将它从人的深心处根除，这也便有了词人"此情无计可消除，才下眉头，却上心头"的无奈。这一无奈也许还来自落花流水的深处。刘禹锡《竹枝词》云："山桃红花满上头，蜀江春水拍山流。花红易衰似郎意，水流无限似侬愁。"以花寓情郎，以水寓女子自身。虽然同样在逝去，花的短暂易凋零，与水之不舍昼夜地流逝，有太大的分别，所以，花落乃有情之中的无情，无情之中的无情。而如易衰之花的"郎意"，此刻到底为何呢？是否也如刘禹锡这首《竹枝词》所言呢？于是，相思之外，更添了无法驱遣的愁绪与担忧。它是如此顽固，如此执着，使身与心都无法释然。

这首词不同于易安其他词多以居室景物为入词的对象，而是以室外的自然景物作为情绪的触媒。上下两阕都是以花为触

发，上阕由藕花而引出登舟举动，由泛舟水上、闻雁阵之声而仰
望，故而想象着不知在何处的西楼，正有与自己一样的闺中思妇
在等待着丈夫的音讯；下阕亦由花而发，由花之落水之流而引发
对相思本身的感悟，又由相思的无法排遣而产生无奈与伤感。总
的来说，上下两片都是由眼前实景而触发相思之情，而两处的眼
前景被词人描写得如此之美，从修辞手法而言，又似乎有起兴的
作用。

　　本词虽然多半为直接抒发，好似易安心中所言脱口而出，实
际多半是有所依本的。如顾敻的《醉公子》"漠漠秋云澹。红藕
香侵槛"与他的《虞美人》"绿荷相倚满池塘，露清枕簟藕花香"
与"红藕香残"句；贺铸《更漏子》的"便兰舟独上"与"独上
兰舟"句；晏幾道《蝶恋花》"雁字来时，恰向层楼见"，以及
他的《鹧鸪天》"采罢江边月满楼"与"雁字回时，月满西楼"
句；刘禹锡《竹枝词》、小晏的"花不语，水空流"与"花自飘
零水自流"句；范仲淹的《御街行》"都来此事，眉间心上，无
计相回避"与"此情无计可消除，才下眉头，却上心头"句。甚
至，全词的取境，亦大致化用于《西洲曲》："采莲南塘秋，莲
花过人头。低头弄莲子，莲子青如水。置莲怀袖中，莲心彻底
红。忆郎郎不至，仰首望飞鸿。鸿飞满西洲，望郎上青楼。"词
人虽不是采莲女，但于莲海见莲败香残而觉秋至，更望大雁而
惊心，勾起对爱人的思念，却与《西洲曲》有异曲同工之效。但
是，又不仅止于此。只能说，这些词句与意境只是易安词的传统
储备，而她的纯情与执着的相思，以及内在永久的美好，才是她

不尽的内心源泉。有了这种内心的美好与积郁的情绪，一切景语皆情语，物皆着我之色，是景语亦成情语，情语更为情语，看似平常之语在李清照笔下似乎重新被发现，而活泼动人起来。还有一点就是，她虽然从花间词人与柳永、欧阳修、晏氏父子那里汲取很多，却过滤了艳情与情欲的影响，使情感真正典雅高贵而隽永，成为永世的范本。

云淡风轻的春日闺情

《浣溪沙·小院闲窗春色深》

小院闲窗春色深，重帘未卷影沉沉。倚楼无语理瑶琴。远岫出云催薄暮，细风吹雨弄轻阴。梨花欲谢恐难禁。

这是一首春日闺情词。有的本子题作"春景"，恐不大妥适。词为细腻心曲的载体，景语亦为情语，因此，除却专门咏景之词，大约很少有词是专写景色的。李清照更是如此。一切看似写景之语，几乎无一例外的都是词人内心情感的外在表现。由于词人的性别身份，使她在书写时无法像男性文人那样直白地坦陈心迹，因此，含蓄、典雅与优美，不仅是词人对词作的审美要求，也是由她的女性身份与处境所决定的。即便如此，王灼仍称她"无所羞畏""轻巧尖新，姿态百出，闾巷荒淫之语，肆意落笔，自古缙绅之家能文妇女，未见如此无顾忌籍也"。

首句从小院写起："小院闲窗春色深。"院子真的小吗？王安石有"百亩中庭半是苔。门前白道水萦回。爱闲能有几人来。　　小院回廊春寂寂，山桃溪杏两三栽。为谁零落为谁开"
（《浣溪沙》）。百亩之中庭，不可谓不大，而仍有"小院回廊"，为的
是表现幽寂的环境。本词落笔即写小院，也是含了这么一层意思。

庭院在文本中被大量描写与关注，是自宋词这一体裁起。唐
人意气风发，与自然亲近，诗中多流连山水之作；宋人城市意识
发达，生活趣味日渐精致，营造诗意的居处环境、沉湎于人造景
观与庭园建筑，是宋人的一大喜好，徽宗时期的"花石纲之役"
就是明证。

而在词这样注重表达个人情感与男女欢爱的体裁中，尤其是
在女性词人的视野中，庭院就是最直接的生活场所，以庭院入词，
再自然不过。但是，院而为小院，则是女性化意识较浓的词语。
小院之中居住着的，必是女子无疑，尽管实际生活中未必如此，
而生活优裕的词人亦未必居于小院中。由院而及窗，很自然的过
渡。而形容窗则用了一个"闲"字。闲，闲暇，空闲，本是形容
人在时间上的轻松感觉的，这里却用来形容建筑元素，似乎有些
突兀。闲窗，是怎样的窗户呢？怎样的窗户才会想得起用"闲"
这样的词？若是字斟句酌，会感到真的不知所云。我们知道有琐
窗，有雕窗，却不知闲窗到底所指为何？

其实，闲窗只是词人的一种感受，是心理上的，而不在乎是
否与现实对应。也许，琐窗亦是闲窗，也许不是，但闲窗昭示了
一种心情，即居于闲窗之后的主人公此时必是闲着的，身闲，心
亦闲。在有闲窗的小院中，春色如何呢？春色深。一个"深"字，
概括了暮春所有花、树的状态，也象喻了小院主人公彼时的心境。

春深，即春已接近尾声，也意味着伤春。由小院而闲窗而春色深，虽然只是在描写春景，却勾勒出了一种情感与心境，而且是一层深过一层的。

接下来，笔触转到室内："重帘未卷影沉沉。倚楼无语理瑶琴。"重帘，即重重帘幕。帘幕在宋人的起居中扮演很重要的角色，绕床的屏风之外需设帘幕，室内的空间需帘幕间隔，而窗前亦需设帘幕隔绝内外，所以，帘幕重重象征了居室的讲究。重帘而不卷，屋内要暗很多，帘子在日光下影影绰绰的投影，也使得闺房内暗氲而幽闭。女主人公为什么没有卷帘呢？也许是疏懒，也许是没有情绪，也许是不喜欢受窗外景色的影响，想把自己与外界隔绝。心情是孤寂、不开朗的。此时，唯一可以做的，或者说有兴致做的，是倚楼而理瑶琴。"理"即为弹，此处用"理"，也许下意识中有理乱之意。心下烦乱，不愿意受窗外已深的春色干扰，也不愿意与人诉说。其实，女主人公此时即使是想诉说，身边亦无人倾听，她想要与之诉说的那个人不在身边，说又有何意义呢？所以，无语，是女子提不起情致，也是迫不得已，那内心的情感只有通过瑶琴，或许才可以释放。这是一个外表孤寂而内心情绪波动的女子。

下阕"远岫出云催薄暮，细风吹雨弄轻阴。梨花欲谢恐难禁"，可以看作是窗外之实景，也可以看作是琴曲弹出的意境。远岫，远山。"远岫出云"源出陶渊明《归去来兮辞》："云无心以出岫，鸟倦飞而知还。"陶渊明此句是形容日暮倦鸟归巢的，此时云无心而飘出山岫，表现的是一种无心与自然。本词中化用这两句，虽然字面没有出现倦鸟归飞，但这一层意思已经隐含其中了。所以，在"出云"与"薄暮"之间用"催"字连接，使本来没有关系的云与暮之间建立了某种联系，而这种联系的建立，又与陶渊明文本的潜移默化分不开。远山飘出轻云，已快黄昏了，"催"字，表明时间流逝之快，似乎黄昏的到来完全是由于云出岫所致。

黄昏时分，细细的风吹起，吹落了几星儿的雨，天空变得稍微阴沉起来。"细风吹雨弄轻阴"这一句，写得极其轻柔，春日的风，春日的雨，春日的阴云，都在一种轻轻细细的状态中，呼之欲出。一个"弄"字，有四两拨千斤的潇洒，又有一种人为的力量，自然界的风雨变化，仿佛听命于人的摆弄。轻轻巧巧中，细风细雨弄出一个轻阴的天气。而远岫出云，细风小雨与轻阴，又是那小院闲窗外的风云变化。这时，女子的眼光由远岫轻云与细雨微阴中收回，落在了小院中的梨花上。是暮春时节了，虽然是细雨微风，但是这轻微的风雨的光顾，却可能引来梨花的凋谢，"梨花欲谢恐难禁"，显示了女子无法阻止梨花必然凋谢的无奈心情，也是对于春将要离去的无奈。梅尧臣有"落尽梨花春又了"（《苏幕遮》），欧阳修有"梨花最晚又凋零"（《玉楼春》），都说的是梨花谢后春也随之远去。可见，宋词中常有女子见风雨而想到梨花的凋谢，由梨花的即将凋谢又想到春天的最终逝去，那种疼惜留恋的心情。词人明明感觉到梨花欲谢、春天将远去，却没有一点办法阻止，那种无力而失落，是真正"恐"的原因。

这首词写得云淡风轻。上阕虽然以庭院与闺房中的景物写起，渲染一种凝重闭塞之感，如深、重、沉沉这些词的运用，但是下阕很快对之以远山和自然界的风雨，开阔而辽远，恬淡而自然，并用了一些如薄、细、轻这样的词语，使内心的情感得以舒缓与稀释，而显出淡，显出闲，显出轻。那寄寓其中的伤春之情与内心的波动，被中和，被冲淡了。此词当时曾被误以为是欧阳修的词，我想，大约蕴含其中的这种淡雅的风格，是一大原因。另外，不仅"远岫"句从陶渊明《归去来兮辞》化出，而且，女子倚楼无语独理的瑶琴，也令人想起了陶渊明的无弦琴，这些相互之间散发的韵味，容易使人产生轻淡自然的感觉，暗合了陶渊明的人格与风格了。也因此，本词在凝重中有轻快，在含蓄中有自然，既有闺房的幽闭与女性的深幽，又有自然的风雨与变化，给人以淡雅别致的感觉。

长门之后：春日的自我归来

《小重山·春到长门春草青》

春到长门春草青，江梅些子破，未开匀。碧云笼碾玉成尘。留晓梦，惊破一瓯春。　　花影压重门。疏帘铺淡月，好黄昏。二年三度负东君。归来也，着意过今春。

李清照是太喜欢花间词人薛昭蕴《小重山》开首这句了，所以拿来直接作为自己这首《小重山》的首句。薛词是一首宫怨词："春到长门春草青。玉阶华露滴，月胧明。东风吹断紫箫声。宫漏促，帘外晓啼莺。　　愁极梦难成。红妆流宿泪，不胜情。手挼裙带绕阶行。思君切，罗幌暗尘生。"所以用了"长门"这一意象，比喻备受冷落。李清照不是不知道长门的含义的，此处直接引用，也不是没有用意的。但是，这首词却不像历来涉及闺怨的诗词那样，充满伤感和哀怨，而是充盈着春天到来的惊喜和无言的欢呼。这也许与本词主要是写春天而不是写闺怨有关吧。

"春到长门春草青"，开篇即是有关春天深情的抒写。春天来到了长门，春草又返青了。七字中"春"出现了两次，已感觉到浓浓的春意。春天给人的感觉是充满绿色的，"春"字重复出现，无异于绿色叠映，而"青"又加强了春草初现时的情景。满眼的春色与女子之间有什么关系吗？长门暗示了女子栖居所在。这样，春色与长门之间就形成了鲜明的对比，极具张力。春是新生的力量，而长门则代表被弃的现实，是充满去势与失意的，春与长门之间，也便意味着一新一旧，两种势力的消长。春的动人与多情之处，更在于她不是停落于何处的高楼红袖，而是进入了长门之中。这样，春与长门之间、春草与长门之间，就发生一种比较怪异的关系：一热烈，一冷寂，一新生，一逝去。"海日生残夜，江春入旧年"（王湾《次北固山下》)，那是自然界的消逝与生长，谈不上多情与无情，但却可以感到天地间的大情。"春风不度玉门关"（王之涣《凉州词》)，那是自然的知难而退，尽管仅是人的一种感觉。但是，春天与春色硬生生地闯入了长门，闯入了居于长门中的女子的眼中，春天的魅力该有多么大！换言之，长门中女子的心态又是多么的宽大！词人引他人成句入词，也许就是因为这句可以代表彼时她的复杂心态，关于春日，关于情感；更表明人事之沧桑无法抵御自然之规律。一句之中，蕴含了词人多少对自然的欣喜和不便明言的心绪！

接着，词人又将眼光移至她始终挚爱的梅的身影上："江梅些子破，未开匀。"江梅的花蕾刚破了一点点，还没有全开。她正处在花期的开端，准备着更热情的开放。虽然江梅还未到怒放之时，只是在静悄悄地羞涩地绽放，有一些寂寥，甚至有一些萧条，但这看似清寥的背后，却孕育着即将到来的绚丽与繁华。所以，江梅此时虽然清寂，却包含了希望和勃勃生命力，是一种无法阻挡的新生的惊喜。这其实也是一种"绿肥红瘦"，绿的是草，红的是梅，但却不是雨打风吹之后惨败的景象，而是一种充满生机的，崭新的，绿油油的，散发着泥土的清香的景象。从中，我们还能看到词人的愁绪与颓废吗？

春日之白昼，闺中无事，又面对如此清美之景，只有烹茶饮茗了。"碧云笼碾玉成尘。留晓梦，惊破一瓯春。"

宋人饮茶十分讲究，也与现代有很大不同，倒是与现代日本茶道相近。宋代蔡襄《茶录》记录了碾茶、罗茶、点茶等工序，从一个侧面反映了宋人饮茶之精细。宋人之茶一般为饼茶，须"先以净纸密裹，搥碎，然后熟碾"[1]，然后再用茶罗罗之，"罗细则茶浮，粗则水浮"，然后再候汤："候汤最难。未熟则沫浮，过熟则茶沉。前世谓之蟹眼者，过熟汤也。沉瓶中煮之不可辨，故曰候汤最难。"经过熁盏："凡欲点茶，先须熁盏令热。冷则茶不浮。"最后点茶："钞茶一钱匕，先注汤调令极匀，又添注入，环回击拂，汤上盏可四分则止。视其面色鲜白，着盏无水痕为绝佳。"[2] 其中，点茶最难掌握火候，难度亦最高。

宋诗中有许多都提到点茶之妙。"碧云笼碾玉成尘"，说的就是"碾茶"的过程，而"一瓯春"又表明了经过点茶之后，茶

---

① （宋）蔡襄撰，唐晓云整理校点：《茶录》，上海书店出版社 2015 年版，第 12 页。

② （宋）蔡襄撰，唐晓云整理校点：《茶录》，上海书店出版社 2015 年版，第 13 页。

与汤比例适当，不稠不稀，茶末儿浮在上面，颜色与春草亦有一拚，所以用了"一瓯春"来形容。碧云形容茶色，笼为贮茶之具，玉形容茶叶的色泽与新鲜的质地，尘以状茶经碾过之后的细腻。《茶录》在谈到茶罗时说："茶罗以绝细为佳，罗底用蜀东川鹅溪画绢之密者，投汤中揉洗以幂之。"① 茶罗以绝细为佳，茶经碾压至如微尘般的细腻，那颜色、光泽，怎不令人想起春天？怎不令人有梦幻感？所以，这里的"留晓梦，惊破一瓯春"，似乎应该理解为，一瓯春惊破留晓梦。其实，碾茶烹茶在宋人生活中本属极其常见的事，词人却将它形容得那么美，并且将茶喻为春，足见词人对春日品茶之陶醉愉悦，也可以见出她的心境和对春的深刻的感受与欣悦。写茶，但依然不忘春，春在茶里，也在瓯中，那春意就是水，最终流入词人的心间。

下片前三句依旧是写景："花影压重门。疏帘铺淡月，好黄昏。"到黄昏时候了，词人看到花儿在月色下，将其影子投射在了重门之上，疏帘之上铺满了月光。词人不禁赞叹：真是个好黄昏啊！这里的重门，应是深院中每一进中设置的门，所谓重门深院，深院重门。重门也许是墨瓦白墙，也许是粉墙，在月光下，发出淡淡的光，而花的影子，投射在上面，由于其颜色的深，造成了感觉上的沉重，所以用了"压"字。同时，又使得花影与重门之间形成了深浅与明暗的光与色的对比。而春色春思与重门则

---

① （宋）蔡襄撰，唐晓云整理校点：《茶录》，上海书店出版社 2015 年版，第 14 页。

在角力，春意盎然，不能关住。

而花与树在微风中的摇曳与舞动，竟然在重门的粉墙上形成了流动的画面。疏帘，是一种什么样的帘子？它是相对于"重重帘幕密遮灯"（张先《天仙子》）那样的帘幕的。疏帘，更多的是人的一种感觉，是闺中人为了能和月亮亲近，故意将重重的帘幕挑起，只剩下一挂轻盈细薄的帘子，横在床与月之间。也许，疏帘正是为了将月亮嫁接到离人最近的地方，有了疏帘作为媒介，月光不是可以如此近地洒在上面，陪伴在人的身边吗？月光泻溢在疏帘之上，人的手随时可以抚摸到那月光，该是多么奇妙而新鲜的感觉！从字面上来说，"压"与"铺"用得精妙！而实际上，是词人的心灵有着与众不同的感物方式。

花与重门，本来是两种不相干的存在，是影子的投射，将它们之间连接了起来，而词人却用了一个"压"，似乎花影与重门只是在一幅平面图上而已；月光照在帘上，帘亦可以映照月光，这本来是人们的日常感物与思维方式，但是，词人却打破了月是月、帘是帘的观物方式，而将月与帘亲密地结合在了一起，似乎帘的存在就是为了铺洒月光，月光就是为了通过帘而下凡到人间。如果联系下文，可以感觉到，这不仅仅是美好景物的抒写，实际上也是心情的一种自然流露。花影压重门，心里似乎有一种轻微的波动，而疏帘铺淡月，则又似乎内心洒满了一层银色的光，安谧静好。

所以，词人说的"好黄昏"，也不仅仅是对自然景物的赞叹，而是其时心态的一种表现，她由衷地感觉到内心的自如，一如这个美好的黄昏一样。所以，才有了下面三句直白的表露。

"二年三度负东君。归来也，着意过今春。"诸家本子有不同说法，有的说是词人盼望丈夫赵明诚归来，有的说是词人归来，似乎都有一定道理，但我强烈地感觉到，这三句其实说的是词人自己。联系开头之长门和此前对春天的描述，以及对烹茶的描述，都在表达词人的一种心情，一种对于春天和自身的欣喜之情。这种情绪不是随意描写的，它恰恰是表明词人要如这三句所说的，要"着意过今春"，这也更说明了，此前的二年三春，词人是辜负了，没有好好地度过。

为什么辜负了，词人没有明言，但"长门"一词可以为我们大致指明一个方向。在过去的二年三春里，词人也许是有着长门之怨的，但如今，词人走出了这一负面的氛围，重新回到了往日美好的心境中。这种失而复得的心情，因了过往的历练，而显得开朗许多，坚强许多。这是一种发自心底的喜悦，虽然是因为春天的来到，如词中四次提到"春"，但又不仅是因为春天的到来，而是由于词人能够主宰自己的情绪与心境而产生的一股绵久的力量。这种力量，如浴火的凤凰重生，如久违的游子归家，有一种"归来"的感觉。

诸家关于"归来"的说法，如上所说，都是事先将本词断为具体年代的作品，然后结合当时的史实而进行解说，主观随意性较强。因此，除非有很大的把握，否则不宜做出过于肯定的结论，那样容易进入另一个误区。而根据词的上下文，尽量复原当时的情景与生活习惯，进行合理的猜想，可能更容易得出接近本来事实的结论。

春在长门中，春在江梅上，春在碾玉成尘的茶中，在花影与重门中，在疏帘与淡月中。春，无处不在。词中或明或暗，句句在写春，写春天带给人的欣喜，和人对春天的刻意，这也正是词人想表达的——"过今春"，而且是"着意"过今春。这是词人的内心走出长门之后对身边当下事物的重新发现和珍惜，也是一种自我回归的美好心态的表现。

此愁此情 充天塞地

《怨王孙·梦断漏悄》

梦断漏悄，愁浓酒恼。宝枕生寒，翠屏向晓。门外谁扫残红？夜来风。　　玉箫声断人何处？春又去，忍把归期负。此情此恨，此际拟托行云，问东君。

词最讲究情景交融，词中的景物使这一文体具有一种建筑美，在景语的铺垫下，情感的表达水到渠成，而且更具感染力。易安即深谙此道。她在《词论》中曾批评小山词"苦无铺叙"，可见她对这种铺叙的重视。

这是一首闺愁词，表达的是思妇念远。起句首字一反易安词以景语为铺垫的一贯风格，而是直接写人的情感——梦。我们不知道女子做了一个什么样的梦，只知道她的梦突然间断了。女子从梦中惊醒，这时，身边计时的漏壶并没有发出声音，周围静悄悄的，时间仿佛凝住了。"漏悄"也可以理解为，计时的刻漏中的水，偶尔滴在承盘上，发出清脆的响声，过后又是长久的沉默，显得更安静了。花间词人牛峤有"更漏促。金烬暗挑残烛。惊梦断"（《更漏子》）句，说明急促、不停的滴漏声容易将熟睡的人惊醒，也容易惊破人的梦。也许，女子就是被这滴漏的声音惊醒而不自觉，只是觉得周围一片静寂。夜深人静之时，连根针掉在地上都听得很清楚。

此时，女子也许是由最初梦醒时的懵懂，愈来愈清醒了。清醒之后，所有的感觉亦复苏了。女子感到有些孤寂。心没有个依靠，愁自然就找上门来了。再回想刚做的梦，也是个忧伤的梦呢，不然怎么有如许的忧愁夺门而入。这时候，虽然酒醒了，但是身体却因饮酒而觉得不适，也给人带来懊恼的情绪。女子的情绪在梦、愁、酒与漏之间缭绕游移。梦断了，愁却浓起来了，漏悄了，酒却令人恼起来了。女子的情绪起起伏伏，从梦飘到刻漏上，又添了愁绪，身体亦因不舒服而感到羞恼，曲折而复杂。这种坏情绪由梦出发，越来越厉害，不仅仅是愁浓酒恼了，而且还感到了寒。

宝枕，是那种制作精美的上面刻有许多花纹的枕头，或山形，或荷叶形，一般是瓷做的。这时，女子甚至感到那精美的宝枕也透出阵阵寒意了。这种寒，不如说是内心的一种感觉。这是怎样的一个未央夜呀！此时，夜半愁恼、内心孤寒的女子，只能躺在床上，瞅着画屏，眼睁睁地盼着天亮。翠屏，也许是装饰有翠羽的屏风，但更可能是画有精美山水的屏风。那屏风上的青绿山水，让一个孤卧闺房的女子的心里，产生了巨大反差，更感到了孤独无依。翠屏，是那黑漆幽闷闺房的唯一亮色，白昼的第一缕阳光，就是从那里射入闺房，照在闺中人的心上的。

这是一个春日的早晨了，也就是春晓。但是，却没有"春眠不觉晓"的酣睡，也没有"处处闻啼鸟"的欣喜，更没有"夜来风雨声，花落知多少"（孟浩然《春晓》）的从容与好奇，只是有"门外谁扫残红"的一种关心。词人对大自然的变化，如花的开放与凋零，有着异乎常人的敏感与关注。所以，春日的早上，虽然刚刚睁开眼，她还是首先会关心花落了多少，如那首《如梦令》所言："昨夜雨疏风骤，浓睡不消残酒。试问卷帘人，却道海棠依旧。知否，知否？应是绿肥红瘦！"那时的词人，是一个细腻敏感而又有些霸道的女孩儿，她的关注中更多的是对自然万物的喜爱和执着。这时的她，却是在关注自然之外，更多的关注自己的感受和命运。对于一个应该说彻夜未眠的女子来说，窗外的风雨就不仅仅是在她的耳朵观照之下了，更有一种物哀与自怜的情绪在内。所以，她不会再像以前那样，只是关心是不是绿肥红瘦，而是关心那满地落红的归宿。她不再怀疑和争辩是绿肥还是红瘦，她的耳朵如多情的眼睛，早已知晓门外落红无数了。她之所以知道落红无数，是因为这一夜，她的内心也下了许多的雨，起了许多的风，她的心事亦如这落红般，凋落了无数。因为残败，故称残红。如今，她只想知道，这残红的命运如何，它们最终会归向何方。

其实，这只是女子的一种诘问罢了，答案就在她的心中。所以，她说"夜来风"。是夜里就一直刮着的风啊，它们要把这满地的残红带走。而我的心事呢，也如这残红般，会随风而去吗？

这何止是自然界的风雨与落花呀，这简直就是女子内心世界的风雨和凋落的心事！易安写景是多么见功力！句句是写景，但句句又是写情，是那丝丝袅袅没着没落的情！正如明李攀龙所言："写情写景，俱形容春暮时光，词意俱到。"（《草堂诗余隽》卷二）

下片首句的一句追问却是上片所有心事的答案："玉箫声断人何处？"女子的梦断，女子的愁闷，女子的饮酒，女子的心寒，都是因为这个"人"。人为吹箫人，典出刘向《列仙传》弄玉和萧史的故事。萧史教秦穆公的女儿弄玉吹箫，引来凤凰，后来萧史与弄玉双双飞升成仙。易安常以吹箫人喻丈夫赵明诚，以弄玉自喻，她的《凤凰台上忆吹箫》即取此意，她的悼亡词《孤雁儿》"吹箫人去玉楼空"之吹箫人亦是指夫君。玉箫声并不是实写。玉箫声断亦即人失去了音讯，而"人何处"又表明女子不知道丈夫在哪里。有女子不知道丈夫在哪里的吗！这双重的断裂感意在说明，女子与丈夫之间隔着万重山千重水，却不是指地理意义上的阻隔。这也是照应上片首句的"梦断"。梦断是因为玉箫声断，亦即因为吹箫人与自己的心灵交流与情感的阻断。按照徐培均的笺注，本词"盖作于赵明诚卒后某年暮春"[1]，对照词意，与《孤雁儿》一样，大约也是在思念丈夫赵明诚了。

下一句"春又去"，短短三字，却包含了女子无限的委屈与怨恨。按说，问"玉箫声断人何处"，应该答以表示地点的词，这里却以时间作答，显然答非所问。"春又去"三字更显示女子

---

① （宋）李清照撰，徐培均笺注：《李清照集笺注》，第 158 页。

问是假怨是真，其中更多的是对春天离去的可惜，以及不能与爱人共度美好春天的遗憾。一个"又"字，也表明女子如此孤独而不得与爱人在一起的日子，绝非今春，也绝非少数日子。这种生死相隔、人间天上的生活在女子心中积郁成难以言表的憾恨，那种美好春天不再、青春不重来的疼痛，是无法弥补的。

所以，下面就接以"忍把归期负"。这句是与"春又去"连着的，是说心中所爱的那个人又错过了与我共度美好春日的时光了，又让归期成了幻想，成了永远实现不了的虚幻。"忍把归期负"是一种反问，是"怎忍把归期负"？这种反问中包含了女子连自己都无法相信的情绪，她真的不相信春天就这样即将在自己的孤独期盼中又一次离去，她真的不相信说好春日归来的他永远不会归来了，她真的以为他还因事羁留他乡。太多的不相信，太多无法接受的现实，使女子的心始终在那里拐不过弯儿来。"此情此恨，此际拟托行云，问东君"，实际上是女子的自我宽慰。她实在不知道如何消解彼时彼地的忧愁与憾恨了，只有借天空中飘逝的白云，去问东君了。这是多么无奈的办法！这是波浪触礁之后的反拍，是情绪跌至低谷之后的轻松，是物极必反。人事上无法解决的心事和伤痛，只能寄希望于苍天白云了，寄希望于天地之神东君了。这又是何等的无奈！

这首词如一首歌，其间有山涧小溪，有涓涓细流，有狂风骤雨，有蓝天白云。它由梦出发而交付与行云。它由梦开始，由女子的心的最深处开始，而落于刻漏之上，纠结于愁与酒之间。其中，梦是虚的，漏是实的，愁是无形的，酒是有形的。一直到了宝枕与翠屏，到了门外的落红，进一步外化而趋实，然后再随风而去，归于虚空。从虚实而言，是由虚到实；从空间上来说，是由内向外；从时间上看，是由夜到明。女子的情绪，出入于时与空中，现实与虚幻中。这种情感继续扩大到给人无限想象的遥远的"何处"，最后由极远之何处而上升弥漫于天空和宇宙。词人对这份情感的执着，到了无以复加的地步。小女子的心中再也装不下它了，只有把它放逐于天地间，这又是多么大的张力，多么罕见的情感！易安的笔力，是如此的惊天地、泣鬼神！

从整体上看，仍是上阕写景下阕抒情，这也是词由花间词而来的大致写法，但是，它又不同于一般的由景而情再景的套路，而是由情而景而情，情是从内部生的，这是易安词很别致的写法。

扫迹情留：情丝难系梅花落

《满庭芳·小阁藏春》

小阁藏春，闲窗锁昼，画堂无限深幽。篆香烧尽，日影下帘钩。手种江梅渐好，又何必、临水登楼。无人到，寂寥浑似，何逊在扬州。　　从来，知韵胜，难堪雨藉，不耐风揉。更谁家横笛，吹动浓愁。莫恨香消雪减，须信道、扫迹情留。难言处，良宵淡月，疏影尚风流。

梅在宋代的地位，相当于牡丹在唐代的地位，堪称国花。宋人关于梅的记录很多，范成大还编有《范村梅谱》。"经典著作把女子最美的短暂时刻比喻为盛开的梅花，这个比喻很有影响。诗人和画家在作品里常把可爱的女人与梅花并列"①。不仅如此，女性词人自身也十分喜爱梅花，李清照就是最突出的一个代表。

---

① 〔美〕伊沛霞著，胡志宏译：《内闱——宋代的婚姻与妇女生活》，江苏人民出版社 2004 年版，第 46 页。

李清照是写梅的高手，她的词里经常有对梅的描写。如，"倚门回首。却把青梅嗅"（《点绛唇》），"江梅已过柳生绵"（《浣溪沙》），"雪里已知春信至。寒梅点缀琼枝腻"（《渔家傲》），"柳梢梅萼渐分明"（《临江仙》）等。她还特别深情地说出"此花（梅花）不与群花比"（《渔家傲》）。可见她对梅的喜爱。

这便是一首咏梅词，有的本子题为"残梅"。但是词人咏物而不滞于物，开篇仍是从周围环境与自身居处写开。"小阁藏春，闲窗锁昼"两句动词用得极巧妙。小阁如何藏得住春？是春被藏在小阁中了吗？藏于小阁中的难道就是春天吗？小阁之中是春意融融吗？联系词的下文，似乎又不是。那么，藏于小阁中的是否就是梅呢？南朝陆凯曾有诗寄赠友人范晔称："江南无所有，聊寄一枝春。"这里的春即指梅。所以，如果说藏于小阁中的是梅，似乎也说得过去。李清照《庆清朝》中就有"禁幄低张，雕栏巧护"，形容芍药被张以帷幔、护以雕栏，所以，梅被藏于小阁中的情形显然也是有的。宋人绘画中就有梅之疏枝横于画阁之外者，这样似乎更容易表现梅的韵味。由此看来，小阁似乎是梅的栖身之所了，而"小阁藏春"也暗写了梅。

而闲窗又如何锁得住昼呢？"锁"即是密闭紧闭。凡物上锁，多少是为了安全保护的目的，这里用"锁"字，也给人以类似的感觉，似乎词人是为了保护一些什么而将琐窗紧紧关闭。但是"锁"又比"关"或"闭"多了一种密封性和情感上的色彩。这一锁，不仅是将白昼锁在了窗外，而且也将春天锁在了窗外，将时间锁在了窗外。而窗内反倒成了游离于现实的静止的存在。

那么，将白昼锁在窗外的词人，在窗内又在做什么呢？她是有着怎样的心绪与状态呢？"闲"字似乎能为我们提供些什么。旁人固然不知道词人在闲窗之内做些什么，但是她有意地要将春天和白昼锁在窗外，似乎是有意要保护一些什么，而这有意保护的也许就是她的心境，那种在无人之境自我完全开放与泄露的状态，那种什么也不做只是托腮发呆、神游于现实之外的状态。这些虽然没有什么，但是却为词人心境自由、自我苏醒提供了空间与时间，尽管从主观上她也许对这种独处生活有些许怨艾。"画堂"形容厅堂装饰精美，雕梁画栋，"深幽"形容其大其深，以及人迹悄然。而"深幽"又似乎是词人彼时心境的写照，有一种曲径通幽的深暗与迷惘，以及静谧与寂寥。"藏"和"锁"显示了闭塞、与外界隔绝，"深幽"又显示了环境之大，气氛之严，人心之孤郁。

"篆香烧尽"，表明时间之久；"日影下帘钩"，是说阳光斜照在帘幕之上，表明天色已晚。宋洪刍《香谱》"香篆"条曰："近世尚奇者，作香篆，其文准十二辰，分一百刻，凡然一昼夜已。"[1]《香谱·香之事》卷下："镂木以为之，以范香尘，为篆文。燃于饮席或佛像前，往往有至二三尺径者。"[2]大约篆香与我们现在的盘状蚊香形状类似，有的上面还有刻度，依此可以判断时间。据现有记载看，篆香似乎是男性用得比较多，如：苏辙的

---

[1]　刘幼生编校：《香学汇典》，三晋出版社 2014 年版，第 33 页。

[2]　刘幼生编校：《香学汇典》，三晋出版社 2014 年版，第 34 页。

"清宵往往投车辖，永日霏霏散篆香"（《次韵子瞻题泗州监仓东轩二首》其一）；惠洪的"遥知稳靠蒲团处，碧篆香消柏子庵"（《寄岳麓禅师三首》其一），可知篆香有绿色的。亦有诗句说篆香燃烧是松树味的，此亦与男性气质相配。宋宗室子弟赵希鹄《洞天清录序》中说："尝见前辈诸老先生多畜法书、名画、古琴、旧砚，良以是也。明窗净几，罗列布置，篆香居中，佳客玉立相映，时取古人妙迹，以观鸟篆蜗书、奇峰远水。"[1]

宋代文人喜欢于明窗下净几前，燃篆香以把玩书法、绘画、古琴等。这些都表明，篆香似乎更是当时文人的书房清玩，所以，它在李清照词中出现还是颇为少见的。据有的本子说，此词作于建炎三年（1129）暮春。李清照于头一年由青州抵达江宁，此时赵明诚正知建康府，那么这首词应作于建康郡斋，屋内的陈设可能和李清照以往的闺房有所不同，故会出现篆香这样的意象。而下文"何逊在扬州"的典故，也是借南京六朝时称扬州而来。

"篆香烧尽，日影下帘钩"分明是在暗示，词人独居郡斋寂寞无聊，这使她将注意力移至梅上："手种江梅渐好，又何必、临水登楼。"江梅是一种什么样的梅呢？"又名直脚梅，或谓之野梅。凡山间水滨，荒寒清绝之趣，皆此本也。花稍小而疏瘦有韵，香最清，实小而硬"[2]。在宋人的审美中，梅以疏瘦而有韵，

---

[1] （宋）赵希鹄等撰，钟翀整理：《洞天清录》，大象出版社2019年版，第215页。

[2] （宋）范成大撰，孔凡礼点校：《范成大笔记六种》，中华书局2002年版，第254页。

况且江梅的香味又最清冽，难免成为词人的最爱。此刻，词人欣赏的是自家种的江梅，它们在词人的精心呵护下，长得正好。这对于寂寞而思乡的词人，多少有些慰藉。所以，她说"又何必、临水登楼"。在庭阁中观赏自己种的江梅就很好，实在没有必要为此到荒寒清绝之山涧水滨，也没有必要为此登楼瞭望。实际上，这只是词人的故意之言，而深心里是有一丝遗憾的，不仅遗憾没有能够像王粲那样"登兹楼以四望"（《登楼赋》）而怀念故乡，更遗憾的是不能返回故乡，到旧地赏梅了。故作宽慰之语，恰恰透露了词人的无法释怀。

接下来，她又说："无人到，寂寥浑似，何逊在扬州。"我固然已经不去想临水登楼赏梅望乡了，但是现在，种植在郡斋的梅花该有多么寂寞呀！根本没有人注意她，没有人到她的跟前欣赏她，看望她，那种感觉，真的好像是南朝梁时的何逊在扬州花下徘徊的情形啊！进固然不能进，退又摆脱不掉寂寥。《全芳备祖》卷一载："梁何逊在扬州法曹，廨舍有梅花一株，逊吟咏其下。后居洛思梅花，再请其任，从之。抵扬州，花方盛，逊对花彷徨。"[①]江宁、扬州、建康，实际都是指南京，是南京在不同时期的名称。词人在此是就地用典，想象着何逊在数百年前，也曾在建康这块土地上，对花而徘徊，心中该是什么滋味！异代同情。在词人笔下，梅与自我本来就是难以分开的，"此花不与群

---

① （宋）陈景沂编，陈杰、王三毛点校：《全芳备祖》，浙江古籍出版社 2014 年版，第 9 页。

花比"，是说梅，当然更是在说自己，是感叹梅之孤傲，常人难以欣赏。写梅之孤高寂寥，也是写人之孤高寂寥。

上片由人到梅，下片专属咏梅。"从来，知韵胜，难堪雨藉，不耐风揉"。我知道你从来是以韵胜的，这样的孤高品格，自然难以经得住自然界风雨的吹打蹂躏。说明了江梅的柔弱，这也正抓住了江梅"花稍小而疏瘦有韵"的特性。"更谁家横笛，吹动浓愁"，是指横吹曲《梅花落》幽怨的声音搅动起了词人心中的浓愁。这也是咏梅常用的典故。

接下来的三句"莫恨香消雪减，须信道、扫迹情留"，是说梅花的凋落。香消雪减，表明江梅有如雪一般的颜色，江梅凋落亦如雪花飘落般，不仅枝上如雪的花儿减少了，那"香最清"的花香亦随花碾落成风，消殒殆尽了。词人用"莫恨"二字，像是在劝解他人，其实是在宽慰自己。虽然她知道梅花的凋零是大自然的规律，是无法改变的，但是情感上仍无法接受这美丽的陨落，只能故作潇洒与通达了。"莫恨"中实际含了憾恨。这从下面"须信道"三字可以体味出。信便信了，何必加一"须"字？须为必须，含了强制的意味的。而强制的必然不是出于本能与情感的。所以，"须信道"透露了词人的理性，也透露了她情感上的不能与不忍。所以，她用了"扫迹情留"来作宽慰。意思是说，虽然梅花香消雪陨了，但是，她曾经留给自然的美丽以及人们对她的情感，却不会随着落英一起被扫落；它终究是留下来了，留在了爱花人的心里。而落英缤纷，我在清扫这梅英花雨时，梅与我之间已经产生了牵扯不断的关系，梅如水滴入于我之骨，我亦融于梅之落英，我即是梅，梅即是我。所以，梅英虽然归于尘土，但她再也不会与我分离了。在执着与悲叹里，终于找出一条出路，升华了对梅的情感，而使曾经短暂的存在上升为永恒，这种情是不会随着自然界的风吹雨打消逝的，也不会随着节令的变换而凋零的，它永远长在了人的心中。这是多么好的归宿呀，又是多么美的永恒呀！

词人的情绪在此由消沉转向了豁朗，甚至带着一份欣喜，不然，她哪有心思再去欣赏月下的梅枝，又哪能发现梅枝也有另一番的美呢？"难言处，良宵淡月，疏影尚风流"，难言即不能言，这种难言蕴含了复杂的心态：首先是难以言说面对这香消雪减之后的梅枝的心情，可谓喜忧皆存，不知道该怜惜还是该欣喜；另一方面，词人一时又很难形容出梅花清减之后枝头的春意。于是，这如许心绪干脆付与"难言"吧。也许词人自己都没有意识到，她已经在花下徘徊许久了，如今，看到花枝的影子，才意识到已经是黄昏时候月亮出来了。不过紧接着，词人就发现了另一种的美：那稀稀疏疏的江梅与梅枝，在良宵淡月的映衬下，竟显得如此有韵味，简直如同一幅水墨画。那"风流"二字便说的是这些。而"尚"则表明了江梅最终的格高不凡。人们常欣赏花之美，而花落即意味着美的消逝，独独不同的是，江梅在花落之后，在别人认为美已经消逝了之后，仍有别样的美展露出来，风韵犹存，这也便是人们形容的"以韵胜以格高"。

相比于他花喧闹表面的美，梅更有一种内在的骨子里的美，她是通过韵与格表现出来的，一般的花岂能与之相比！而这种内在的韵味，又岂是俗凡之人所能发现的？所以，梅之高格与美韵还需同样具有高格美韵之人，方能发现与欣赏。这也就是宋人为什么这么看重梅而将她视为尤物了："梅，天下尤物，无问智贤愚不肖，莫敢有异议。学圃之士，必先种梅，且不厌多，他花有无多少，皆不系重轻。"[①]词人之爱梅、赏梅、写梅、插梅、种梅，也是宋人喜梅风气的体现吧。林和靖的"疏影横斜水清浅，暗香浮动月黄昏"（《山园小梅二首》其一）之所以被千古传诵，也是人们极爱这种"良宵淡月，疏影尚风流"的意境。

词人谙熟时人对梅的审美，明白梅在怎样的环境与外物衬托下方显美丽与不凡，因此在全词的构境上颇为注意，如营造昏暗与孤僻之境，善用梅之典故，专写梅之凋落，写梅枝之疏落与瘦硬，写梅在黄昏月下之影，这些都是极为符合宋人理想中的梅的形象的，也借此突出了梅的风骨。这一切都是在看似无意中完成的，而了解宋人对梅的记述与审美者，自然会发现作者于其中的深刻用心的。

《满庭芳》共九十五字，在词中属于长调了。在李清照词中，这首长调有一种别样的美。这就是，词人充分意识到长调在遣词造句上的独特之处，并将它运用于词中。

首先，鉴于长调的善于铺排，词人先是写江梅的栖身之所，再写词人的居处环境，由环境之寂寞、时间之流逝过渡到江梅

---

① （宋）范成大撰，孔凡礼点校：《范成大笔记六种》，中华书局2002年版，第253页。

上。又由江梅联系到自身，间接表达了一种被环境所限的幽怨和身在异乡的思乡之情；随后，词人又以梅作为媒介，写到了古代爱梅的何逊，表达了一种异代同调的心情，侧写了梅之受冷落与自身之孤独。可以说，上片由境而人而梅，似乎都是在梅的外围作铺垫，蓄势待发。下片正笔写梅，写她的柔弱，所谓过洁世难容，写她的牵动浓愁，再写她的飘落与凋零，情绪跌入低谷。其后，又写梅逝落后留下的"痕迹"，从一般的伤悼花落的情绪中升华超越，最终触及梅的精神，从中亦体现了词人的不凡与独到的眼光，可谓写梅词的极品。

其次，词人充分拿捏到了长调中虚词与领字的妙不可言之处，而将它们充分发挥运用。如，"又何必""须信道""难言处""从来"以及领字"更"，这些看似闲笔，其实是将情感的复杂多变、情绪的转折起伏以及难以言说，表现得淋漓尽致。词人充分发挥其创作善言人深细情感的特点，使本篇呈现婉转跌宕、摇曳婉约的风格，将词人的多情与情长微妙地表现了出来。

泪与征鸿：天地间的悼念

《浪淘沙·帘外五更风》

帘外五更风。吹梦无踪。画楼重上与谁同？记得玉钗斜拨火，宝篆成空。　　回首紫金峰。雨润烟浓。一江春浪醉醒中。留得罗襟前日泪，弹与征鸿。

李清照南渡以后的词风确实有了很大改变，这主要是因为词人离开了以往优裕安定的生活环境，经历了许多巨变，开始辗转流离，这些都成就了积郁的情感背景，在词作中则体现为不再局限于精美的居处环境的描写，而能够突破闺房与庭院这些主要意象，有了更开阔的眼界与思路，其伤痛之情多为直接的感发，这些抒发都有着深厚的积淀与现实性，因此更具有穿透力。所以，易安词给人的感觉就是能发人之所不能发，对于情感的表达更容易引起人们普遍的共鸣。

本词是一首悼亡词。据有的本子说，应作于建炎四年（1130）春，即李清照于浙东一带追随帝踪时。而根据词中提到的紫金峰

（现在镇江）来判断，应作于词人从建康沿江经镇江东下南逃之际 [1]。如果这一判断成立的话，那么这首词与她的另一首悼亡词《孤雁儿》应作于大致同一时期。词中蕴含的伤痛也与《孤雁儿》有相似之处。

上阕三句，每句之中前后反差很大。首句"帘外五更风。吹梦无踪"，从无形的风写起，而且这风是从外面刮入的，穿过帘子或者帘幕。这里词人没有像以往那样注重居室器物的描写，我们也不知道这是帘子还是帘幕，是竹帘还是纱帘，但是显然词人的注意力已不在此了，而是说这风有足够的穿透力，它穿过帘子，来到了词人的枕畔，而且它还进入了词人的梦中，将词人正在做的梦都吹散了，吹醒了，吹得无影无踪，无法挽留也无法追回，再也找不到了。这是多么懊恼的事情啊！本来是词人梦醒感到了风，却偏说是风将梦吹走，这不仅是写法的独特，更是借此表达一种心态，一种无奈与无力的感觉。既然无法再重新入梦了，只好选择起床了。

词人登上了画楼，或许是为了排遣由梦而来的心绪吧。但是，这一行为显然又使她的情绪更加低落。"画楼重上与谁同？"原来因为这画楼并不是第一次上，如今重上，真可谓今非昔比呀！昔日上此画楼有人陪伴，如今上此画楼，楼仍是原来的楼，却没有了陪伴的人，怎不令人倍加伤感！由此再反过来看前一句，就知道词人为何如此懊恼与无奈了。大约她是在梦中梦见了

---

[1] 参见（宋）李清照撰，徐培均笺注：《李清照集笺注》，第 122 页。

那个昔日与她同上画楼的人吧！这个人也就是她的丈夫。而如今，丈夫不仅不能再陪着自己上画楼，而且与自己已阴阳两隔，这是多么残酷的现实！并且，自己也无法保证能够与丈夫在梦中相会，即使偶尔梦见他，也阻挡不了风的侵袭，丈夫也会匆匆忙忙地离自己而去，一切竟消失得那么干净，就像从来没有发生过一样。词人从中体会出人生的无常。

"记得玉钗斜拨火，宝篆成空"。"记得"一句，词人只是选取了以往生活中一个极微小平常的细节——玉钗拨火。记得我曾经将玉钗拔下，拿它斜斜地伸入香炉中拨火，如今，这宝篆竟然也空了。这又是触景伤情！看着眼前宝篆燃尽的香炉，词人不免想起往日玉钗拨火的情景。这本是极细微极平常的事情，本没有什么特殊，更没有什么值得特别记起的，就是因为昔日拨火的时候，丈夫在眼前，也许是与他正在谈诗论书，也许是二人正在共赏金石，这才是令她情系之处，也是伤感之处！由极细微的日常情景而引发伤感，也足见词人对往昔与爱人共同生活之点滴的在意与无法忘却！

"帘外五更风"是现实，梦则代表了过去；画楼是现实存在，同上画楼是过去；"玉钗拨火"是过去，篆香烧尽的香炉是现在。词人的心中充满了往昔美好生活的回忆，她的情感与思绪在现实与往昔之间穿梭徘徊，神思恍惚。她已经无法分得清昔日与现在了，对词人而言，她似乎并不生活在当下，当下只是回忆的导火索。这是怎样一种愁苦心态呀！

下阕是词人行舟于江上的感受。"回首"说明词人正在马不停蹄地往前赶路。词人或许正为了颁金之事追随高宗，辗转于浙东一带，此刻正乘舟经过紫金峰。抛却心中的伤感与时下处境的艰难，单纯地面对自然的时候，山水还是非常妩媚的："回首紫金峰。雨润烟浓。一江春浪醉醒中"。春日的紫金峰，经过雨水的浇灌，清新湿润，水汽蒸发而在山峰上形成了缭绕的烟雾，说不出的江南水墨画。而春日的江水正在自己的身边流淌，浪花飞溅。这美丽的山水离自己这么近，真让人有梦幻般的感觉！而这美好的山水刹那间又牵动了词人的浓愁。山水再美，心爱的那个人不在了，山水再美，北方的土地正在金人的铁蹄下受难，美好的梦境刹那间被打破了。"醉醒"可以理解为陶醉和清醒，也可以理解为词人舟中借酒浇愁，忽醉忽醒。醉酒是为了逃避，醒来亦不愿意接受现实，希望再次醉去。人如果不是遭受了重大打击，生活发生了重大变故，哪会有这么令人伤心的感受呢！

"留得罗襟前日泪，弹与征鸿。"词人始终在压抑的情感最终突破防线，彻底爆发。伤心人偏遇伤心物。这时，大雁在空中响起。词人早年的词作中虽然也见大雁而伤心，如"云中谁寄锦书来，雁字回时，月满西楼"（《一剪梅》），但那种哀愁只是与爱人别离之后的相思，虽然刻骨铭心，但毕竟有别后重逢的时候。如今，同样是见旧日大雁飞过，却人天相隔，任是鸿雁如何传书，也传不到另一个世界的爱人那里去了。词人只有将罗襟上前日滴落的泪痕，弹在大雁身上了。这是多么惊天动地的想象！泪为前日泪，说明词人终日以泪洗面，伤痛之深，罗襟上终日浸透了泪痕。由于罗襟上泪痕之多之满，使衣服始终未能干掉，新泪痕间旧泪痕，似乎罗襟上浸润的泪能用手指弹出水来。这又是怎样的一件衣服呀！罗襟有泪，弹出去，只会落在地上，哪能弹到高处，更无法弹到天空中高飞的大雁身上。而词人的感伤与愁苦和别人不同，词人对丈夫的情感和别人不同，它们的深厚与奇绝能上到苍天，能使大雁沾染，这种感情岂不充弥了天地间！罗襟泪弹与征鸿是奇特瑰丽的想象，更是词人内心感受的自然抒发，这也从一个方面反映了词人对丈夫的情感是如何非同一般、世间罕见！

上阕写帘外风，写画楼，写宝篆，写了词人的起居生活。但是给人的感觉是，词人眼前的外物与她自身之间有着难以言说的距离，词人如梦游般，与外界是那么疏离，外物只如逆旅，人与物再也不是融合共生的了，而变得物是物，人是人，有一种断裂无法弥补，很难像早年词作那样，将身边景物与器物描述得给人以家的感觉。而这正是词人流离失所生活的体现。词人对这种生活的不认同、下意识的否定，在她的词里被无形地传达了出来。

下阕，词人将自己放逐在天地与自然之中，眼前的山水很美，景物迷人，本应该使心境有所好转，该忘却一些什么，伤痛该轻一些了，但是，这美景只能增加词人心中的痛，因为她心中对丈夫的情和爱是无法忘却的。眼前的山清水秀雨润烟浓转眼间变成了愁城恨海，这种巨大的反差和强烈的感情，在辽阔的天地之间都无法飘散逝去，词人只能将它放逐于天空，放逐于征鸿，希望它们能带着一部分愁绪和伤痛消逝。这样又回到了词的首句。帘外的风能将思念的梦吹走，却吹不走思念的泪和心中的愁；心中的愁和思念的泪只能凭借天空的大雁去疏减，而疏减不掉的愁泪亦会再次入梦，再次被风吹逝，再次托大雁带走，形成了封闭的循环。这种循环也从侧面显示了词人的情感状态，那就是，她似乎无法走出这悲悼的情绪和对往昔生活与爱人执着的情感了。

她的笔有多么厉害呀，写情于幽微，发人所不能发，"情词凄绝，多少血泪"（陈廷焯《云韶集》卷十）呀！

说风说云 说花说雾：自我风神的另一种塑造

《醉花阴·薄雾浓云愁永昼》

　　薄雾浓云愁永昼，瑞脑销金兽。佳节又重阳，玉枕纱厨，半夜凉初透。　　东篱把酒黄昏后，有暗香盈袖。莫道不销魂，帘卷西风，人比黄花瘦。

　　李清照是将女性生活文人化的代表，甚至可以说是先驱，正如苏轼是中国古代男性生活文人化的关键人物一样。自李清照之后，女性词人、诗人或小说家，甚至情色场上的女妓，都以爱好琴棋书画、善于舞文弄墨尤其是善写灵性的诗词，作为她们卓荦于一般女性的特征，明末清初的柳如是、明清江南地区的才女等，莫不如是。因此，李清照的伟大，可能并不仅仅在于她创造了别人难以企及的词作，更在于她的观念及生活方式对后世女性潜移默化的影响。

　　本词主要写重阳节的相思之情。首句"薄雾浓云愁永昼"交代了其时的天气状况与词人的状态。天空浓云密布，在亭台绣阁、绿树琐窗之间，有雾如薄纱般充盈弥漫，流动缭绕。这样的天气，朦胧而压抑，多少有些"蒹葭苍苍，白露为霜""所谓伊人，在水一方"的伤感。这也就是为什么有"愁永昼"三字的表达了。永昼即是整个白昼。从理论上说，昼夜平分，但实际的白昼只是指太阳升落之间短暂的几个小时。而"昼"前贯以"永"，分明是说白昼时间漫长，犹似度日如年。词人为什么会有这样的感觉呢？还是由她内心的感受而起。她终日忧愁。"愁"字可谓是关键。

从字面看，这一句前四字在说天气，后三字在说情绪（尽管后三字中有一字说的是时间），但给人的感觉却是这七字都在说人的感受。是以"薄雾浓云"似乎是形容词人脸上的表情带着愁容，恰似要下雨之前的浓云密布、愁雾缠绕般。看似在交代时间，其实在间接表达情绪，令人由衷赞叹词人表达能力是如此高超，一切景语都可为我所用而成为情语，成为表情的一种方式。

下一句"瑞脑销金兽"。金兽，鎏金的兽形香炉；瑞脑，名贵的香料。销，消融、融化之意。"瑞脑销金兽"也就是瑞脑在金兽形状的香炉里燃烧、融化，销冶、融化的过程也就意味着时间的流逝，同时标明一种身份和优雅。这句和上句一起，烘托了词人独居闺房的状态和居处的精美幽雅，透露出一股"闲"。

接下来，词人进一步开拓词境："佳节又重阳，玉枕纱厨，半夜凉初透。"虽然上片第一句交代了这天的天气状况，但并没有交代这到底是一个什么样的日子。一句"佳节"，想必是词人的脑海中出现了"每逢佳节倍思亲"这样的诗句，进而意识到这一句也是诗人王维写于重阳的（即《九月九日忆山东兄弟》），自然过渡到"重阳"上来。那么，"佳节"与"重阳"之间，为何要以"又"来连接呢？是说日子过得太快，重阳节过得太频繁，转眼又到了吗？还是说本来就是佳节如今又躬逢重阳了呢？如果是后者，那么重阳节在词人心中占有的位置就不一般了。

中国古人十分重视节日，尤其到了宋代，可以说宋人是在一种优雅与浪漫、世俗与热闹中度过一年中的许许多多日子的。这从宋人的节日习俗、日常生活以及对居处环境的刻意追求中，都可以感觉到。

而宋人在重阳节有什么特别的过法儿吗？有什么仪式性的活动上演吗？翻开周密的《武林旧事》，关于这一天有如下记载："禁中例于八日作重九排当，于庆瑞殿分列万菊，灿然眩眼，且点菊灯，略如元夕。内人乐部，亦有随花赏，如前赏花例。盖赏灯之宴，权舆于此，自是日盛矣。"[1]在宋代的宫廷，九月初八就开始过重九了，并且要在殿前陈列万盆菊花，那阵势该有何等震撼！此外，还点菊花灯，灯的阵势可以与元宵节一比。而且，宫中还赏菊花，是一个热闹的日子。在民间，重阳节还要饮新酒、戴菊花、吃"菊糕"："都人是月饮新酒，泛萸，簪菊。且各以菊糕为馈，以糖肉秫面杂糅为之，上缕肉丝鸭饼，缀以榴颗，标以彩旗。又作蛮王狮子于上，又糜栗为屑，合以蜂蜜，印花脱

---

[1] （宋）周密撰，杨瑞点校：《武林旧事》卷第三，浙江古籍出版社 2015 年版，第 60 页。

饼，以为果饵。又以苏子微渍梅卤，杂和蔗霜梨橙玉榴小颗，名曰'春兰秋菊'。"①《武林旧事》说的虽然是都城临安（现在的杭州）的旧事，但想必这些风俗并不仅限于都城。品菊，簪菊，点菊灯，喝菊酒，吃菊糕，怎不令人感叹这确实是一个"佳节"呢？所以，李清照的"佳节又重阳"，是有这样的时代风俗隐含其中的。

但是，词人笔锋一转，就回到了重阳节的凌晨："玉枕纱厨，半夜凉初透。"词人仿佛絮叨地说，昨天夜里在纱厨中，半夜的时候，突然感到凉了，有一丝凉意不知从何处浸透了上来。纱厨是一种避暑工具。《续资治通鉴》载："臣等闻李煜有国之日亦如此，每夏则与罪人张纱厨以御蚊蚋，冬则给与衾被，恣其安眠。"②词人提到纱厨，说明她闺房的床上，仍是夏日的卧具。玉枕是白瓷枕，玉枕与纱厨无论从色彩还是质地上都给人以凉爽的感觉。所以，在这样的情况下，她是没有意识到秋的到来的，而"凉初透"似乎使她"麻痹"的感觉被惊醒了。初，实际并不是凉初透，而是词人初次感觉到凉意之浸透。这三句似乎仍是在描述季节与气候，描述秋天的到来，紧扣"重阳"这一节令。而联系下文就能体会到，词人其实写的更是内心的感受，是一种铺垫，为下片最终的表达蓄势。

---

① （宋）周密撰，杨瑞点校：《武林旧事》卷第三，浙江古籍出版社 2015 年版，第 60 页。

② （清）毕沅撰：《续资治通鉴》卷第十七，中华书局 1957 年版，第 395 页。

下片首句"东篱把酒黄昏后"远承上片首句"愁永昼"，交代了时间的流逝，说明词人坐了一天，犯了一天的愁。现在，已经是黄昏时候了，重阳节这一天，我固然也是要喝一点酒的，并且是在东篱畔。

重阳节的上述习俗，恐怕与陶渊明有着密切的关系。六朝时地位尚不显赫的陶渊明，到了北宋经苏轼的发掘和重新发扬阐释，这位"古今隐逸词人之宗"一跃而成为士人心中的典范、仿效的对象，在士人的精神世界中占据十分重要的地位。而这些对李清照的影响也是潜移默化的。所以，李清照便不可救药地爱上了陶渊明，亦爱陶渊明之所爱，效仿他，陶醉于"采菊东篱下，悠然见南山"（《饮酒二十首》其五）那样的意境。

东篱把酒，不知道词人的庭院中是否也有篱笆，她是否也真的在东篱之畔饮酒。不过这样的可能性不大，词人毕竟不是隐居在乡间，她的身份地位与显赫的门第也不可能给她提供亲近东篱的机会。但这并不妨碍她想象东篱，并以此入典，表达对数百年前那个心灵伟大、人格高尚的隐居者的崇敬。"黄昏后"而不是"黄昏"或"黄昏前"，是暗示了秋日太阳落山后的温度给人的感觉，有一种萧瑟孤独，更有一种混沌幽渺的意味。

"有暗香盈袖"勾起下面的词意。这一句妙得很！盈，满的意思。"暗香盈袖"即暗香充盈于袖。可是香怎么能生于袖呢？这种盈于袖的香是熏香，还是菊香，还是人体的微香？而香与袖的结合，亦是婉约唯美、女性味十足的。由此而来的感觉与遐想如绘画一样，被不断由点而面，晕染，放大，最终绽放。那是一种永远抹不去忘不掉的感觉与香味。而"有暗香盈袖"这一句亦是对应了上片第二句"瑞脑销金兽"，只不过那是闺房内人工制造的香气，而此处则是重阳节菊花满眼时在词人感觉中发酵的芳香。"有暗香盈袖"与"东篱把酒黄昏后"更是一种审美意境上的内合与绵延。"黄昏后"表明光线渐暗，有一种朦胧与不明，这正与"暗香"的若有若无、隐约莫辨、随风忽浓忽淡有着某种内在的相似，其中朦胧隐约又与酒香给人的感觉类似，更与人饮酒之后那种微醉似醺的奇妙感受类似，说到底，是与陶渊明淡然醇厚的人格惊人地相近。所以说，李清照的这首词是她词作中的炉火纯青者，她将人在重阳节把酒的感觉与心态写得异常美好与妙不可言。而这一切美的创造者和抒发者，恰恰就是美丽婉约的词人！虽然没有写到人，似乎浑然在写景，但是令人不禁频想这是怎样一个多情多感的女子，能写出如此惊人的美！

其实到此，销魂的不仅仅是我们，词人在那里已经先我们失魂落魄了！"莫道不销魂，帘卷西风，人比黄花瘦。"此前一直不明白，词人为什么要有"莫道不销魂"这一句。如今，经过上面两句的"洗礼"，走入词人的内心世界，身临其境地感受了她的感受，想不销魂怕亦是不可能了。而"莫道不"双重否定更强调了"销魂"力量之大之不可避免。实际，词人是被充盈于袖的暗香"击倒"了。这种暗香源于清风送来的菊香，源于瑞脑之类衣服的薰香，更源于心间生发的爱与美好以及思念。

《古诗十九首》有"庭中有奇树，绿叶发华滋。攀条折其荣，将以遗所思。馨香盈怀袖，路远莫致之。此物何足贵，但感别经时。"之所以牵动人的情思，大约就是因为那庭中之人是有着思念的，是心系于远方的，所以有一种不忍触碰的美好。重阳节把酒的词人，亦是有了这么一种情怀，所以美好，所以脆弱，所以销魂，所以消瘦。不要说不销魂啊，此时，西风吹来，卷起了帘幕，帘后的人啊，比黄花还瘦，怎么经得住这西风呀！典雅含蓄美好矜持的词人，不说出心中的牵念，只是说自己销魂了；不说自己有多美，也不说自己有多憔悴，更不说自己有多思念，只是说自己比那本来淡然清雅的菊花还瘦，到了弱不禁风的地步。那是怎样的一个让人怜惜的女子呀！至此，读者大约方才明白词人为什么要销魂了，为什么要比黄花瘦了。说来说去，虽不明言，还不是因为相思！此时再反观上片首句，就明白词人为什么要"愁永昼"了！

　　表面看来，这首词无非写些风花雪月的景物，如写自然景物——雾、云、昼、凉、黄昏、西风，写闺中摆设——瑞脑、金兽、玉枕、纱厨、帘，写节令景物——重阳、东篱、黄花、酒。尤其是上阕，似乎都在写景，下阕也是在末尾才出现了"人"，"人比黄花瘦"。实际上，词人写景的目的当然是在写人，写人的感受和生活状态，所以才会在写景过程中穿插人的心理感受，如愁，如销魂，直至后来直接写人之"瘦"。夏承焘先生称"瘦"为全词的词眼，十分准确[1]。犹如抱琵琶半遮面的女子，最终这个"瘦"字才让我们窥到了她的形态，她的风神，她的内心

---

①　夏承焘：《唐宋词欣赏》，北京出版社 2016 年版，第 88 页。

感受。所以说，"瘦"更是词人风神的点睛之笔。由此再反观整首词，就明白了，词中的每一句虽是在写景但都是在写人，如小说人物塑造一样，是以闲笔侧笔似乎没由来笔在处处皴染烘托，最终以"瘦"点睛，塑造出重阳佳节相思的词人形象。

值得特别注意的是，词中表现出的相思并不像花间词人或北宋诸家词人那样，以男性的想象去塑造相思中的女子，虽然写出了她们的真情甚至惹人怜爱的娇态，却没有真正进入到她们的内心世界，而是使她们沦为情欲的载体，是对女性的一厢情愿的抒写。词人写自己的相思，其中所贯注的不仅是情感方面的因素，更突出了她作为一个优雅的有着很高文化修养的女子的情态与内心感受，是摈弃了此前词人尤其是柳永写女子缺少蕴藉的缺陷，而将自我形象写得含蓄典雅，又富有文化色彩，使词这一体裁在写情的同时不再流于轻浮浅薄，而是具有很高的审美色彩，是将两性情感在词中升华的实践，在不失真挚的同时使其更加美好。这也是本词如此动人的因素之一。

同时，李清照对词的格调的有意改造，在词中融入文化色彩，彰显自己的文化身份，如开篇所言，确实成为后世女性仰慕的榜样。

庭院深深 春归人老：女性命运的哀叹

《临江仙·庭院深深深几许》

庭院深深深几许？云窗雾阁常扃。柳梢梅萼渐分明。春归秣陵树，人老建康城。　　感月吟风多少事，如今老去无成。谁怜憔悴更凋零。试灯无意思，踏雪没心情。

创作之事，有感而发，才能感己感人。对于词这种适合表达深细情感的载体，更是如此。有的本子在这首词前有小序，说："欧阳公作《蝶恋花》，有'庭院深深深几许'之句，予酷爱之，用其语作'庭院深深'数阕。其声盖即旧《临江仙》也。"[1]这段小序到底是不是出自李清照之手，很难确定。但是李清照现存词中，确有两首《临江仙》词都以"庭院深深深几许"起句。这样看来，李清照对"庭院深深深几许"一句，确实情有独钟。

李清照为什么特别喜欢这一句呢？除了其中所蕴含的美好意

---

① （宋）李清照撰，徐培均笺注：《李清照集笺注》，第105页。

境，我以为还根源于一种女性的敏感和喜好。庭院深，即深宅大院，表明了词人的居处、身份，也透着一股大气。结合李清照的生平及其夫赵明诚的行迹，此时的李清照很可能是随夫君在建康任上。那么，词人所居住的深宅大院，也就是官廨了。连用两个"深"，表示庭院之进深、幽静，也暗示了词人闲居之寂寥，所以接以"深几许"来诘问，是不知道庭院到底有多深了，也是在侧写庭院之深幽。这是欧阳修词为李清照所青睐的美好与恰切。同时，在词人的感物方式中，"深几许"也有表明自己心迹之杳深的意味。而后者大约才是词人心许这一句的深心所在。

"云窗雾阁常扃"，给人一种拔地而起的感觉。"云"与"雾"本是天上的自然现象，但用来形容窗与阁，极言楼之高之气派，而"常扃"又在楼之高危上增添了深邃与闭塞，庭院中环境之冷清、人迹之罕至与人心之寂寥借此刻画出来。危楼高阁之窗户常扃也将庭院之深传神地表达了出来。从画面感而言，上一句从横的方向，庭院之深邃由一进又一进的院落相连而得以展现，这一句则从纵的方向凸显楼之高，给人产生视觉上的突兀感。正如王维之"大漠孤烟直，长河落日圆"（《使至塞上》）一样，纵横的构图使人产生了无限遐想的想象空间，而这样的铺排与夸张，旨在表明居于其中的人。

但是词人非常从容而沉稳，至此仍不急于表现她的心曲，而是借景言情："柳梢梅萼渐分明。"这是初春的日子，柳梢上刚泛了绿，而梅的花萼也在渐渐长大。渐渐分明的柳梢与梅萼犹如少女的脸，由儿时的稚嫩逐渐变形而长开，最终出落成亭亭玉立的少女，她的面目也越来越清晰秀美。

这是春的力量的初显，但包裹着潜在的勃勃生机。这本是令人欣喜的景象，但是下面两句让人开始不那么快乐，甚至开始感伤。"春归秣陵树"，本来仍是春天的报到，亦是一种新生和春日的复归，但"人老建康城"却透露了春天的到来，带给词人心中强烈的不平静。这种不平静源于词人面对春天时格格不入的心情，以及血肉之躯在永恒自然面前的渺小与无奈。用了"春归"，而不是春来或春到。有来即意味着有去，有到即意味着有不到的时候。词人这里用了"归"，表明春是永恒的轮回，虽然说的是今春之归来，却将春的前身后世、过去未来都包含了进去。而在新生的或曰归来的春的面前，人的生命却只能不可逆地一路衰老下去。

春归表明时光又轮回了一年，人生命的年轮又大了一周，也意味着人又向衰老迈进了一步。面对生命的短暂，古人尚有"生年不满百，常怀千岁忧"的感叹，虽然这些作者多数是男性。在自然面前，男子尚无法坦然甘心地面对衰老的到来，何况是青春更加短暂、容颜更加易老的女子呢！正逢多感多愁又惊恐迟暮的中年词人，在自然的青春面前，更是感觉到在加速地老去。那一个"老"字，是多么的懊丧啊！

上片五句，四句写景，而且写的都是春景，写的是令人愉悦的春的到来。在这样的自然面前，本该是多么的开怀，但是词人却由自身，由人的青春易逝，感受到了春天带给人的悲凉。那种感觉似冷不丁刺骨的寒风，钻到你的骨头缝里再也不打算出来，是一种美丽的苍凉。而表现低落情绪的这一句，在修辞上亦是承上启下。结束了在自然面前无我的欣喜，转入了对自己人生的回顾。

"感月吟风多少事，如今老去无成"，是深刻的悲哀，似乎一朝梦醒，突然彻悟般，彻底的心灰意冷。这是真正的凄凉。想当初，词人虽然也有闺愁相思，但比起如今的感觉，真如蜻蜓点水，只是轻灵地划过心湖的一丝云影。况且，词人既是把这些心绪记了下来，也难免有"少年不识愁滋味"的心理。无论苦也罢，泪也罢，总归是年轻，所以在爱与愁中时时透着英气与洒脱。当词人意识到曾经热烈追求的生活与书写，到如今什么都没有成的时候，懊悔越大，失落也就越大。

那么，李清照说的"老去无成"到底是什么？在她的《渔家傲》词里，关于诗词文章之事，她有这样的诉说："我报路长嗟日暮，学诗谩有惊人句。"可见她把学诗当作多么重要的事，是她人生必不可少的内容。而叹老去无成，其实并不仅限于学诗，而是多少有一种对人生的不满，类似于男子的怀才不遇。唐代鱼玄机有"自恨罗衣掩诗句，举头空羡榜中名"（《游崇真观南楼睹新及第题名处》），就是恨自己身为女子，不得参加科举考试，也不得参与政治社会生活，而被局限于闺房的懊恼。词人的心思，与鱼玄机的多少有些类似。

而使她感到悲凉的还不仅止这些，"谁怜憔悴更凋零"，才是从心底升起的无法驱遣的悲哀。"谁怜"二字，看是引起问句，实际答案就在其中。如今有谁怜惜自己呢？没有人再怜惜自己了。谁在乎自己是不是憔悴呢？况且，自己又像凋零的花一样，枯萎而黯淡。如果说在此之前，词人的生活是优裕的，这不仅是因为南渡前生活较为安定，更主要是因为词人还生活在一种被人关注被人怜惜的感觉中，那种感觉很美，可以使她产生幻觉，意识不到生活本身的沮丧和令人失望。而如今，词人由归来的春天触及对自身生活的反观，突然意识到自己已经不再被怜惜，往日的生活与感觉一去不复返，而憔悴的容颜亦在提醒着自己的衰老，生活刹那间变得是那么残酷。在失爱与衰老双重严逼之下，词人清醒了，也崩溃了。

正如许多爱美的女性都喜欢花一样，李清照在自己的笔下多次表现了她对花的怜爱和关心，而无论是"此花不与群花比"（《渔家傲》）也好，还是"自是花中第一流"（《鹧鸪天》）也好，都如春日行于水滨泽畔一样，是借花来映照自我。而老去的日子，词人也不忘借花来表达衰老落魄的孤寂生活，如"满地黄花堆积，憔悴损，如今有谁堪摘"（《声声慢》）。这种憔悴是真正的衰老孤苦的憔悴，非关风月，也不再有人怜爱，不是"绿肥红瘦"（《如梦令》）的娇嗔，更不再有"帘卷西风，人比黄花瘦"（《醉花阴》）的自矜与自信。那时的李清照豆蔻年华，那时的李清照被丈夫甜蜜的宠爱包围，不邀宠而宠自不离身。如今，词人的憔悴再没有这些点缀，更无半点意趣和令人激动的氛围，只是一悲到底了。这种悲哀，从根本上讲，还是女性自我生命与命运所造成的困扰，带有一定的普遍意义。

"试灯无意思，踏雪没心情"是词人意识到女性生命的残酷之后，对身边生活的一种不同于以往的态度。试灯，是指元宵节之前举行的观灯活动。《武林旧事》载："禁中自去岁九月赏菊灯之后，迤逦试灯，谓之'预赏'。"①《武林旧事》卷十所列"张约斋赏心乐事"中就有十二月"家宴试灯"，正月"天街观灯""诸馆赏灯"的记载②。这说明试灯的时间远远早于元宵节，自重阳之后就开始了，时间跨度很长，尤其是进入腊月之后、元宵节之前，试灯活动较为频繁，这也间接说明人们对这种预赏较感兴趣，否则不会持续时间这么长。平时爱访梅探胜的李清照，要是搁在往年，对这类活动，肯定是极为感兴趣的，如《清波杂志》载："顷见易安族人言：明诚在建康日，易安每值天大雪，即顶笠披蓑，循城远览以寻诗，得句必邀其夫赓和，明诚每苦之也。"③《清波杂志》为宋人周辉所写，其所记载的事实距易安生活时代较近，比较可靠。其中所记的李清照雪天循城觅诗的情形，是由李清照族人之口说出，应该不会有假。可见当时李清照兴致之高，与丈夫情感之谐。如今，就连踏雪寻诗都没有意思了，说明词人是彻底的冷了，绝望了。

是什么事情让词人有了这么大的变化，变得如此消极悲怨？

---

① （宋）周密撰，杨瑞点校：《武林旧事》卷第二，浙江古籍出版社 2015 年版，第 41 页。

② （宋）周密撰，杨瑞点校：《武林旧事》卷第十，浙江古籍出版社 2015 年版，第 223、220 页。

③ （宋）周辉撰，刘永翔校注：《清波杂志》卷第八，中华书局 1994 年版，第 333 页。

难道仅仅是伤春而发吗？显然不是。这其中也许真的是由于感情变故，正如陈祖美先生说的"婕好之叹"。也许，是由于词人感觉到自己无法逃脱身为女性的命运规律，那就是衰老和担心失爱的心理。回顾自己过往的人生，词人是从两个方面检讨的。一方面是感月吟风之事。这是词人与许多男性作家都要面对的拷问。在这方面，虽然词人自信有才华，但是，女性的角色与生存环境毕竟限制了她的才华的发挥，所以，她对自己的文学创作不满意，竟有"老去无成"之感。另一方面是对自身情感生活的审视。这种审视所得出的结果是理性的，但是却让人无法接受。憔悴又凋零的感觉，使词人产生一种以往所没有的空虚感、幻灭感，这种感觉是有其特定的性别与年龄背景的。而"老去无成"之叹，也包含了情感方面的感叹，美好的情感与爱怜也是不保鲜的，它们原来是会随着时间的流逝一起流去的。或许，老去无成之感中还包括了自己没有子嗣所带来的挫折感。

总之，从女性自身角度审视李清照的叹息和感伤，可能更接近词人的内心。而以往在谈到这首词的时候，人们的注意力往往集中于起句三字的重叠，而对于词人的内心和这首词所真正要表达的东西，以及词人为何独喜"庭院深深深几许"一句，却无更多的探讨，实在是很可惜的。

归鸿与人胜：女性的恋乡与感伤

《菩萨蛮·归鸿声断残云碧》

归鸿声断残云碧。背窗雪落炉烟直。烛底凤钗明。钗头人胜轻。　　角声催晓漏。曙色回牛斗。春意看花难，西风留旧寒。

思乡是中国古代文学的传统母题，历代文人多不掩饰自己对故乡的眷恋和思念。在以温柔敦厚为主要价值取向的传统儒家社会里，讲究诗言志，虽然也有"诗缘情而绮靡"的主张，但诗中感情的指向和表达毕竟要受很多限制。唯独在思乡这一主题上，历代文人多数不再遵循"不着一字，尽得风流"的含蓄，而是表现得大胆而炽烈。就是在"为艳科"的词中，对思念故乡的表达亦是十分强烈而直白的，如范仲淹的两首词中，就有动人的表述："黯乡魂，追旅思。夜夜除非，好梦留人睡。明月楼高休独倚。酒入愁肠，化作相思泪"（《苏幕遮》）；"浊酒一杯家万里。燕然未勒归无计。羌管悠悠霜满地。人不寐。将军白发征夫泪"

（《渔家傲》）。在思乡的情绪中失眠落泪，是毫不避讳的举动，这样反而表现了男子的柔肠与多情。

而在女性的笔下，思乡显然是另一种表达方式。首先，思乡没有和建功立业等政治行为以及羁旅行役等仕途坎坷紧密联系在一起，思乡也不是和离家在外的军役徭役挂钩。这便使得思乡这一情感活动本身显得单纯许多。正如在本词中，思乡只是词人由外界物事触发而生的一种心绪，它是不着痕迹地发生在词人内心的波澜，来去无声，但却是一种真实的存在和感动。

在这样比较含蓄的表达中，意象的选取就非常重要，我们借此才可能真正走入词人的内心，明白她要表达的究竟是什么。因此，有些意象也是凝结了许多传统文化积淀的符号。在上片首句中，词人最先写下的意象是归鸿。也就是说，是归鸿的鸣叫与飞逝触发了她的思乡之念。"归鸿声断残云碧"。归鸿是什么？是归来或归去的大雁。大雁秋天飞向南方，春天飞向北方。所谓的归鸿，在词中并不是指归来的大雁，而是指归去的大雁。这是通过下文的落雪与人胜代表的人日及诗典判断出来的。

同样是归鸿，如果身在北方，归来的大雁意味着春天的到来；要是在南方，归去的大雁则意味着春天的来临。据诸家本子及李清照年谱认为，这首词写于建炎三年（1129）的人日，这时赵明诚正在江宁任上，则这首词是词人居于江宁所写。既是在南方看到北归的大雁，虽然在节物上代表了预示着春天重又降临大地，但是，离乡在外的人，更多的是由大雁的归去联想到自身的不能归故乡，因而难免要产生一种流寓异乡的失落感，故曰大雁北飞是归鸿，意即本来是从北方来如今又回到北方去，是归故乡，故曰归鸿。

简简单单的"归鸿"二字，我们已经体味到它在词人心中所造成的酸楚。"声断"是表明随着飞行渐远，大雁的鸣叫声亦逐渐变小，最终完全听不见。这里用了一个"断"字，似乎大雁的鸣叫戛然而止，多少带有一些主观色彩，而"断"又总是令人联想起断裂、断绝之意。残云，大约是指天上似有似无飘着的云彩，从数量上无法和为数众多的云海相比。而这似有似无轻抹在天上的云竟然被描写成为是"碧"的。

中国古典诗词一个突出的魅力就是指称事物时体现的浪漫细腻。就说"云碧"吧。我们知道云的颜色绝不是绿色的，但在诗词中就是有人要这么用，说空是碧空，云为碧云。如"碧云天，黄叶地"（范仲淹《苏幕遮》），如"伫立对、碧云将暮"（柳永《洞仙歌》），如"最苦碧云信断，仙乡路杳，归鸿难倩"（柳永《倾杯》），如"还是碧云千里、锦书迟"（晏幾道《虞美人》），"碧云零落，数字征鸿"（晏幾道《行香子》），如"飞雁碧云中"（晏幾道《燕归梁》）。以"碧"来修饰"云"，大约与七言近体诗流行以来，人们习惯用双字组成的词有很大关系，尤其是在词中，这种组合往往能使客观事物被美化、雅化与色彩化，收到很强的视觉效果。

上面列举的宋词中，碧云与云的指称内涵大致是相同的，只是多了一份美感与视觉的冲击力。而且，在词中，碧云与大雁同为天空中常见之情景，它们常常是同时出现以表达相思、思乡与节物的变化。而在李清照的这首词中，词人显然十分娴熟于两者之间的关系而使它们成为最常见的搭配，只是在此对云之色彩与形态有更细腻的感觉。她虽化用他人笔下常用的意象但有自己的独特感受，因此，她说"残云碧"。

起首一句以声音写起，进而过渡到视觉。本来是写节令物候的变化，而词人在其中却不动声色地掺入了表达心情的词——断、残，使思乡的基调和感伤的情绪由此显影。接下来的景物由天空转换到地面，由室外回到屋内："背窗雪落炉烟直。"背，有的本子解释为暗的意思。而我的理解，则是动词，是背着窗户的意思。这样正好出现了词人动人的剪影。背后是窗外正在落着的雪，也许伴随着簌簌的声音，不过在隔了一层窗户的屋内，却什么也听不见，只是看到雪在无声地由天空降落在地面，是那么安静。"炉烟直"是词人所见了，显然是她背对窗户时看到眼前香炉里的香烟是那么直直地升起，升起……整个的画面却似乎是有另一视角，将词人与窗外的落雪都收入眼底：窗外的雪明亮而坠落，屋内的香烟轻渺而上升，中间是词人背对着窗外的身影，在明与暗中，身影的周围镀了一层不太真实的光，仿佛光的使者，又似乎是身影堵住了身后的光亮。

而这一切都是在静寂中形成，继而被发现被感知。因为如果说寂静的落雪令人联想起"涧户寂无人，纷纷开且落"（王维《辛夷坞》）的静谧，那么屋内由于人少活动亦少而导致的空气的不怎么流动，竟然会使炉内的香烟能够不被打扰而任其随着烟的走向上升。这是一个十分安静的场面。在这样昏暗静谧的环境中，异乡人最容易产生离开家乡的孤独以及思乡之感了。我们现在的人，地球都似乎是在一个村庄中，外出求学工作旅游等已经感觉不到深刻的思乡之情了。交通工具与信息技术的发达已经使地球两端的人都感觉不到阻隔了，况且城市千篇一律的面孔，对于常常外出的人更不容易产生在异乡的不适应感了。而八九百年前的南宋，对于一个离开熟悉的生活环境、随丈夫到异乡的女子来说，除了丈夫，身边的物事无不在提醒着她与青州的不同。所以，在这样一个寂静的无聊的异地黄昏，词人是被笼罩在静谧的浓愁之中了。

时间推移，到了掌灯时分，所以有"烛底凤钗明。钗头人胜轻"这样的句子。蜡烛为昏暗许久的屋内带来了光亮，连头上的凤钗，在烛光的照耀下，都显得那么明亮。见到光亮，人的心情似乎也轻松了许多。但钗头的"人胜"却如影随形地提醒着词人身处异乡的事实。《荆楚岁时记》载："正月七日为人日，以七种菜为羹。剪彩为人，或镂金薄为人，以贴屏风，亦戴之头鬓。又造华胜以相遗。登高赋诗。"[①] 从南朝流传下来的习俗，正月初七日女子头戴人胜，这里的"钗头人胜轻"，实际就是借形容钗头的装饰引出人日这一传统节日。此外，人日还代表了思乡。这源于薛道衡那首家喻户晓的《人日思归》："入春才七日，离家已二年。人归落雁后，思发在花前。"由于这首诗的广泛流传，到了南宋初年，在李清照的笔下，提到人日是隐含了这么一层文化

---

① （南朝梁）宗懔撰，（隋）杜公瞻注，姜彦稚辑校：《荆楚岁时记》，中华书局 2018 年版，第 11 页。

意蕴的。

潺潺湲湲的光阴水似的流走，若有若无的心绪，缠绵盘旋，夜在这当中来临，又离去。由于夜晚周围环境的限制，词人从声音入手，来写这一夜的失眠。"角声催晓漏，曙色回牛斗。"角声，即鼓角之声。说明这是在战时，表明彼时的南京正处于紧张的战备状态。古代在战争期间，角声是和时间的推移联系在一起的。如史书记载："夫军城及野营行军在外，口出日没时，挝鼓千捶：三百三十三捶为一通；鼓音止，角音动，吹十二声为一叠；角音止，鼓音动。如此三角三鼓，而昏明毕之。"① 由上面的记载我们知道，在战时晨昏之际都是用鼓声与角声表示的，所以就有了"角声催晓漏"的说法。滴漏报时这是很正常的，人们可以根据滴漏之声判断时辰，而词人所居的地方，除了滴漏，更有城头的鼓角之声，也在表明清晨的到来。而且，鼓角之声更大更急，便有了"催"字，似乎清晨是被鼓角之声"催"来的。鼓角之声震心动魄，也易带来不安和紧迫之感。牛斗是指牛宿和斗宿，表示晨旦即来。

由于时间由夜半过渡到清晨，光线足够视物，所以词人也从听觉描绘转为视觉描绘。接下来的两句横空而出："春意看花难，西风留旧寒。"仿佛心空中闯入的鸿影，词人心中突然蹿出这样的想法。在这样的鼓角声中，虽然春天来临了，恐怕是没有多少

---

① （唐）杜佑撰，王文锦等点校：《通典》卷一百四十九，中华书局 1988 年版，第 3818 页。

心思与机会看花了，去年秋天的西风似乎还没有过去，还将去秋的寒意留在了今春。

这只是一种心理上的非常感性的感觉，这种感觉离不开环境的催发，也是词人一贯浪漫感性的个性的表现。李清照爱花成性。在她的笔下，常常以各种方式与花发生关系，表达她的爱花之情。如今，角声发生在物阜人丰的江南，更表明了时局的危急。在这样的时日，即使有花可看，又有什么心思呢？不禁令人想起杜甫的"感时花溅泪"了。词中环境的寂静透露了词人的怀乡与感伤，也从侧面透露了国难当前反常的平静以及一触即发的战争。但是，这些复杂的心绪，对时局的担忧，还是以一种非常隐晦的方法来表现的。这也符合词人主张的词"别是一家"的思想。于是，国家大事仍以儿女一己之私事的面目出现，让人流连于其中的美感与情境，而又多了一层朦胧的感伤，审美效果反而恰到好处。

惜别伤离 方寸大乱：算来词女最工愁

《蝶恋花·泪湿罗衣脂粉满》

泪湿罗衣脂粉满，四叠《阳关》，唱到千千遍。人道山长山又断，萧萧微雨闻孤馆。　　惜别伤离方寸乱。忘了临行，酒盏深和浅。好把音书凭过雁，东莱不似蓬莱远。

李清照曾经说，晏幾道的词，其缺点在于"苦无铺叙"。可见她认为，铺叙在词中多么重要。而在李清照词的实践中，尤其是前期词的创作中，也始终遵循这一原则，情感在外界景物的铺叙中被渲染突出。但是，这首《蝶恋花》的写法却与她一贯主张的词要讲究铺叙大不相同。

此词最早见于宋曾慥《乐府雅词》卷下。诸家有关李清照的年谱与集子，大都认为此词创作于宣和三年（1121）八月间，李清照由青州途经昌乐时。李清照在她的《感怀》诗序中也说："宣和辛丑八月十日到莱。"[1] 说的也是宣和三年到莱州。有的本

---

[1] （宋）李清照撰，徐培均笺注：《李清照集笺注》，第211页。

子干脆直接题为《昌乐馆寄姊妹》①。在目前尚无新证据之前，本词作于宣和三年由青州到莱州途经昌乐时这一说法还是可取的。

这首词题为《昌乐馆寄姊妹》，但据现有史料和李清照本人的叙述，并没有发现她有同胞姊妹，所以这里的姊妹显然指情同姊妹者。更有研究者指出，这里的姊妹很可能是指赵明诚一家的姊妹，聊备一说。

但是，词的写法及其中所反映的情感，似乎并非简单的姊妹情所能涵盖，因为其间渗透了入骨的哀愁、迷乱的情绪以及难以言说的感伤。

本词大张旗鼓地闯入我们眼帘的第一个字是"泪"。整首词以"泪"领起，所反映的情感与全词的基调，不劳赘语。

"泪湿罗衣脂粉满。"谁的泪？是离别姊妹的泪，更是词人自己的泪。离别的场面感人，"黯然销魂者，唯别而已矣"（江淹《别赋》）。但是，当时的情形，又不仅是感人。泪如断线的珍珠、决堤的小河，滚涌流淌，害得女主人公不时地抬起她的衣袖，擦拭着眼中的泪，眼泪伴随着脸上的脂粉，被主人公用罗袖一起擦掉。一个"满"字，表明罗衣上浸润了脂粉的污痕。虽然馨香，但残败落寞。这是扣紧离别的主题，但又不仅仅是点题扣题。湿满罗衣的粉痕与泪痕，在诉说着这次分别的不一般——它绝不是惯常场面的应付，而是浸透了分别双方不同凡响的深厚情感。

接下来两句："四叠《阳关》，唱到千千遍。"更是将惜别的

---

① 参见（宋）李清照撰，徐培均笺注：《李清照集笺注》，第86页。

感人场面又向前推进一步。首先是用离席宴上最常见的送别曲
《阳关三叠》来传情。何为《阳关三叠》？是由王维《送元二使
安西》的"渭城朝雨浥轻尘，客舍青青柳色新。劝君更尽一杯
酒，西出阳关无故人"谱曲改编而来。所谓三叠，是指每一句都
再唱，只有第一句不重叠。而词人所说的四叠，应该是第一句
也重叠。现存《阳关三叠》曲谱有几种版本，因重复诗句不同、
增添词语不同而异。关于三叠还是四叠，宋红先生认为："'四
叠'，有本作'三叠'，在版本意义上难定谁尊，在文学创作的
意义上则'四叠'较'三叠'更能淋漓尽致地传达情感。且作
'三叠'者更有系后人串改的可能：因《阳关曲》通作三叠，此
其一；《蝶恋花》词谱此句为'（平）仄平平'，虽第一字平仄
不限，但以平声为正体，此其二。所以在流传中'四叠'被改
成'三叠'的可能要远大于逆向改动。"① 她的分析可供参考。而
贺铸有"四叠《阳关》忍泪闻"（《采桑子》），更证实这一说法此
前已有。词人对北宋诸家词十分熟稔，这样的说法未始不是受贺
铸的影响。《阳关》曲由三叠增至四叠，已说明姊妹的难舍情谊，
而四叠的《阳关》曲更要唱到千千遍，这样在修辞上的夸张与逐
级递进，将难舍的离别场面极致化了。

　　到此为止，我们看到的文字虽然震撼，却还只是依依惜别的
场面，而没有别的意思融入。下面的两句，则与姊妹惜别那样的

---

① 宋红：《蝶恋花·晚止昌乐馆寄姊妹》，陈祖美主编：《李清照作品赏析
　　集》，巴蜀书社 1992 年版，第 87 页。

场面与主题，显得疏离而游移。"人道山长山又断，萧萧微雨闻孤馆。"人们都说山长，我本也知道如此。虽然我在努力接受这样的事实，但如今山却突然中断了，就连这种念想也没有机会有了。我只有在孤凄的旅馆，听着微雨淅淅沥沥地洒落，真是愁煞人也。

这两句，包含了复杂的心情与文学趣味。如果说之前惜别的场面令人感慨系之，叹姊妹情深，那么这两句的极度伤感，则令人感到惊讶和费解。去与丈夫会面的途中，应该是欢喜与憧憬，甚至充溢甜蜜的想象，词人却出现了意料之外的感伤。这种感伤，充满了断裂的伤痕，是无以言之的如瀑布倾泻的哀愁，和挥之不去的孤独。这种孤独不是指人在旅途中身体的孤独，而是内心深深的孤独，是四处寻找而复失落的流浪的心，充满了不安，还有凄苦。这两句，又似乎是有所出的。前一句化用了晏、欧词中的意境："平芜尽处是春山，行人更在春山外"（欧阳修《踏莎行》）；"欲寄彩笺无尺素，山长水阔知何处"（晏殊《鹊踏枝》）。后一句中的孤馆感受又似秦观"可堪孤馆闭春寒，杜鹃声里斜阳暮"（秦观《踏莎行》）那样的凄清。晏、欧、秦三人的词，李清照在《词论》中亦谈到，虽然不免批驳，但又可从中看出她对于三人词的推崇与熟悉。

因此，这两句受他们的影响是很自然的。但是，晏、欧二人词中，皆是以女性口吻，摹拟她们对于丈夫的牵挂与思念，所以，春山之外是那个远行的夫君，山长水阔之处很可能也是夫君寄身之处。李清照这里，却是"山长山又断"，似乎完全与暗示的夫君失去了一切联系。这种关系的断裂不是词人主观的选择，而似乎是由外力推拉撕扯而致。这一内心的情感活动，显然与姊妹别离相去甚远。

过片三句"惜别伤离方寸乱。忘了临行，酒盏深和浅"，仍是沿着上片"人道山长山又断，萧萧微雨闻孤馆"的格调下来的。方寸者，心也。什么人能够使词人方寸大乱？无疑是萦挂于方寸之间的心上人。词人心乱至极，甚至记不起临别时饮酒的杯子是深是浅了。饮酒的多少直接与酒盏的深浅有关。饮酒之人忘了酒盏的深浅，显然是不合常理的。这种有悖于常理的行为表现，恰恰反映出词人当时情绪之激烈、心情之烦乱。而酒盏的深浅，又让人的脑海里不由出现词人深一脚浅一脚的步子，可谓传神之至。

"好把音书凭过雁，东莱不似蓬莱远"，是全词的收束，也是之前内心风云的收束。看似平淡，实则是对姊妹的叮咛，期望她们别后不要忘了自己，要多多书信联系。"东莱不似蓬莱远"，可看出词人的故作宽慰之态，也可看出她对别后姊妹音讯的期盼与在意。这种不舍与眷恋的情感，也从侧面透露出词人内心的孤独，以及对知己之间心灵交流的渴望。

词人写作此词时三十八岁，结婚已二十年，夫妻间琴瑟相和的情感、读书斗茶的乐趣，已渐趋平淡，激情褪去，亲情占了上风。从词人的《金石录后序》中，也可以看出她和赵明诚之间的亲情。对于沉迷金石、时时外出探幽寻胜、访求天下珍奇古玩的赵明诚来说，公务之余的时间是充实的，所以，心中的寂寞就少了些，因为外面的世界自有它的精彩之处。而对于整天幽闭闺中的词人来说，其感受恐怕就大不一样了。她可能感到孤独，感到情感渐淡之后的不安和失去宠爱的焦虑。人到中年，夫妻间的感情与相处方式，自然不同于小儿女时的亲密和厮磨，这对于天生敏感多情又无子嗣的词人来说，是残酷和无法接受的。

　　词人天生的细腻敏感，是世间难有的，也是需要百般呵护的。天地间有一种女儿，生来就拥有灵性、善感的心、满溢的情、无以形容的浪漫、细腻敏感的情怀。这样多情善感的女子，必然是多愁的，也必然容易对现实失望，更常常与感伤为邻，"斜阳输我醉颜红"。写得绝妙好词、内心永葆美好的词人，就是这样的女子。世间的情感，极难满足这样的女子。她们心中的积郁无以抒发，只好诉诸词这种妩媚而女性化的载体了。

　　因此，说词人的伤感与赵明诚的移爱甚至纳妾有关，只能是猜测。岂用明诚他顾，即使他专情始终，词人也难免不时有感伤。龙榆生先生的一句词，说得真好："算来词女最工愁"（龙榆生《浣溪沙》）。词女，指女词人，当然也包括李清照。甚至，词女一词，也恰来自赵明诚的梦："赵明诚幼时，其父将为择妇。明诚昼寝，梦诵一书，觉来惟忆三句云：'言与司合，安上已脱，芝芙草拔。'以告其父。其父为解曰：'汝待得能文词妇也。"言与司合"，是"词"字，"安上已脱"，是"女"字。"芝芙草拔"，是"之夫"二字，非谓汝为词女之夫乎？'"① 所谓"最工

---

① 褚斌杰、孙崇恩、荣宪宾：《李清照资料汇编》，中华书局 1984 年版，第 28 页。

愁"，也恰是说女词人如李清照，是最善于写愁的。不仅是说李清照词中涉及愁之意境，可称之为最，还表达了女词人的内心是多愁善感的，是最善于感知哀愁的。这样的心灵与感物方式，发而为词，岂能不感人？不令人叫绝？甚至，岂能不惹人怜爱、令人倾慕？龙榆生不愧为二十世纪的词学大家，他对于女词人的理解，千载之下，仍有高山流水之谊，知音之叹。

如此一来，在这首表达姊妹离别的词中，我们便也理解了李清照蕴蓄其中的"非姊妹情"，对词作所表达的情绪也不会感到奇怪了。即使不凭借猜测赵明诚别恋对词人造成的影响，我们亦能明白词人所感了。真是"算来词女最工愁"啊！

梅香熏破春睡：那一个醉酒后的深夜

《诉衷情·夜来沉醉卸妆迟》

夜来沉醉卸妆迟，梅萼插残枝。酒醒熏破春睡，梦远不成归。　　人悄悄，月依依，翠帘垂。更挼残蕊，更捻余香，更得些时。

这首词，按照陈祖美先生的说法，"当系明诚守建康日"[1]，即应作于建炎元年（1127）八月至建炎三年（1129）二月赵明诚知江宁府时。更确切地说，应作于建炎二年或三年的初春。如果就李清照词的创作风格而言，早期词善于以居处精美之景物来铺垫点染情感，中期词在景物刻画方面不似从前，但情感的表达仍然含蓄蕴藉，晚期词由于词人遭遇过重大变故，主要以直接而伤痛的感发为主。据此判断，那么这首词应该属于中期即南渡以前的词作。

---

[1] （宋）李清照撰，陈祖美注：《漱玉词注》，齐鲁书社2009年版，第34页。

　　起句蕴含了极大的信息量。"夜来沉醉卸妆迟"，首字用"夜"而不用"晚"，表明饮酒之后，时间已经很晚了，有更深夜静的意思。那么，之前词人是在做什么呢？她是因参加宴会而饮酒呢？还是独自一人饮闷酒呢？我们不得而知。词人囿于女性的身份，估计不像男性一样，常常有机会置身于"舞低杨柳楼心月，歌尽桃花扇底风"（晏幾道《鹧鸪天》）那样热闹的欢场的，也不会像男性那样的眷恋欢场的，所以，也许只是由身边的婢女陪伴饮酒而已。词人饮酒至沉醉，一则以喜，一则以忧，总之内心不会很平静，并且迟迟不肯卸妆，侧面透露了一种惰怠，提不起精神。这显然不是情绪高涨或心情愉快所应有的行为方式。

　　接下来一句宕开去，写了似乎与词人及其沉醉毫无关系的梅萼与残枝。梅萼是刚生出来的梅花瓣，开在干枯的梅枝上，无论如何也不应该用"插"这样的动词。或许词人是以此来形容梅萼的稀疏瘦弱，和梅枝的枯硬瘦精。宋人喜梅，也颇有讲究。他们不喜大而肥的梅，而喜瘦而疏的梅，更喜枯而欹侧的梅枝，认为如此才能显示梅之韵味与高格。所以，词人此处的"梅萼插残枝"用得虽然反常，却正好可以突显梅枝瘦硬的风韵。这瘦梅干枝也许就插在花瓶里，摆放在室内的桌几上。而这残枝梅萼，又似乎是词人形象的外射，尤其是那个"残"字，更像是词人落寞心情的写照。

　　李清照的生活与梅的关系是密切的，在她现存不多的词中，有多首词写到了梅。梅亦即人，人亦即梅。所以，第三句"酒醒熏破春睡"，一点都不奇怪。

　　前两句似乎人是人，梅是梅。虽然人喜梅，但人自沉醉，梅在桌上的花瓶里。到第三句，梅与人有了关系。原来，词人被梅的清香熏醒，在那早春的夜里。这也便扣了词题——"枕畔闻梅香"。这六个字暗含了三个层次。先是词人"酒醒"。沉醉时已是夜里了，酒醒时则是夜半了。夜半而酒醒，反映了词人睡眠不沉，酒沉但睡不沉。正因为睡眠轻，她在醒的那一刻，才突然闻到一股梅的清香，这梅的芬芳也许不算浓烈，但就是在当时钻入了词人的鼻子，钻入了她的心里。于是，词人在梅香沁入的刹那，睡意全无在春的夜半。词人似乎是叹了口气，自己对自己说："梦远不成归。"许多人将这理解成词人思乡，初觉有道理，细味起来，却又有凿空之嫌。这里，词人恰恰是感叹睡意全无后，才刚做的梦离自己越来越远了，再也回不到梦中了。"归"是指回到梦中，而不是归乡。这也正好应合了词人酒醒破春睡。词人感叹无法回到梦中，似乎对所做的梦有些留恋，但又隐含了一种惊心，也许正是梦中的人梦中的事才让她突然惊醒的。

　　过片三句承上片末句"梦远不成归"而来，写梦醒后周围的环境："人悄悄，月依依，翠帘垂。"意境上化用晏幾道"梦后楼台高锁，酒醒帘幕低垂"（晏幾道《临江仙》）两句。人是指周围睡去的人，也是指词人自己。由于周围人都在睡梦中，双眸炯炯的词人，感觉到月亮离自己是那么近，遂有月亮依依之感。那是自己对月亮的依恋，也是词人心中月亮对自己的依恋。描写的笔触由自身而至天上月，再落至低垂的翠帘上。词人似乎将一人的梦醒弥漫在天地之间，弥漫在千家万户的翠帘之上。翠帘上凝聚的既是词人的目光，亦是天上的月光，或许只有天上月才能明白自己的心事。其中，人与月的描绘两用叠字，将这种清夜独醒的行为温柔化、美化与浪漫化了。对月与帘这些无生命外物的描写，亦增强了词人居处的静谧感，而不仅仅是孤独感。这种静谧带着一些美好和不确定，带着深夜里与天地逍遥独往来的丝丝静放的惬意，为无生命外物涂抹了一种情意的底色，遂使苍天亦似乎与词人心心相印了。美好的词人、美好的词心，原来可以感动宇宙。

结尾三句，再扣到梅上。由梅香而熏破春睡，遂由梅之冷绽的香气伴随着已无法入睡的词人："更挼残蕊，更捻余香，更得些时。"挼、捻都是极具体的动词，状出深夜不眠的词人手里正挼着残了的花蕊，而那梅的清香，那似有似无淡雅幽静的香气，亦随着词人挼、捻的动作悄然飘出，这种梅香又与上阕那种不期然间与词人相遇的梅香不同了，它主要是由词人的行为"创造"出来的，而这种挼与捻的动作，描绘出了词人那种百无聊赖、静坐沉思的状态。

她到底在想什么呢？我们不知道，但彼时的她必定是若有所思的。这种若有所思代表了内心的不平静，是藏了一些令人思与想的东西的。词人的这种思想也许是令人费解的，也许是她自愿沉浸于其中的，总之是不容易摆脱的，所以，末句就有了"更得些时"。至于这需要词人"更得些时"才能消停的情感、人物、事物到底为何，谁也无从知晓了。也许只是个亮丽而浪漫的梦，也许只是如惊鸿般滑过心湖的一丝云影，也许只是词人对当下生活的怅然若失……

文字本来就是自己的事情，大抵是孤独时的产物，这也就是为什么"欢愉之辞难工，而穷苦之言易好"的原因。无论内容为何，当一个人写下一些文字的时候，他必定是在思考的，是孤独地在面对他所经历的世界的。这正如在茫茫宇宙中，每个人注定是孤独的一样，谁也无法替别人写下他人的心迹，所谓"虽在父兄，不能以移子弟"（曹丕《典论·论文》）。所以，对古人同情性的理解是我们走入他们内心的唯一途径，妄自的猜测固然可以聊备一说，但也只是猜测而已。

这首词整个的意境，开始虽然有些孤闷，但后来词人的情绪放抒到天地间，反而收获的是疏解后的宁静，以及与天地亲近所带来的静谧，没有过多的愁苦，也没有过多的刻厉，这又使得她的词显得含蓄蕴藉。而词中所反映出来的情绪的涨落，只是一种情绪的突然波动，而随后又复归平静。但这一来一往之间，却留驻了美好，留下了美好的词作。

比仲宣更多的凄凉 更深的思乡念远

《鹧鸪天·寒日萧萧上锁窗》

寒日萧萧上锁窗，梧桐应恨夜来霜。酒阑更喜团茶苦，梦断偏宜瑞脑香。　　秋已尽，日犹长，仲宣怀远更凄凉。不如随分尊前醉，莫负东篱菊蕊黄。

《鹧鸪天》，双调五十五字，上片四句三平韵，下片五句三平韵。

这首词的写作年代，黄墨谷认为应该作于建炎二年（1128）在江宁（建康）时。李清照在《金石录后序》中说："建炎戊申（1128）秋九月，侯起复知建康府。"[①] 也就是说，赵明诚在此年的九月才"复知建康府"。本词作于赵明诚刚知建康府的重阳节，其时李清照随夫一起居于建康，年四十五岁。

首二句写景。日为寒日，而不是暖日，由此大致知晓季节。

---

① （宋）李清照撰，徐培均笺注：《李清照集笺注》，第311页。

萧萧，本是象声词，或形容白发稀疏的样子，此处为凄冷之义。陶渊明《祭程氏妹文》"黯黯高云，萧萧冬月"和韩愈《谢自然诗》"白日变幽晦，萧萧风景寒"都是此意。锁，通琐。琐窗，雕饰有连琐花纹的窗棂，象征居处的优雅。那么，首句意为凄冷的寒日，照在了琐窗上。但为何用一"上"字？难道阳光的照射，不是从上而下、倾泻于大地吗？结合上片其他三句可知，"上"在此还表明了时间，太阳刚刚升起时，阳光爬上了词人的琐窗。一个"上"字，不仅间指了季节，也含蓄地写出了时间。虽然由于词调的选取与限制，很难从词调上判断一首词的词旨，但技艺娴熟的词人，总是会在词的开头几句含蓄婉转地交代时间、地点、人物、事件，这也可谓词的扣题吧。本词首句的作用即在于此，不仅暗自交代了时间、季节，也含蓄地透露了情感基调。但既曰含蓄、暗自，那就是需要读者仔细体味方可体悟，否则，自然是一头雾水，难以明白词人真正在表达什么。这也是词的创作技巧，用字忌太露。

次句进一步写景。梧桐，在唐宋诗词中一般作为秋季物事出现。如白居易《长恨歌》："春风桃李花开日，秋雨梧桐叶落时。"李煜《乌夜啼》："无言独上西楼。月如钩。寂寞梧桐深院、锁清秋。"本句的梧桐与霜，是通过"恨"发生关系的。梧桐应该会恨夜里染上的霜吧。本来都是无意识的生命，何来"恨"？霜打梧桐是自然现象，何谈"恨"呢？这"恨"字，难道不是词人加给梧桐的吗？梧桐本无恨，是词人有恨，故使梧桐含恨。王国维曰："词家多以景寓情"，"一切景语，皆情语也"①。尽管陆机曾言"诗缘情而绮靡"(《文赋》)，但相较于诗，词更是言情的产物。既委婉诉情，怎么能避开"景语即情语"呢？而词人构筑的词境，怎么可能不是"有我之境"呢？尤其对于李清照这样感性的词人，她从花间词沿袭下来的构景方式，多数都是王国维所说的"有我之境"："有有我之境，有无我之境……有我之境，以我观物，故物皆着我之色彩。"②此处虽是写秋景，但"梧桐应恨夜来霜"自然是寄寓了词人之"恨"的有我之境了。此句中的"应"字，更明确了"恨"为词人所想所加，语气中似乎带有一层不确定，但这种不确定分明是在委婉地表明确实如此。"霜"前冠以"夜来"，照应首句的"上"，更明确表明这是拂晓时分。如此，前两句既交代了季节、时间，也造了境，寒日、琐窗、梧桐、夜霜，并且以动词"上""恨"委婉表达了词人的情感状态及本词的基调。

三四句叙事。词人用了两个动词——喜、宜，是与次句的"恨"截然相反的情感类型，似乎表达了一种比较正面的情绪，但与之匹配的外物却扭转了这种表面的欣喜。本句之内、句与句之间的对比、反差、矛盾，形成了错综复杂的层次，也透露了词人的矛盾心情。酒阑，酒筵将尽，酒要喝完的时候。此时的词

---

① 王国维撰，徐调孚校注：《校注人间词话》卷下，中华书局 2003 年版，第 36 页。

② 王国维撰，徐调孚校注：《校注人间词话》卷上，中华书局 2003 年版，第 1 页。

人，应该是醉了。但是，比起醉，她更喜欢团茶的苦。似乎强烈的苦味能掩盖她酒醉的原因。梦境被打断了，梦醒了，瑞脑散发的香味似乎更适宜她。或许她的失落要瑞脑浓烈的香味来驱散。

团茶，在宋代是很名贵的茶。据欧阳修《归田录》载："茶之品，莫贵于龙、凤，谓之团茶，凡八饼重一斤。庆历中蔡君谟为福建路转运使，始造小片龙茶以进，其品绝精，谓之小团，凡二十饼重一斤，其价直金二两。然金可有而茶不可得，每因南郊致斋，中书、枢密院各赐一饼，四人分之。宫人往往缕金花于其上，盖其贵重如此。"①

瑞脑香，即龙脑香。《酉阳杂俎》前集卷一《忠志》载："天宝末，交趾贡龙脑，如蝉蚕形……禁中呼为瑞龙脑。上唯赐贵妃十枚，香气彻十余步。"又同书前集卷十八《木篇》："龙脑香树……出龙脑香……入药用，别有法。"②可见龙脑即瑞脑，作为一种名贵香料，出自异国，且香气馥郁，不易散去。《太平御览》卷九八一引《本草》载："龙脑香，味苦，微寒，主心腹邪气，风湿积聚。"《政和证类本草》卷一三《龙脑香》引《海药本草》亦曰："谨按陶弘景云：'生西海律国，是婆律树中脂也……明目，镇心。'"说明瑞脑香还可入药，主镇心、去心腹邪气，具有调节情志的作用。李清照词中常喜用瑞脑香，无论是

① （宋）欧阳修撰，李伟国点校：《归田录》，中华书局1981年版，第24页。
② （唐）段成式撰，许逸民校笺：《酉阳杂俎校笺》，中华书局2015年版，第27、1326页。

南渡以后，还是年轻时期，如："瑞脑香消魂梦断，辟寒金小髻鬟松。"（《浣溪沙》）"薄雾浓云愁永昼。瑞脑消金兽"（《醉花阴》）；"玉鸭熏炉闲瑞脑，朱樱斗帐掩流苏"（《浣溪沙》）。

由上面几首写到瑞脑的词可以看出，李清照写瑞脑之时，多半是在忧伤、愁苦，故写瑞脑并不仅是将其作为闺房熏香之物来写，而是借其可以去邪气、冷静心志之意。那么，本词中"偏宜"的意思就更明晰了，词人是希望借由熏瑞脑香，抚平自己凄冷、低落的情绪。易安暗用瑞脑镇心、去邪之意，与温庭筠在《菩萨蛮》中用百合、萱草具有相同的用意："雨晴夜合玲珑日。万枝香袅红丝拂。闲梦忆金堂。满庭萱草长。　　绣帘垂景緛。眉黛远山绿。春水渡溪桥。凭栏魂欲销。"夜合即是合欢。"合欢蠲忿，萱草忘忧"（嵇康《养生论》），词人用此二物象，就是在委婉表达词中女子心中所积郁的春愁。同时，也是借瑞脑香委婉表述自己心情抑郁、低落。

那么，词人为何心情凄苦、难掩失落呢？是由于所谓的"婕妤之叹""庄姜之悲"吗[①]？原因在下片逐渐揭明。

过片两个三字句，宕开去，又转写天气。"已""犹"相对、转折，秋天已经尽了，到了暮秋时节，但是这一天才刚开始，流露了词人度日如年的情绪。过片两个三字句，分别照应上片前两句，"秋已尽"呼应"寒日萧萧上锁窗"，"日犹长"照应"梧桐

---

① 　陈祖美：《李清照有过"婕妤之叹"吗？——从她在江宁时的几首词谈起》，《文史知识》1998 年第 3 期。

应恨夜来霜"。那么词人为何感到日子难熬？原因在第三句——
仲宣怀远更凄凉。仲宣是三国魏时王粲的字，王粲"年十七，司
徒辟，诏除黄门侍郎，以西京扰乱，皆不就。乃之荆州依刘表。
表以粲貌寝而体弱通侻，不甚重也"（《三国志·魏书·王粲传》）。因
为当时西京陷入战乱，王粲不就朝廷征辟，南逃到荆州依附刘
表。但因他长相丑陋，没有受到应有的重视，故赋《登楼赋》，
表达对现实处境的不满及对故乡的思念。词中，李清照将自己
比作王粲，说自己就像王粲一样，思乡念远，更为凄凉。想必，
王粲赋中写到的"虽信美而非吾土兮，曾何足以少留。……悲
旧乡之壅隔兮，涕横坠而弗禁……人情同于怀土兮，岂穷达而
异心"，使李清照心有戚戚焉。原来，词人心情抑郁是因为思乡
念远。

在此不得不追述李清照之所以有此心态的原因。自从靖康二
年（1127）"金人犯京师"起[1]，不仅北宋王朝结束，李清照也开
始了南渡漂泊的生活。先是建炎元年（1127）春三月，"奔太夫
人丧南来"[2]，李清照与丈夫一起奔婆婆之丧，来到建康。此行既
是奔丧，也是逃难，由于情况紧急，路途遥远，二人搜集多年的
古籍古器无法随身携带，只载了十五车最重要的书南下[3]。"青州
故第尚锁书册什物，用屋十余间，期明年春再具舟载之。十二

---

① （宋）李清照撰，徐培均笺注：《李清照集笺注》，第 310 页。

② （宋）李清照撰，徐培均笺注：《李清照集笺注》，第 310 页。

③ （宋）李清照撰，徐培均笺注：《李清照集笺注》，第 310 页。

月，金人陷青州，凡所谓十余屋者，已皆为煨烬矣"[1]。

由于南下匆忙，本期望青州故宅十余间屋子的书来年再具舟南迁，没想到当年十二月，青州沦陷，十几间屋子的书都被金人烧毁。破国失家，长辈亲人亡故，多年的金石文物毁于战火，桩桩件件，都不能不令人悲痛。所以，在建炎二年（1128）重阳节来临时，词人心情郁闷至极，字里行间掩饰不住凄凉、忧恨。故须饮酒来使自己沉醉，喝上好的苦味浓烈的团茶来镇痛，焚瑞脑香来平复心情。经历了诸多变故的词人，再过重阳节，不可能再如往日那样"东篱把酒黄昏后。有暗香盈袖。莫道不销魂，帘卷西风，人比黄花瘦"（《醉花阴》）了。同样是重阳节，虽然亦要饮菊花酒、品重阳菊花，但此刻的词人，早已没有了赏菊的心境，所以，她用了"随分"与"莫负"，这像是劝人，亦像是说服自己——她应该像所有度重阳的人一样饮酒、赏菊。从"随分""莫负"二词可以看出，词人是在摆出重阳节"应有"的行为，而非出自内心，亦非自觉自愿。

解读李清照的词，艺术分析固然重要，但我们在考证或下结论的时候，要紧密结合词人的生平、行迹，即词人的自述，不可因为自己的误解，而得出错误的结论。就如李清照在建康时期的词作，写得普遍较为悲切，情绪不高，但因此就将她在建康写的《清平乐》《诉衷情》《临江仙》这几首"情调不胜悲苦"的词视

---

[1] （宋）李清照撰，徐培均笺注：《李清照集笺注》，第 311 页。

为是抒发了"婕妤之叹"和"庄姜之悲"①，是值得商榷的。陈祖美先生认为，若非"婕妤之叹"，"北宋灭亡，赵明诚膺任作为东南军事重镇的建康知府，李清照理所当然地成为本该令人艳羡的建康城第一夫人"②，怎么可能如此悲不自胜呢？

陈祖美先生的言下之意，作为建康知府的夫人就该得意、就不该有悲苦的情绪。如果是和平年代，天下安宁，还有可能，况且才高学赡、天生骄傲的李清照，未必把建康城第一夫人的名号看得有多重。况且，赵明诚膺任建康知府是在宋室南逃、遭金人侵略之际，此时出任建康知府，名誉感大于危险性，还是危险性大于名誉感，不言自明。

陈祖美先生还有一个观点也是值得商榷的："笔者不是说李清照不忧国不思乡，而是按照她词'别是一家'的观点，其忧国思乡等等能够摆到桌面上的庄重情思，主要是诉诸于诗文。"③虽然李清照具有明确的辨体意识，但这并不代表她在词中就不抒发庄重情思、爱国思想，只不过她的这些思想的抒发不是牵强附

① 婕妤之叹："相传班婕妤曾作《怨歌行》，抒其像纨扇那样、炎夏承爱、秋凉被弃的'中道'失幸之恨。后来将这种被弃女子的慨叹称为'婕妤之叹'。"庄姜之悲："所谓庄姜之悲是婕妤之叹的自然后果，简而言之就是指女子的命运类似于春秋前期的卫庄姜，因被丈夫疏远而无亲生子嗣。"参见陈祖美：《李清照有过"婕妤之叹"吗？——从她在江宁时的几首词谈起》，《文史知识》1998 年第 3 期。

② 陈祖美：《李清照有过"婕妤之叹"吗？——从她在江宁时的几首词谈起》，《文史知识》1998 年第 3 期。

③ 陈祖美：《李清照有过"婕妤之叹"吗？——从她在江宁时的几首词谈起》，《文史知识》1998 年第 3 期。

会，而是自然融于自身的经历与情感中。就如《声声慢》，本是李清照晚年所作，但由于陈祖美先生对其写作年代的断定出现了错误，就说此"身陷绝境之感"，"有甚于一般的婕妤之怨"[1]，还是将其归于婕妤之悲，这更是错上加错了。

因此，我们在读作品的时候，在写作年代的断定上一定要慎重，而且所依据的材料最好是在作者的诗文中有迹可循。其次，我们把握和解读作品思想意旨，一定要在细读文本的基础上，从作品本身的文字含义及相关典故中去寻找蛛丝马迹，切不可忽略作品已有的信息而去别求深意。

如本词的"仲宣怀远更凄凉"，已经告诉我们词人为何情绪悲苦了。词人的处境和三国时期的王粲一样，也是因为兵荒马乱，不得不南渡避难。她虽然不必向王粲那样在官场上寻求依附对象，但这并不意味着她不会思念故国故土。这是人之常情。我想，很少有人在失去家国、自己的家园横遭敌人焚烧摧毁时能不在意，能如常地欢笑、愉悦。况且，李清照的悲伤在此基础上又重了两层。一是婆婆在一年前去世，虽然在战争年代，赵明诚不必遵旧制丁忧三年，但可想而知赵明诚的情绪亦必恶劣，词人的情绪自然受影响，也不可能心情舒畅。一是南下时舍去了大量心爱的文物，本已心疼不已，而青州十余间文物书籍更被金人烧毁，多年的积累与心血毁于一旦，这给人造成的打击不可谓不

---

[1] 陈祖美：《李清照有过"婕妤之叹"吗？——从她在江宁时的几首词谈起》，《文史知识》1998 年第 3 期。

大。那种文物被烧的懊悔、可惜，想必会时时咬啮着词人的心。

有这诸多的不幸、忧伤、懊悔，词人怎么能快乐起来，怎么能不时时感到忧恨与悲凉？

要想得出这些结论，就要知人论世，从作品的典故所蕴含的意思出发，言之有据地推理和抒发。这样的抒发，只是把隐藏于作品背后的意思挖掘了出来，把词人当时的创作心态与经历呈现了出来，不是无中生有，也不是强加其上的臆测。我们提倡这样解读作品，反对穿凿附会、强为之说。

病中的消遣 发现美的眼睛

《山花子·病起萧萧两鬓华》

病起萧萧两鬓华，卧看残月上窗纱。豆蔻连梢煮熟水，莫分茶。　　枕上诗书闲处好，门前风景雨来佳。终日向人多蕴藉，木樨花。

本词又名《摊破浣溪沙》，就是在原来《浣溪沙》的基础上，上下片末尾各加一个三字句，押韵数不变，最后一个韵脚移至三字句尾。双调四十八字，上片四句三平韵，下片四句两平韵。

据李清照《金石录后序》，建炎三年（1129），赵明诚在赴建康"途中奔驰，冒大暑，感疾，至行在，病痁。七月末，书报卧病。……八月十八日，遂不起。取笔作诗，绝笔而终"[1]。赵明诚八月因感疟疾病逝后，李清照又大病一场："葬毕，……余又

---

① （宋）李清照撰，徐培均笺注：《李清照集笺注》，第 311 页。

大病，仅存喘息。"① 这首词，据徐培均之说，应该就是作于这年的八月，即建炎三年八月②。李清照时年四十六岁。

首句直接叙事。病起，指词人埋葬丈夫、大病一场之后。此时的词人大病初愈，情怀恶劣，自然没有更多心情观察外物，进行铺垫，所以起句首字即以"病"领起。写自己大病之后，两鬓生了许多白发，因经历巨大变故，悲伤不已，脱落了不少头发，故用"萧萧"来形容白发稀疏的样子。萧萧，本为象声词，此处虽然不取其象声之义，但却令人有白发簌簌落下之感，是一词关两义。

次句领头之"卧"字与上句首字之"病"形成呼应，亦是承接之意。因为生病，虽然病起了，但身体仍然虚弱，需要卧床休息。但是词人是极喜欢游赏的，也很在乎自然界的风花雪月，不然就不会因雨后海棠是否凋零，对婢女发出"知否，知否？应是绿肥红瘦"(《如梦令》)这样看似不合情理的执拗来。当然，也不会"每值天大雪，即顶笠披蓑，循城远览以寻诗"③。但是，以词人当时的身体条件，她如果想赏月、观花的话，也只能是在床上了，故她说——卧看残月上窗纱。明诚逝于八月十八，下葬了明诚之后，又病了一段时间，此刻大约已经到八月底了。故彼时所看到的月亮，应该是下弦月了，故曰残月。苏轼《水调歌

---

① （宋）李清照撰，徐培均笺注：《李清照集笺注》，第 311 页。
② （宋）李清照撰，徐培均笺注：《李清照集笺注》，第 119 页。
③ （宋）周辉撰，刘永翔校注：《清波杂志》卷第八，中华书局 1994 年版，第 333 页。

头》云："人有悲欢离合，月有阴晴圆缺，此事古难全。"词人彼时写残月，一是节物如此，但除此之外，未尝不有生离死别之后的忧伤，所以残月在词人眼中就另有一番令人神伤的意味了。她的人生，如今不就像那下弦残月一样，从此残缺不全，再难团圆了吗？

第三句看似写景，实是叙事。旁边，连梢的豆蔻在熟水里沸煮、翻滚。这是在做什么？难道是烹茶吗？词人亦必想到这一层疑问，故接以"莫分茶"——不是分茶。

豆蔻，据《本草纲目》卷三《草豆蔻》条载："虚疟自汗，煨入平胃散；瘴疟同熟附子煎服；山岚发瘴，同常山浸酒饮；一切疟同恒山炒焦糊丸冷酒饮。"由此记载可知草豆蔻主治各种疟疾。这里的"瘴疟同熟附子煎服"，与词中的"豆蔻连梢煮熟水"相近，都是通过煮豆蔻水来服用，目的当然是为了祛瘴疾。赵明诚是感染瘴疾去世的，李清照在照顾丈夫的时候，在下葬等处理善后事宜的过程中，由于身体劳累、情志忧伤，身体抵抗力下降，亦极有可能染此瘴病。

李清照懂中医，赵明诚生病后，她之所以"一日夜行三百里"赶至丈夫身边，就是因为丈夫"病痁或热，必服寒药，疾可忧"，担心赵明诚不懂用药，因感热疾滥用寒药，导致下泻不止而加重病情，"比至，果大服柴胡、黄芩药，疟且痢，病危在膏肓"[1]。到了之后发现，果然是服用寒泻之药导致疟疾加痢疾，已

---

[1] （宋）李清照撰，徐培均笺注：《李清照集笺注》，第311页。

病入膏肓了。李清照对赵明诚病情的分析与用药可能犯的致命错误，了如指掌，这充分说明她精通医术。

那么，对于精通医术与用药的词人而言，要想增强抵抗力，不致染上瘴疾，煎服豆蔻是最自然经济的事了。由此，侧面反映出词人只是大病初愈，并未完全痊愈。

这里的"莫分茶"，一方面是表达煮豆蔻水是为了药用，并非为了游戏；另一方面也是词人身心不佳，没有兴致去分茶。

那么，什么是分茶呢？分茶是一种高超、神奇的技艺，利用茶瓶驻汤时高下疾徐、击拂拨弄、变换手势，而使茶面呈现各种奇妙的图案。因类似在水上作画，又名水丹青，类似于今日咖啡之拉花工艺。北宋陶谷《清异录》载："近世有下汤运匕，别施妙诀，使汤纹水脉成物象者，禽兽、虫鱼、花草之属，纤巧如画，但须臾即就散灭，此茶之变也。时人谓之'茶百戏'。"[1]

杨万里《澹庵坐上观显上人分茶》即描写了显上人分茶时的情形，银瓶高下注汤，在兔毫盏的茶面上变换出怪怪奇奇的画面，甚至注出文字来："分茶何似煎茶好？煎茶不似分茶巧。蒸水老禅弄泉手，隆兴元春新玉爪。二者相遭兔瓯面，怪怪奇奇真善幻。纷如擘絮行太空，影落寒江能万变。银瓶首下仍尻高，注汤作字势嫖姚。不须更师屋漏法，只问此瓶当响答。紫微仙人乌角巾，唤我起看清风生。京尘满袖思一洗，病眼生花得再明。汉

---

① （宋）陶谷撰，郑村声、俞钢整理：《清异录》卷下，大象出版社 2019 年版，第 118 页。

鼎难调要公理，策勋茗碗非公事。不如回施与寒儒，归续《茶经》传衲子。"

由于分茶需要极高的技艺与悟性，很少有人能做到技艺超群，故有此技艺者便以"分茶"标榜，以此招徕客人。所以在当时的临安，一些大的面食店，有的干脆就叫作"分茶店"："大凡食店，大者谓之'分茶'，则有头羹、石髓羹、白肉、胡饼、软羊、大小骨、角炙犒腰子、石肚羹、入炉羊、罨生软羊面、桐皮面、姜泼刀回刀、冷淘棊子、寄炉面饭之类"，"及有素分茶，如寺院斋食也"①。有的酒肆叫"分茶酒肆""分茶酒店"②，有的南食店名"川饭分茶"③，还有的叫"李四分茶""薛家分茶"④，可见分茶的流行以及"分茶"一词所具有的巨大广告效应。

分茶技艺最绝者，当属僧人福全了，他能在四个茶盏里各分出一句诗，凑成一首绝句："馔茶而幻出物象于汤面者，茶匠通神之艺也。沙门福全……能注汤幻茶成一句诗，并点四瓯，共一绝句，泛乎汤表。小小物类，唾手办耳。檀越日造门求观汤戏，全自咏曰：'生成盏里水丹青，巧画工夫学不成。却笑当

---

① （宋）孟元老撰，尹永文笺注：《东京梦华录笺注》，中华书局 2007 年版，第 430、431 页。
② （宋）孟元老撰，尹永文笺注：《东京梦华录笺注》，中华书局 2007 年版，第 82、426 页。
③ （宋）孟元老撰，尹永文笺注：《东京梦华录笺注》，中华书局 2007 年版，第 303 页。
④ （宋）孟元老撰，尹永文笺注：《东京梦华录笺注》，中华书局 2007 年版，第 82 页。

时陆鸿渐，煎茶赢得好名声。'"[1] 福全的分茶，可真的称为水丹青了。

李清照词中的"莫分茶"，虽然说明词人无体力与兴致来分茶，但也从侧面反映出词人谙于分茶之道，茶艺精湛。

过片写词人读书之乐。这种读书，不是坐于桌前，正襟危坐地读书；也不是为了求取功名实利，有目的地勉强读书。词人这里的读书，是于枕上闲翻带在身边的书，是读诗，是为了消磨时光，娱情排忧。所以她说是"闲处好"，关键在于一个"闲"字。这个闲，不是刻意为之，是词人卧病在床，不得已，只能"闲"下来。在百无聊赖中，取来诗书，转移一下注意力，增加一些乐趣。

毕竟，对于爱读书爱学习的词人来说，随手翻书，已成为了她日常的生活方式。她曾说："我报路长嗟日暮，学诗漫有惊人句。"（《渔家傲》）说明她是时时向古人与同时代人学习作诗的，当然也包括作词。她在《词论》里对南唐及宋代诸家词人，如李煜父子、冯延巳、柳永、张先、晁端礼、晏氏父子、欧阳修、苏轼、王安石、贺铸、秦观、黄庭坚等十九位词人的词进行了评价，虽然都指出了他们的不足，但前提是她至少非常熟悉他们的词、研究过他们的词、对他们作词的门径非常清楚，这样的学习、积累和见识，就不是一般人所能拥有的了，只能是词中的行

---

[1] （宋）陶谷撰，郑村声、俞钢整理：《清异录》卷下，大象出版社 2019 年版，第 118 页。

家里手。

除了学习、研究、摹拟各家词作，李清照当然常常要实践了。明诚在世时，她"循城远览以寻诗"后，"得句必邀其夫赓和"①，可见其作词兴致之高。而且在进行诗词创作的时候，她特别喜欢挑战有难度的创作，就像她在词中说的"险韵诗成"（《念奴娇》）一样，她很喜欢挑战险韵诗词。如本首词押的韵属麻韵（华，纱，茶，花）和佳韵，就属于险韵，尤其是佳韵，总共没有几个字，有的还是象声字和指示动物的字，几乎很难凑成一绝或一首律诗。

词人在本词中用此险韵，也反映了她善于揣摩诗书中的作词技巧和格律，就像她在《词论》中阐发词"别是一家"时说的："且如近世所谓《声声慢》、《雨中花》、《喜迁莺》，既押平声韵，又押入声韵；《玉楼春》本押平声韵，又押上去声韵，又押入声。本押仄声韵，如押上声则协，如押入声则不可歌矣。"②李清照对词调、格律精通至此，她甚至将仄声韵中的上去与入声分别开来，有的词适合押上声，而押入声则不太适宜歌唱。这些词法与技巧，都是在不断地学习中逐渐精熟的，当然也就离不开枕上闲翻书了，都可以归在"枕上诗书闲处好"这句中。

词人不仅懂得欣赏诗书之美，也懂得欣赏风景之美，故她说

① （宋）周辉撰，刘永翔校注：《清波杂志》卷第八，中华书局1994年版，第333页。
② （宋）李清照撰，徐培均笺注：《李清照集笺注》，第267页。

"门前风景雨来佳"。她卧病在床，行动范围受限制，目光亦受限制。透过门窗，能看到的风景极为有限。但是，就是在这有限中，她亦会发现其中的美。门前本寻常的风景，到了下雨天，就是另一番景致了，就不再平常了，而堪称佳景。说到底，词人是一位非常有修养的人，她亦拥有一双善于发现美的眼睛，她用这双眼睛，发现在他人看来颇为庸常的景色。她这是在竭力寻找生活的乐趣，寻找生活下去的动力。

在这种寻找中，她看到了那株木樨花（桂花）。桂花乃八月里最平常不过的花了，它们小巧而精致，淡雅而不招摇，甚至有的人都不会注意到它，但词人却注意到它了。她说木樨花就像非常能明白她的心事似的，非常善解人意地向她倾斜、点头，就如桂花温雅醇厚的性格。

李清照非常喜欢桂花，她喜欢桂花"揉破黄金万点轻，剪成碧玉叶层层"（《山花子》）的样子。桂花虽无牡丹的富贵、梅花的艳丽，但它的品格似乎是任何花都比不了的，故词人说："何须浅碧深红色，自是花中第一流"（《鹧鸪天》）。"自是花中第一流"是赞美桂花，也是自喻，她认为自己就如桂花一样，是人品风格属于第一流。结句结在桂花上，不仅是欣喜桂花带给自己的慰藉，也是在自我鼓励和暗示。

本词的几句写景，有一个显著特点，就是带有方位词，如卧看、枕上、门前，它们一再围绕一个主题，即首句的"病起"。也因此，本词意境的构筑、环境的描写，都是围绕一个字——卧，此字可为本词的词眼。无论叙事抒情，还是引入外界物象，都与此字关系密切。

　　平常一首词，李清照就能在其中蕴蓄如此多的宛转、曲折，其为写词高手，并非虚名。故明人杨慎《词品》卷二评价曰："宋人中填词，李易安亦称冠绝。使在衣冠，当与秦七、黄九争雄，不独雄于闺阁也。"①

---

① （明）杨慎撰，王大厚笺证：《升庵词品笺证》，中华书局 2018 年版，第157 页。

不堪诉的愁　载不动的愁

《武陵春·风住尘香花已尽》

　　风住尘香花已尽，日晚倦梳头。物是人非事事休。欲语泪先流。　　闻说双溪春尚好，也拟泛轻舟。只恐双溪舴艋舟。载不动、许多愁。

　　本词写作年代的确定，系于词中写到的"双溪"这一地名。据《浙江通志》卷十七《山川》九引《名胜志》载："双溪，在（金华）城南，一曰东港，一曰南港。"而据李清照《打马图序》所叙："今年冬十月朔，闻淮上警报，江浙之人，自东走西，自南走北，居山林者谋入城市，居城市者谋入山林，旁午络绎，莫不失所。易安居士亦自临安沂流，涉严滩之险，抵金华，卜居陈氏第。"记述了词人因战乱避难金华的经历，篇尾明确标明此序是作于"绍兴四年十一月二十四日"[1]。由此可知，本词极有可能

---

① （宋）李清照撰，徐培均笺注：《李清照集笺注》，第340—341页。

是作于李清照卜居金华的次年春天，也就是绍兴五年（1135）的春天。王仲闻亦将此作系于绍兴五年①。黄盛璋、徐培均更进一步，将其确定为此年的春三月②。此时，词人五十二岁。

首句写景，次句言事。但首句七字之景，单看，季节性并不鲜明。这在李清照词中较为反常。七字三层意思，风住，尘香，花已尽。此景，亦令人误以为是写秋天。风刚刮完，尘埃落定，香气亦暂时就像停住了一样，没有那么浓了。而花，却被风吹落了。不是一般的凋零，而是已经"尽"了，即枝头再没有花了。这个"尽"字用得绝。

你说词人是在写景，是在写花吗？你说她写的仅仅是花吗？如果写的是花，那么花怎么可能突然都落尽呢？即便是暮春时节，即便是夏季，不像春日正盛时百花竞艳，姹紫嫣红，但毕竟有属于夏令的花接替春花，适时绽放。蔷薇、月季、鸢尾、木槿等，各种夏花会争相登场，岂能让春夏之际没有了花朵开放？即使夏意渐深，绿意更浓，幽远绿意代替繁闹百花，但亦不可能是花"尽"。

那么，首句的花尽，就不仅是写花了。所谓景语即情语，所谓的花尽其实更多折射了词人内心的感受。这花，又不仅仅是写

---

① （清）李清照撰，王仲闻校注：《李清照集校注》，中华书局2020年版，第73页。

② 参见黄盛璋：《李清照、赵明诚夫妇年谱》，《山东省志资料》1959年第3期；徐培均：《李清照年谱》，（宋）李清照撰，徐培均笺注：《李清照集笺注》。

她的内心。如果将人生比作花期的话，那么词人绍兴五年春天卜居金华时期，在词人看来，恰是如花已落尽一样，进入生命的老年，和心理的老年了，是不再有任何期盼与希望的老年，正如落花已尽一样。词人的才情，真是无人能比。同样是写花，大约词人新婚后"卖花担上，买得一枝春欲放"，"云鬓斜簪。徒要教郎比并看"（《减字木兰花》）时，怎么也不会想到命运如此弄人，自己晚境竟是如此凄凉。

鉴于以上季节与心理状态，词人很自然地流露出"日晚倦梳头"这句来。此句与上句照应的地方在句首的"日晚"。如果说上句写的是春晚的话，那么此句的日晚又是在春晚之上的更近一层，那种失落的心理，如噩梦般，不仅错过了春天，又错过了暮春时节的一天，是事事错过，时时错过，仿佛天地间只剩下词人一人没赶上春天的脚步，也误了每日的生计。

这种心理，没有意识到还好，一旦意识到，是很煎熬的。所以，到了三句和四句，词人情感亦急转直下，不能自抑。她感到眼前的人事，都与昔日大不相同。昔日，有父亲的宠爱，有丈夫的相知，有好朋友陪伴，有归来堂的夫妻读书自娱，有大相国寺的徜徉于古籍文物海洋，如今，曾经的一切都失去了，甚至连故国都失去了，自己年老多病，本以为改嫁是找到了一位知心人，谁知道却遇人不淑，横遭口舌与离婚。这一切太过于集中地浓缩在她中年以后的人生中，令她甚至不敢相信，如堕梦境，梦醒后是可怕的虚无，一切曾经存在的都不存在了。所有这一切，从何说起呢？又说给谁听呢？谁又愿意听呢？谁又听得懂呢？郁积的太多，不知从何说起，还未说，泪先流下来了。

这两句，将一位饱受苦难、流离失所的老年妇人的心态刻画得入木三分。所谓"未语先泪，此怨莫能载矣""景物尚依旧，人情不似初，言之于邑，不觉泪下"（李攀龙《草堂诗余》卷二眉批及评语）。

过片笔意宕开，想通过出游来排遣恶劣心情，并借此明确点出季节。闻说，是听他人说，自己并未亲自去过。既然花尽，词人终究是想亲近春天的。她听说双溪这个地方春意尚好，春意未尽，所以起了想泛舟双溪的念想。情绪至此一振。

游览山水，是李清照年轻时就有的爱好，也是她性格中具有士大夫风范的一个表现。年轻时那首著名的《如梦令》就是很好的反映："常记溪亭日暮。沉醉不知归路。兴尽晚回舟，误入藕花深处。争渡。争渡。惊起一滩鸥鹭。"据周辉《清波杂志》卷八载："明诚在建康日，易安每值天大雪，即顶笠披蓑，循城远览以寻诗，得句必邀其夫赓和，明诚每苦之也。"① 可见对于李清照来说，游览山水不仅可以洗心涤目，排忧解愁，亦可以进行诗词创作。这是她一贯的生活方式。因此，即使在悲泣不已时，仍能动此念头。在易安，不是勉强，是再自然不过的心理活动与行为。

但高昂的情绪持续了也许仅仅不过三秒钟，旋即跌入低谷。她说："只恐双溪舴艋舟。载不动、许多愁。"舴艋舟与愁、有形

---

① （宋）周辉撰，刘永翔校注：《清波杂志校注》，中华书局 1994 年版，第 333 页。

与无形顿成鲜明对比。舴艋舟，小舟，因船的两头尖如蚱蜢故名。本拟春游散心，但担忧的却是小小的舴艋舟，载不动词人许多的愁绪。是什么样的愁，到了舟都难以承载的地步？是到底有多少的愁，舟都载不动？所以，后人评曰："愁如海。"（陆云龙《词菁》卷一）

本词以"愁"收束，起到了很好的卒章点题的作用。而关于愁的比喻，十分新颖独到，是只有"才高学赡"（樊增祥《石雪斋诗集》卷三《题李易安遗像并序》）的李清照才具有的才情与比喻。她不是直接形容愁到底有多少有多深，她是独辟蹊径，给愁找了一个实物来做参照。这个实物，也新颖巧妙得很，它是词人正要去泛舟的载具。这样的参照自然入画，入情入理，没有强作比喻之嫌，但却是点睛之笔。

结句"许多愁"与温庭筠的"千万恨"（《梦江南》）有异曲同工之妙。温词"千万恨"之后接以"恨极在天涯"，恨弥散于天地与远方，可见恨之大。本词之以"许多愁"结句，却似结而未结，因为这许多愁，在晕染、扩散，不知有多少。这是小令结句之经典，言有尽而意无穷。

李清照之前，人们对愁的形容与比喻，也有新颖独到的例子。如李煜的"问君能有几多愁，恰似一江春水向东流"（《虞美人》），将愁比作向东流的江水，则江水流不尽，愁也无尽时。欧阳修的"离愁渐远渐无穷，迢迢不断如春水"（《踏莎行》），是借鉴李煜愁如"一江春水向东流"的比喻，将愁比喻为春水，似乎境界小了，但新创的地方是将愁的扩大与无穷、行走的远近结合起来，则是不仅有自然界的壮阔无穷，更有人的行迹在作参照，人只要不断行走，渐行渐远，愁就不断增长以至于无穷。本来是无形的愁，似乎变成可以生长的了。秦观的"便做春江都是泪，流不尽、许多愁"（《江城子》），也是将愁比作春天的江水，永流不尽。贺铸的"试问闲愁都几许？一川烟草，满城风絮。梅子黄时雨"（《青玉案》），则将愁密集地比喻为三种自然界的事物：烟草、风絮、梅雨，视觉、听觉兼具。烟草意象化自范仲淹"芳草无情，更在斜阳外"（《苏幕遮》）。

贺铸笔下的愁，是全方位漫天漫地无可逃匿的，它们像烟草一样，可以远至夕阳外；它们像随风飘荡的柳絮，遍及沟壑，无处不在；更像梅雨，信时而来，淅淅沥沥，阴郁缠绵，难有尽头。贺铸对愁的体认，可谓经典。而他的"扁舟只载愁"（《南柯子》）被李清照借鉴而发挥，结合秦观的"流不尽、许多愁"，如点睛，像重新被发现了一般，不仅写出舟是载愁的工具，更写出愁多、舟小，承载不动愁，这是易安的新发挥。

李清照的这一比喻，给人印象深刻。李清照之后，董解元《西厢记诸宫调》中《仙吕·点绛唇缠令·尾》有："休问离愁轻重，向个马儿上驼也驼不动。"将载愁的工具由南方的小舟变成了北方常见的马。灵感亦来自李清照。元代王实甫《西厢记》中《正宫·端正好·收尾》写道："将遍人间烦恼填胸臆，量这般大小的车儿如何载得起。"① 则是将载愁的工具由舟改成了车，也算

---

① （元）王实甫撰，金圣叹评点，林岩校：《西厢记》，花山文艺出版社 1997年版，第 199 页。

是对李清照"载不动、许多愁"的效仿与延伸。

结构上，本词上下片形成两个回环。上片前两句相较而言比较含蓄、平稳，后两句直抒、激烈，感情达到高潮。下片起句宕开，重提话头，始又平静；后两句又触景生情，引发感情波澜，至结句到高潮，然后戛然而止。情绪脉络起伏而富有韵律。

音律上，本词双调四十九字，上下片各四句，三平韵。押尤韵（头、休、流、舟、舟、愁）。头、舟、愁的发音特点是开口大，从舌面前部滑动到舌面后部，而 u 的发音不仅靠后，而且较含混，像极了吞吐不畅、强行咽物的情形；而休、流的发音也是从舌尖向舌后移动，它们共同的韵母 u 都是含混犹疑的。这就使得这些韵脚的发音吞吐迂纡、舒缓悠长，十分迂回宛转地表达了词人的心迹。陈廷焯评本词下片是"又凄婉，又劲直"（《白雨斋词话》卷二），可谓知音。唐圭璋言"通首血泪交织，令人不堪卒读"（《词学论丛·读李清照词札记》），缪钺认为本词"婉转、轻灵、细柔，自是女性美"（《灵谿词说·论李清照词》），这些都是对本词比较准确的感受。

句式上，此前毛滂体是双调四十八字，上下片都是七五七五句式，李清照在结句处变五字句为两个三字句，虽然衍出一字，却打破了上下片旧有的对称与平衡，而适合表达宛转摇曳、起伏不定的情感状态，正与她写愁之多达成内容与形式的完美融合。陈廷焯评曰："易安格律绝高，不独为妇人之冠，几欲与竹屋、梅溪分庭抗礼。"（《云韶集》卷十）李清照天然的敏感，使她在格律上有较他人所没有的精深感受，表现于词，自然精妙绝伦，一般人难以企及，因此，清人李调元才有此极高评价："易安在宋诸媛中，自卓然一家，不在秦七、黄九之下。词无一首不工，其炼处可夺梦窗之席，其丽处直参片玉之班。盖不徒俯视巾帼，直欲压倒须眉。"（《雨村词话》卷三）

櫽栝半生 天上人间的离别

《南歌子·天上星河转》

天上星河转，人间帘幕垂。凉生枕簟泪痕滋。起解罗衣、聊问夜何其？　翠贴莲蓬小，金销藕叶稀。旧时天气旧时衣。只有情怀、不似旧家时。

这首词的写作年代有争议。徐培均先生认为应作于大观元年（1107），词人屏居青州不久，依据是这年赵挺之罢右仆射、卒于京师，首句"天上星河转""写七月天气，兼喻时局变化，家道中落"[①]。但是按此编年，上片第三句说不通，而且本词各句以及总体情调及氛围、风格，与当时只有二十四岁的李清照很不符。况且，某些句子所化用的词人的作品，也晚于大观元年，故暂采用陈祖美先生看法，"当作于建炎三年（1129）深秋、赵明

---

① （宋）李清照撰，徐培均笺注：《李清照集笺注》，第 36 页。

诚病卒后、词人痛定思痛的一段时间"①。此时词人四十六岁。

首二句用对句，境界阔大。首句写天上，次句写人间。天上星河转，表示节序流转、改变，渐入秋季，为第三句埋下伏笔。而首句意境、用词，则化用词人的"天接云涛连晓雾，星河欲转千帆舞"（《渔家傲》）二句。

这就不得不提到《渔家傲》的年代断定问题。徐培均先生将其系于建炎四年（1130）年春②，陈祖美先生也将其系于本年③，但是与词中所表现出的词人的气魄、心气不符。词人说"学诗漫有惊人句"，以李清照的才气与性格，这句话说得不会太晚，不至于中年以后才说这样的话；其次，她说"我报路长嗟日暮"，是说人生之路还长着呢，"嗟日暮"不是说自己年至老境，而是嗟叹如果不抓紧学诗的话，很快就日暮了，表达了在学诗方面急迫的心态。此时如果是赵明诚已逝，她怎么还有这么急迫而高涨的心情去学诗呢？而且，词中最关键的是"九万里风鹏正举"这句话，这不正表明了自己正志在必得、处于人生与志向的最高端吗？这不正表现了一种如日中天、人生正当年的心气与抱负吗？否则，"正举"二字就无法理解。所有这些，都是一个没有经过过多人生挫折、心气甚高、正满怀理想与抱负的年轻人才有的心态，怎么可能在配偶去世了以后还有这么高涨的热情、怎么还能

---

① （宋）李清照撰，陈祖美笺注：《漱玉词注》，齐鲁书社 2009 年版，第 38 页。

② （宋）李清照撰，徐培均笺注：《李清照集笺注》，第 128 页。

③ （宋）李清照撰，陈祖美笺注：《漱玉词注》，齐鲁书社 2009 年版，第 39 页。

一门心思去学诗呢？而且，四十六岁的词人，无论诗、词、文、论等，都早已十分谙熟、造诣颇深了，即使再谦虚，也不可能有"学诗谩有惊人句"这样过度自谦的话。因此，有关《渔家傲》这首词的年代断定，应该是在李清照早年，但又不可能太早，至少是在婚后至南渡以前这段时期，较为合适。当然，还有一个证据就是本词首句五个字，很可能是化用《渔家傲》首二句，是其句意的缩写，而不可能反过来，《渔家傲》首二句是本词首句的扩充。

而首句"天上星河转"也不仅是指节物变换，也是指赵明诚去世，她的天没有了，这样一种隐忍的感伤。对应上句写明诚辞世，故下句写自己的状态。自己独自卧床，居室垂下帘幕，表示静居、幽闭状态。一个在天上，一个在人间，此句又绾合了词人的另一首悼亡词："一枝折得，人间天上，没个人堪寄"（《孤雁儿》）。分明是暗含悼亡。而由于"天上""人间"暗示着词人与丈夫的天人永隔，这样的表达方式，无意中使意境扩大，本来是普通的垂帘静卧，却具有了非凡的表达力与感发力，成为生发的经典。

如果说首二句是在含蓄、隐忍地表达悼亡，表达词人失去丈夫之后的忧伤自闭，那么由了这两句以景写情的铺垫，到了第三句，词人的情感终于爆发，变成直抒胸臆："凉生枕簟泪痕滋。"虽然从刻物而言，是遥承首句，写秋凉生枕簟，但"泪痕滋"却是实实在在的写情。那么，首二句与此句前四字的写景就不仅是写景了，景语即情语。写枕簟，写凉生枕簟，李清照词中不止一处，如"红藕香残玉簟秋"（《一剪梅》）、"玉枕纱厨，半夜凉初透"（《醉花阴》）。但那只是含蓄地写，虽有凉意，但是"初透"；虽有离愁，但属于婚后夫妻间正常的离别，而非生死离别。而本词所写，显然非一般的念离伤别。一个"滋"，就很能说明问题。力度很大。它不像"泪融残粉花钿重"（《蝶恋花》）、"泪湿罗衣脂粉满"（《蝶恋花》）。同样是写泪，这里的"滋"表明泪流不止，显然极为伤痛，跟一般的离别、闺愁是不一样的。由"泪痕滋"也可以体味到词人是在悼亡，思念丈夫。

第四句分两个半句，是问句。"起解罗衣"，初读费解，实则是表明词人此前一直和衣而卧、没有真正休息，更没有睡着。这句的意思，其实化自《诗经》："夜如何其？夜未央。"（《诗经·小雅·庭燎》）问"夜何其"是表明"夜未央"，即夜正长，长夜漫漫，侧写词人忧伤失眠。而这句，又暗合另一首《诗经》中的句子："女曰鸡鸣，士曰昧旦。子兴视夜，明星有烂……宜言饮酒，与子偕老。琴瑟在御，莫不静好。"（《诗经·郑风·女曰鸡鸣》）大约词人的这句问话，首先是透露了长夜失眠，故意识到自己还未脱衣，故解衣准备正式休息。但这又勾起了她忆起昔日明诚在世时，夫妻二人的对话，不正像《女曰鸡鸣》里的夫妻吗？妻子说鸡鸣了，该起床了，丈夫说，你去看看，星星还在天上呢，想赖床不起。这样平常的日子，如今已经不可能了，故词人更为感伤。想当年，她和明诚，也希望像《诗经》里写的，过着执子之手、与子偕老、琴瑟在御、莫不静好的日子，如今这些，如神话，再也不可能发生了。

所以，上片末句的发问，隐含了深沉的意思，这是需要逐层体会、挖掘的。

过片既转又承。她调转话头，不再忆旧，而是着眼于眼前的事物，这是转。但当她解衣的时候，看到衣上贴翠的莲蓬好像变小了，而销金的藕叶也似乎变得比以前稀疏了。这是一种错觉吗？这不免令人感伤。从感情上，又承接上片。

第三句"旧时天气旧时衣"，回释了首二句。她穿的衣服，不似温庭筠笔下的女子："新帖绣罗襦。双双金鹧鸪。"（《菩萨蛮》）女子穿了新贴着金鹧鸪的衣服，却无人欣赏，心上人不在身边，更显孤独。而词人的衣服因为旧了，所以色泽变浅、贴绣的图案有的脱落了，所以就会显得小而针脚稀落了——莲蓬变小了，藕叶变稀了。乐府《古艳歌》有"衣不如新，人不如故"，如今，旧衣也就罢了，旧人早已不在了，让人情何以堪？所以，天气还是旧时那样的天气，衣服还是旧日里的衣服，但物是人非，一切又那么的不同，就像词人在《武陵春》里写的"物是人非事事休。欲语泪先流"。既然已经物是人非了，现在的情怀，怎么可能再与旧时相同呢？故曰："只有情怀、不似旧家时。"旧家，即从前。也就是说，当年穿着这样的衣服时，还年轻，夫妻还过着琴瑟静好的日子，如今，衣服还是那时的衣服，天气还是那时的天气，那时的那个人已经不在了，我怎能做到无动于衷？我怎能不伤感落泪？这样的表述，她在后期写的《转调满庭芳》里亦有："如今也，不成怀抱，得似旧时那？"以转来结，收束得紧。

从本词的解读来看，几乎每句，都櫽栝或化用词人其他词作。这些被櫽栝或化用的词，以晚期居多，有的是悼亡词，如《孤雁儿》，有的系年很晚，如《转调满庭芳》《武陵春》。这在李清照其他词作中是比较少见的现象。即使是写作时间最晚的《声声慢》里，都没有这样櫽栝以前词作的现象。所以，据笔者推断，这首词应该是作于词人晚年，至少是作于《武陵春》之后、《声声慢》之前，如此，那应该至少是绍兴五年（1135）词人五十二岁以后了，这样较为合理。

本词双调五十二字，上下片各四句，三平韵。《南歌子》最初为单调二十三字，始自温庭筠，五句三平韵，句式为五五五五三式。到西蜀时期，毛熙震衍为双调，本词即用毛熙震体式。

从句法结构来看，温庭筠七首《南歌子》、毛熙震两首《南歌子》中，温词的前两句、毛词上下片的前两句都为对句。但是在对句的句式结构上，李清照取法温庭筠而非毛熙震。温庭筠七首《南歌子》中，首二句对偶句的句式可分为四类：其中最多的是名词结构五字句，如"似带如丝柳，团酥握雪花"、"倭堕低梳髻，连娟细扫眉"、"转盼如波眼，娉婷似柳腰"，有三处；其次是方位词加偏正结构名词，如"手里金鹦鹉，胸前绣凤凰"、"脸上金霞细，眉间翠钿深"，有两处；再其次是动宾词组加动词加名词如"扑蕊添黄子，呵花满翠鬟"，以及动宾词组如"懒拂鸳鸯枕，休缝翡翠裙"，各一处。本词上片首二句句式是采用温词中方位词加偏正结构名词，下片首二句是采用温词中动宾词组。毛熙震两首词的结构方式与此不同。由此可知，李清照对温庭筠词取法较多，包括她的《浣溪沙·髻子伤春慵更梳》，之所以具有"唐调"面目，也是取法温庭筠的温柔蕴藉。

夏承焘先生在谈到李清照时说："可见她重视音律、字声，但这是她早期的主张。……在李清照词中却找不出她明显地这样做的例子，尤其是在她的晚期作品里。她不填僻调拗调，对习用的小令应该遵守的平仄，有时也不完全遵守。"① 李清照对音律、字声、平仄、句式等其实是非常重视的，这需要将她的同调词作与以往或同时代词作对比才能发现。这些确乎需要研究者首先对这些领域颇为熟悉，才能发现端倪，或看出它们的不同。有时不是李清照没有明显的例子，是因为我们没有发现明显例子的眼睛和能力。因此，对于词的艺术形式的研究还需深入。不然，即使珠玉在前，我们也当它是石头而扔掉了。

---

① 夏承焘：《词体与声情》，生活·读书·新知三联书店 2021 年版，第 244 页。

他人的佳节 饱经忧患后的疏离

《永遇乐·落日镕金》

落日镕金，暮云合璧，人在何处？染柳烟浓，吹梅笛怨，春意知几许？元宵佳节，融和天气，次第岂无风雨？来相召、香车宝马，谢他酒朋诗侣。　　中州盛日，闺门多暇，记得偏重三五。铺翠冠儿，捻金雪柳，簇带争济楚。如今憔悴，风鬟霜鬓，怕见夜间出去。不如向、帘儿底下，听人笑语。

本词的写作年代，按照徐培均的观点，应作于南宋绍兴九年（1139）的元宵节，其时词人五十六岁。因为据《宋史·高宗本纪》，绍兴五年、六年有日食、兵祸，百姓生计艰难，绍兴七年高宗在平江，"下诏移跸建康"[1]，"八年春正月戊子朔，帝在建康"，"九年春正月壬午朔，帝在临安。丙戌，以金国通

---

① （元）脱脱等：《宋史·高宗本纪》，中华书局1985年版，第528页。

和，大赦"①。在此情形下，才有欢度元宵佳节的可能。绍兴五年（1135），李清照五十二岁之后，始定居南宋都城临安（杭州）。所以，本词所描述的元宵节，应该是词人南渡之后临安的元宵节。关于写作年代及地点，宋人张端义亦有表述，他说李清照"南渡以来，常怀京洛旧事。晚年赋元宵《永遇乐》词"②，亦说明本词是词人南渡以后晚年所作，但写作年代应早于《声声慢》。

本词亦遵从词人一贯的写作方式，以景起句。通过营造氛围，制造情境，逐步描绘勾勒。这也是李清照不同于男性文人的一大特点。男性词人在描写女性时，注意力多在女性身上，很少对周围事物和情景有过多关注。而李清照在写词的时候，也是她对外部世界认识与思考的时候，再加上她天生的热情和对现实、政治与国家大事的关心，她的笔触就会伸向一般词人容易忽略的现实与情境。

上片十二句，三句一组，每组中的第三句与前两句是一个转折，结构整饬。首三句先从大的意境渲染，点明彼时词人所处的时分。傍晚，金色的夕阳铺满西天，天空就像镀了一层金一样；而暮云笼罩着圆月，就像将一块无瑕的白璧围合。景色不可谓不绚丽。这两句化自宋人廖世美的《好事近》："落日水镕金，天

---

① （元）脱脱等：《宋史·高宗本纪》，中华书局 1985 年版，第 535、538 页。

② （宋）张端义撰，许沛藻、刘宇整理：《贵耳集》卷上，大象出版社 2019 年版，第 149 页。

淡暮烟凝碧。"以及梁江淹的《休上人怨别》:"日暮碧云合,佳人殊未来。"但是忽然一句"人在何处",将人从沉迷的景色中拉开,引出女主人公,也就是词人自己,颇有将自己作为他者进行关注的意识。仅此四字,我们仿佛就看到了当年李清照背面孤坐的剪影。有的本子认为此处的"人""当指已故之赵明诚",与词上下句的情境似乎不符。此处李清照的自问,透露出来的是一种恍惚犹疑、不知身在何处之感,亦有远离故土的飘零之感,说的是词人自己的感觉。而当时明诚已去世有年,本词主旨亦非悼亡,断不可能指赵明诚。

接下三句形容春景。"染柳烟浓",写上元节的柳像染了绿色一样,春气氤氲,翠烟凄迷。这是南宋都城临安的上元节。气候温暖的临安,元宵时节已经春意盎然了。"吹梅笛怨",写词人听到笛声里吹奏着《梅花落》,曲意感伤,乡思顿起,不仅发出"春意知几许"的疑问——春意到底有几分呢?自问也是拷问。这当中含了疑惑,含了理性,也含了无法真正走入现实中的困惑。对此在春天的疏离和冷静,几许沧桑悄然流露。

接下三句,首句点明时节,正值元宵佳节,次句总写元宵节的天气。元宵佳节,融和天气,亦该是一个喜气团圆的日子,但是,冷不丁一句"次第岂无风雨"的反问,将已经不再年轻的词人的阅历,与经历的诸多坎坷都暴露了出来。词人半生寥落,颠沛流离,见过了太多的苦难与不测,于是面对眼前的美景与熙乐,竟然不敢相信它的永久,即使是在这平静和美之际,亦似乎看到了风雨与即将来临的无法预测的种种不幸。这已经不是一个女性天生的多愁善感与忧郁，而是掺杂了经历过人生苦难的忧患与危机意识。所以，当在这人人喜乐的良辰美景之际，有酒朋诗侣乘着香车宝马邀请她出去赏灯游玩时，李清照亦根本无法打起精神、提起兴趣，与众人一同去游乐。她与现实环境是那般的格格不入。

但拒绝归拒绝，清醒归清醒。李清照毕竟是一个情感丰富的女人，年轻时有过非常美好率性的时光，在这样一个几乎是万民同乐的日子里，难免不勾起她对往昔的忆恋。因此，过片从忆旧写起。记得当年在汴京最繁华的时候，自己做女儿时，闺门多暇。年轻浪漫的女儿们，对于任何一个节日，都是那么喜爱和欢欣鼓舞，尤其是元宵节这样大的节日。"记得偏重三五"，反映了元宵节在当时人们心中的重要程度。宋人笔下关于这一天的节庆活动多有记载。孟元老的《东京梦华录》追述了北宋东京开封的城市风俗、节庆活动，在卷六《元宵》中他记载道：

> 正月十五日元宵，大内前自岁前冬至后，开封府绞缚山棚，立木正对宣德楼，游人已集御街。两廊下奇术异能，歌舞百戏，鳞鳞相切，乐声嘈杂十余里。……宣德楼上皆垂黄缘帘，中一位乃御座……宫嫔嬉笑之声，下闻于外。……万姓皆在露台下观看，乐人时引万姓山呼。①

吴自牧《梦粱录》是记述南宋都城临安风貌的一部书，其卷一对

---

① （宋）孟元老撰，邓之诚注：《东京梦华录注》，中华书局 1982 年版，第 164—165 页。

汴京的元宵节亦有精彩记述：

> 正月十五日元夕节，乃上元天官赐福之辰。昨汴京大
> 内前缚山棚，对宣德楼，悉以彩结，山沓上皆画群仙故事，
> 左右以五色彩结文殊、普贤跨狮子、白象，各手指内五道
> 出水。其水用辘轳绞上灯棚高尖处，以木柜盛贮，逐时放
> 下，如瀑布状。又以草缚成龙，用青幕遮草上，密置灯烛
> 万盏，望之蜿蜒如双龙飞走之状。上御宣德楼观灯。有牌
> 曰"宣和与民同乐"，万姓观瞻，皆称"万岁"。①

由本朝人的记载可知，当时的元宵节是多么隆重热闹，今人
难以想象，其范围波及之广、持续时间之长，并不仅限于帝王享
用，所谓"阡陌纵横，城闉不禁。别有深坊小巷，绣额珠帘，巧
制新妆，竞夸华丽，春情荡飏，酒兴融怡，雅会幽欢，寸阴可
惜，景色浩闹，不觉更阑。宝骑骎骎，香轮辘辘，五陵年少，满
路行歌，万户千门，笙簧未彻"②。据此，我们亦彻底明白了词人
所说的"记得偏重三五"有多重的分量，而接下来的转折与起
伏有多么大。

下片次三句，写元宵节汴京女子常见的打扮。这一天，她们

---

① （宋）吴自牧撰，黄纯艳整理：《梦粱录》，大象出版社 2019 年版，第
210 页。
② （宋）孟元老撰，尹永文笺注：《东京梦华录笺注》，中华书局 2006 年版，
第 596 页。

必然是头上戴着铺翠的花冠，装饰以捻金雪柳，盛装打扮，整齐漂亮，出去赏月观灯。

什么是"铺翠冠儿"？铺翠，就是首饰上点缀以翠鸟的羽毛，其实就是点翠。此处的铺翠，表明点翠的面积较大，整个冠上都铺满了点翠。这样的冠子在当时的京城很流行。《梦粱录·元宵》中的珠翠冠儿大约与此类似："（杭州）官巷口、苏家巷二十四家傀儡，衣装鲜丽，细旦戴花朵肩，珠翠冠儿，腰肢纤袅，宛如妇人。"① 这些傀儡头、身上的装饰，想必是卖给欢度元宵佳节的都城仕女的。

什么是"捻金雪柳"？南宋朱弁《续骳骳说》中有记载："都下元宵，观游之盛，前人或于歌词中道之……又妇女首饰至此一新，髻鬟簪插如蛾蝉、蜂蝶、雪柳、玉梅、灯球，袅袅满头，其名件甚多，不知起何时，而词客未有及之者。"② 南宋周密《武林旧事·元夕》也有记载："元夕节物，妇人皆戴珠翠、闹蛾、玉梅、雪柳、菩提叶、灯球、销金合、蝉貂袖、项帕，而衣多尚白，盖月下所宜也。"③ 南宋陈元靓《岁时广记·上元》亦载："《岁时杂记》：'都城仕女，有元夜戴灯球、灯笼，大如枣栗，

---

① （宋）吴自牧撰，黄纯艳整理：《梦粱录》，大象出版社 2019 年版，第 211 页。

② （宋）陶宗仪编，刘宇等整理：《〈说郛〉选五十八种》，大象出版社 2019 年版，第 117—118 页。

③ （宋）周密撰，杨瑞点校：《武林旧事》，浙江古籍出版社 2015 年版，第 44 页。

如珠茸之类。又卖玉梅、雪梅、雪柳、菩提叶及蛾蜂儿等，皆缯楮为之。'"①

由上述几位南宋人的记载可知晓，元宵佳节这天，都城的女子们是要盛装观灯的，她们的装扮，尤其是首饰，种类繁多，令人眼花缭乱，而且衣多尚白，是为了月下灯下赏心悦目。朱弁的记载更说明，女子元宵节所插戴的这些新颖时髦的首饰，尚未有人在词中写及，李清照应该是首次记录卜这些装饰的人，这与她女性的身份以及较为关注女性物事分不开。

从这一角度而言，李清照笔下这八个字在反映南宋元夕都城仕女的装扮上具有史料价值。后来，辛弃疾在他的《青玉案·元夕》中有"蛾儿雪柳黄金缕"，算是对类似女子装饰有一定的记载。其中这"雪柳黄金缕"，也就是本词中的"捻金雪柳"。详其情，应该是一种头饰，用白色缯帛裹住细柳形状的楮纸，上面杂以金线装饰，在元夕灯下，如钗摇似的袅娜震颤，白色明丽，金色闪耀，是都城元夕女子必备头饰之一。这些铺翠冠儿、捻金雪柳，都是"簇戴"着。簇，一丛丛，簇戴就是铺翠冠儿上一丛丛地戴着这些捻金雪柳，显得繁密、气派。

想必在元宵佳节，像铺翠冠儿、捻金雪柳这样的装饰很普遍，至有宋高宗于绍兴二十七年（1157）三月二十一日专门下了一道《禁宫人以销金铺翠为首饰手诏》："比年以来，中外服饰

---

① （宋）陈元靓撰，许逸民点校：《岁时广记》卷十一，中华书局 2020 年版，第 227 页。

过为侈靡，虽累行禁止，终未尽革。朕躬行敦朴，以先天下。近外国所贡翠羽六百余只，可令焚之通衢，以示百姓行法当自近始。自今后宫中首饰衣服，并不许铺翠销金。如犯此禁，重置于法。"[1] 词中言及的铺翠、销金，都在禁止之列。可知词人所言不虚，这样的装饰，确实属于"争济楚"。

往昔愈繁华，现实愈凄凉。所有的美好都成了回忆，恍如隔世。如今，经历了南渡之乱与丧夫失家之痛的词人，心境再也无法回到从前，生活无法安定，不知未来在哪里。而这一切苦难与艰辛的岁月，都在她的容貌与身体上留下了无法抹去的痕迹，憔悴衰老与风尘满面的词人，更是无法面对眼前依然熙攘、热闹与华奢的人物与景物，于是，一向自视清高的词人，只有在夜间人少的时候，才肯出去。但是，她的心仍然没有同身体与外貌一起老去，依然年轻而无法做到万事不关心，所以，她只有在帘子后面听听人们的欢声笑语，偷偷看看那热闹辉煌的灯景与人流。这恐怕是词人谢绝邀请不愿意外出的真正原因，至少这层心思要远甚于大家平常认为的忧患国家的原因。

而这"帘儿底下，听人笑语"亦从侧面暴露出词人的境况与心态。她不再是居于"庭院深深深几许"的仕宦家庭的主妇，而是在都城临街赁屋而居的落魄无依的老妇。晏殊曾自诩他的"楼台侧畔杨花过，帘幕中间燕子飞""梨花院落溶溶月，柳絮池塘

---

[1]　曾枣庄、刘琳主编：《全宋文》第二〇四册，上海辞书出版社、安徽教育出版社 2006 年版，第 276 页。

淡淡风"有富贵气，并傲娇地说："穷儿家有这景致也无？"[①] 风月花鸟本极平常，但是得看花是落在哪儿了，燕子是飞在哪儿了，月光是照在哪儿了，风是吹在哪儿了？这两联诗，句子的前面都是人为景观，与自然景观映衬方显富贵气象。你想，普通人家居住环境，乡村农民住茅草屋，市井小民赁屋而居，哪租的起宽敞的庭院？否则潘金莲窗户上的竹竿子也打不到西门庆头上了。显然，词人住的也是临街的房子。这样的环境，是用不着帘幕的，也没有花园，也不需要帘幕来装饰亭台楼榭。所以，凡是有楼台与帘幕的人家，有庭院和池塘的人家，必然非富即贵，由此便明晓晏殊的雍容富贵体现于何处了，也更明白词人的现实处境了。

词人后期词作中少有如前期那样，对室内精致器物的描写，不能说不是与她实际居处环境的逼仄拮据有关，尤其是更晚期作的《声声慢》，这方面的特点更明显。当然，也许与她再无兴致描述精雅物事有关。闲闲一笔，似乎是"没要紧语"，却勾勒出了词人的全部境况。你能说李清照不是写词高手吗？

本词上下片通过多次转折与对比，一步步使词人的形象得以确立乃至明晰。上片十二句、四个组群，逐层交代清楚了时间、地点、事件，并且也揭示了这些繁华深处的矛盾与危机。上片最后三句也是通过转折表现了词人与周围人的不同——周围人还

---

① （宋）吴处厚撰，夏广兴整理：《青箱杂记》卷五，大象出版社2015年版，第55页。

在醉生梦死，词人经历苦难，却无论如何做不到欢笑与忘却。而下片前两组三句中，对中州盛日元夕的回忆，又与上片的现实形成鲜明对比，也与下片后面几句涉及词人现在的生活形成鲜明对比，往乐而今哀，念国思乡之情自然寄寓其中。结尾的两组三句，以赋体方式直抒胸臆，以散文化的句式，以散漫语、没要紧语、絮叨语，生动写出了词人如今面对繁华元夕的态度，人不再年轻了，心已经老了，中间还隔了一个故国、一个曾经的爱侣赵明诚、改嫁又离婚的风波，心情怎能似旧时？正如她在词中写到的"不成怀抱，得似旧时那"（《转调满庭芳》）。这一点是李清照高明的地方，她的爱国之情是由具体生活细节生发，含蓄而自然，活生生，有血有肉，不像张元干等南渡词人，同样感情的表达近乎声嘶力竭，严重破坏了词的美感，亦给人以不真实、强为表现的观感。

而词人"风鬟霜鬓"的沧桑外貌与"帘儿底下，听人笑语"的行为又突显了活脱脱的词人的内心活动，形象生动。这些遍及全词的转折与对比，反映了词人内心的矛盾与冲突；与现实的格格不入，也塑造了她独特而清醒的个性。心怀家国，突破了传统小女人的一己悲喜与愁苦，而具有悲悯之心和慈惠之爱，境界更大，格局更高。这显示了她的不同，也显示了她意识的独立自觉。

本词双调104字，已属于长调慢词，上下片各十二句，四仄韵。《永遇乐》共有七种体式，李清照此体最接近于苏轼体，但个别地方的平仄与苏轼体有差异，不守平仄的有几处，如"几""暇""重""冠""济""出"。据《词林正韵》，本词押第

四部，其中处、许、雨、侣、楚、语属于上声语韵，五属于上声
麌韵，去属于去声御韵，语、麌、御通押。虽押仄声韵，但基本
属于发音舒缓的上声韵，比起《声声慢》的仄声韵，声情上没有
那么凄苦。

　　而据《乐章集》注，《永遇乐》曲调属于林钟商。林钟商属
于中吕均，商调。元人周德清《中原音韵》云："中吕高下闪
赚……商调凄怆怨慕。"这就是说，《永遇乐》具有凄怆怨慕与
高下闪赚的特点。前者符合本词中所表现的情感基调，而后者的
特点，多半体现在每三组句中前两句与第三句之间声情气调的跳
转，这一点在李清照词中表达更为明显。从写景、抒情角度，往
往前两句写景，后一句抒情或言事；从词体结构来说，上片，尤
其是前九句，往往在闪赚处意脉转折明显，体现在句式上就是转
折、发问。如果说因为高下闪赚，前两句与第三句之间有不同、
有转折，这是《永遇乐》词调本身具备的曲调因素，那么发问则
是李清照的独创，是她经历国破家亡、流离失所，历尽人世的巨
大沉浮和世态炎凉之后，对生活产生的犹疑，对风云难测、对人
事不定、转瞬即逝的过度反应。她经历了太多苦难，即使面对美
景，仍难以使她从过去的苦难经历中彻底拉回，故对眼前一切美
好事物，不由得会产生怀疑，很难再有处变不惊的心态，而是惊
定还拭泪，如惊弓之鸟。所以，本词才会有连着三处发问。

　　本词在意脉的连贯与转折方面，与晁端礼的《永遇乐》有相
似之处。李清照在《词论》中曾提到晁次膺，可见李清照对他的
词也是有过研究的，本词能看出是借鉴了晁氏的。晁端礼的《永

遇乐》列于下：

> 雪霁千岩，春回万壑，和气如许。今古稽山，风流人
> 物，真是生申处。儿童竹马，欢迎夹道，争为使君歌舞。
> 道当年、蓬莱朵秀，又来作蓬莱主。 一编勋业，家传
> 几世，自是赤松仙侣。青琐黄堂，等闲游戏，又问乘槎路。
> 银河耿耿，使星今夜，应与老人星聚。要知他、秋荚消息，
> 早梅初吐。

这也更证明了《永遇乐》词调高下闪赚的特点，同时也体现了李清照善于向前人和当代词家学习，她的"学诗谩有惊人句"（《渔家傲》），其实也包括学词。

此后，辛弃疾、姜夔、刘辰翁、赵以夫等人的同调词在押韵方面也都效仿李清照这首词。可见李词影响之大、之深。刘辰翁的《永遇乐》甚至在小序中明确写到读易安词深受感动，三年后仍不能忘记，并为此依声和词："余自乙亥上元诵李易安《永遇乐》，为之涕下。今三年矣，每闻此词，辄不自堪。遂依其声，又托之易安自喻。虽辞情不及，而悲苦过之。"其词如下：

> 璧月初晴，黛云远澹，春事谁主。禁苑娇寒，湖隄倦
> 暖，前度遽如许。香尘暗陌，华灯明昼，长是懒携手去。
> 谁知道，断烟禁夜，满城似愁风雨。 宣和旧日，临安
> 南渡，芳景犹自如故。缃帙流离，风鬟三五，能赋词最苦。

江南无路，鄜州今夜，此苦又谁知否。空相对，残缸无寐，
满村社鼓。

此词从内容到结构方式、意脉转折、抒情与叙事，可谓学李清照
最像的一首，其中的"缃帙流离，风鬟三五，能赋词最苦"大体
勾勒出了李清照晚年际遇及形象。而且，刘辰翁亦能明显感受到
易安在词中所寄托的爱国之思，这方面的表达也颇有沧桑之感。

而从爱国思想的表达、格局之大、情思之雅方面，南宋抗金
名将李纲的《永遇乐》与本词更有意脉的相连：

秋色方浓，好天凉夜，风雨初霁。缺月如钩，微云半
掩，的烁星河碎。爽来轩户，凉生枕簟，夜永悄然无寐。
起徘徊，凭栏凝伫，片时万情千意。　　江湖倦客，年来
衰病，坐叹岁华空逝。往事成尘，新愁似锁，谁是知心底。
五陵萧瑟，中原杳杳，但有满襟清泪。烛兰缸，呼童取酒，
且图径醉。

李纲此词的意绪、格调、所寄托的故国之思，与李清照相
近，但是在构词的意脉与曲调的"高下闪赚"方面，似乎有所
欠缺。

以一首词而影响了南宋词坛多位著名词人，本词的思想内
容、情感基调、曲韵声情、艺术成就，都堪称绝唱。自然，本词
在易安词中亦属于成就最高者之一。

一生的回忆 最后的惨戚

《声声慢·寻寻觅觅》

　　寻寻觅觅，冷冷清清，凄凄惨惨戚戚。乍暖还寒时候，最难将息。三杯两盏淡酒，怎敌他、晓来风急。雁过也，正伤心，却是旧时相识。　　满地黄花堆积，憔悴损，如今有谁堪摘？守着窗儿，独自怎生得黑。梧桐更兼细雨，到黄昏、点点滴滴。这次第、怎一个愁字了得！

　　这首词的写作年代，据徐培均的说法，应作于绍兴十七年（1147）李清照六十四岁时。理由是"在建炎三、四年金人南侵中，清照古器物一部分运往洪州，不久损失；绍兴元年卜居越州土民钟氏宅又被窃一部分。故至晚年流荡无依，家徒四壁，遂有此深愁惨痛发之于词。考曾慥于绍兴十六年编《乐府雅词》成，中收清照词二十三首而未及此词。可见尚未写出或写出不久而流播未广。否则如此精品，恐无遗珠之憾。因系此词于绍兴十七年"①。在没有更多材料佐证或否定该结论的情况下，姑且认同徐氏说法，但似乎不一定非要系于绍兴十七年，准确地讲，应该是最早作于绍兴十七年，这样更为妥帖一些。

李清照的这首词，前人评价，多着意于她的叠字下得紧，下得奇，认为"以一妇人，乃能创意出奇如此"②，实属不易。有人甚至由此追述李清照词叠字的来源与先例，追溯到《古诗十九首》有三联叠字者，如"青青河畔草，郁郁园中柳。盈盈楼上女，皎皎当窗牖。娥娥红粉妆，纤纤出素手"③。更有人举出韩愈《南山诗》七联叠字者，如："延延离又属，夬夬叛还遭。喁喁鱼闯萍，落落月经宿。闟闟树墙垣，巘巘架库厩。参参削剑戟，焕焕衔莹琇。敷敷花披萼，闟闟屋摧雷。悠悠舒而安，兀兀狂以狃。超超出犹奔，蠢蠢骇不懋。"④

韩愈诗是出了名的佶屈聱牙，我们看以上七联诗，无论写景还是抒情，颇为隔膜，并且也缺少美感。或者说，韩愈诗的美，是需要深细发掘、辅以理性思维，才能够领略得到。如果按照钟嵘的说法，那绝非"直寻"，多有"补假"之嫌。

但由于文人多是尚奇猎异的，为了远离趋同，寻求新鲜的表

① （宋）李清照撰，徐培均笺注：《李清照集笺注》，第163页。
② （宋）罗大经撰，王瑞来点校：《鹤林玉露》卷之六乙编，中华书局1983年版，第227页。
③ 隋树森：《古诗十九首集释》，中华书局2018年版，第21—22页。
④ （清）方世举编年笺注，郝润华、丁俊丽整理：《韩昌黎诗集编年笺注》，中华书局2012年版，第203页。

达方式，在叠字这条路上，也有希望不让于韩愈者。晚唐诗人李商隐诗即好用叠字，但其表现出来的艺术效果却平淡无奇，甚至流于平庸与无聊，如"改成人寂寂，寄与路绵绵"（《谢先辈防记念拙诗甚多异日偶有此寄》），"花情羞脉脉，柳意怅微微"（《向晚》），"稍促高高燕，微疏的的萤"（《细雨》），如此之类，不胜枚举。有的含有叠字的诗句，令人无法想象是出自深情绵渺的李义山，如"叶叶复翻翻，斜桥对侧门"（《蝶》），"暗暗淡淡紫，融融冶冶黄"（《菊》）。

词人们对于叠字的执拗追求，李清照这首《声声慢》之后更甚，因为大家迷恋于她这十四个字的奇妙表达效果，纷纷想粉墨登场。元代杂剧家乔吉即作了一首《天净沙·即事》，二十八字全用叠字："莺莺燕燕春春，花花柳柳真真。事事风风韵韵。娇娇嫩嫩，停停当当人人。"[①] 这样的强作，简直倒人胃口。大量叠字用得最成功的要数清代女子贺双卿了，她的《凤凰台上忆吹箫》叠了四十八个字："寸寸微云，丝丝残照，有无明灭难消。正断魂魂断，闪闪摇摇。望望山山水水，人去去，隐隐迢迢。从今后，酸酸楚楚，只似今宵。　青遥。问天不应，看小小双卿，袅袅无聊。更见谁谁见，谁痛花娇？谁望欢欢喜喜，偷素粉，写写描描？谁还管，生生世世，夜夜朝朝。"[②] 把女子的楚楚动人、柔弱多情以及细腻自怜的感物方式写出来了。

---

① （元）乔吉撰，李修生等校注：《乔吉集》，三晋出版社 2017 年版，第 164 页。
② 李雷主编：《清代闺阁诗集萃编》，中华书局 2015 年版，第 1315—1316 页。

清人周济在《宋四家词选目录序论》里说："双声叠韵字，要着意布置，有宜双不宜叠、宜叠不宜双处。重字则既双且叠，尤宜斟酌，如李易安之'凄凄惨惨戚戚'三叠韵六双声，是锻炼出来，非偶然拈得也。"① 可见至清代，李清照在本词中的双声叠韵字仍被用以作为阐发词学理论的例证，其影响已毋庸赘言了。

由十四字叠字引来的认识魔障，自宋及清，蒙蔽了不知多少读者与词学家的眼，人们掉在这一文字魔障中，屡屡发论，而不及其他。但总算有几个清醒者。陈廷焯即在其《白雨斋词话》卷九中说："十四叠字，不过造语奇隽耳。词境深浅，殊不在此。执是以论词，不免魔障。"② 他是明显反对只局限于十四叠字而体认《声声慢》者。

除了造语，还有造境，而词境的深浅，并不完全取决于这十四个叠字。梁启超认为这首词是"写从早至晚一天的实感。那种茕独恓惶的景况，非本人不能领略，所以一字一泪，都是咬着牙根咽下"③。这是自本词产生以来最早也是最接近于词人本心的一种体认。

说到底，李清照这首《声声慢》的感人与独特，是饱蘸着生命之血的老年妇人孤独的泣诉，就像东坡笔下"孤舟之嫠妇"（《赤壁赋》）一样，其悲切无法用一般的语言表述。对此，唐圭璋

① 唐圭璋编：《词话丛编》第二册，中华书局 2005 年版，第 1645 页。
② 孙克强、赵瑾、张海涛、赵传庆辑校：《白雨斋词话全编》，中华书局 2013 年版，第 1311 页。
③ 梁启超：《饮冰室文集》之三十七，中华书局 2015 年版，第 97 页。

亦言："无一处不是她饱经忧患后的低沉的倾诉，无一处不是她历经折磨后的忧叹。"① 刘永济亦有相近表述："总由生活痛苦，不得不吐而出之，绝非无此生活而凭空想写作者可比也。"②

《声声慢》表现出来的声情与格调，尤其是词人的心态，大抵被认为是李清照现存词作中写作年代最晚者。也就是说，本词是可以被当作李清照生命中最后一首词来看待的。其间所寄寓的悲凉、绝望和对一切都不再有热情和祈盼的心境，像极了一个老年妇人的心态。

易安词，起句几乎都是以景入词，尤其早期词作，景物往往柔丽浓雅，为她所追求的典雅风格的体现；后期词作虽不及前期心境浪漫多情时那样，景物透着欣喜与色彩，但即便是写风，写病中华发，哪怕是悼亡、思念故国，都从赋景开始，如"帘外五更风，吹梦无踪"（《浪淘沙》），"病起萧萧两鬓华。卧看残月上窗纱"（《山花子》），"藤床纸帐朝眠起。说不尽、无佳思"（《孤雁儿》），"风住尘香花已尽，日晚倦梳头"（《武陵春》），"风柔日薄春犹早，夹衫乍著心情好"（《菩萨蛮》）。这也是从文人词之鼻祖花间词承袭而来的词的一贯谋篇布局方式。但词人的这首《声声慢》，似乎已经不再注重常规的构篇方式，或者，词人彼时内心是崩溃的，她已经不再想遵从以往一直笃定的规则，她就是要在这绝望之时，破除一切陈规，任性一把。所以，才有了本词开始

---

① 唐圭璋、潘君昭：《论李清照的后期词》，《江海学刊》1961 年第 8 期。
② 刘永济：《唐五代两宋词简析》人民文学出版社 2018 年版，第 87 页。

的十四个叠字。

这十四个叠字，是动词叠加形容词。"寻寻觅觅"是外部动作，"冷冷清清"是周围环境与感受，"凄凄惨惨戚戚"是内心的感受。词人到底是在寻觅什么？词中并未明言，我们也无法据词意探寻出蛛丝马迹。但恰是这"寻寻觅觅"四字，透露出老年妇人独处时下意识的动作。她一个人坐在屋内窗前，没有什么家人需要照顾，没有什么家务需要忙乎，没有上下内外的家庭关系需要打理、协调，父亲早已作古，丈夫也已去世，自己没有孩子，改嫁又离婚，与原来的婆家也断了往来，世间人伦中只剩下孤零零的一个。况且，因为南下，收藏的文物被盗、自己被诬蔑，又追着皇帝的銮驾奔波往来，如一叶孤舟，在海上漂泊。居无定所、举目无亲，是她彼时的生活状态。种种打击，种种遭遇，使词人恍若经历一场噩梦，惊定还拭泪。

一个老年孀妇的日子，剩下的是大把的虚空，和无法打发的时间。她坐在窗前，手下意识地窸窸窣窣，在凉簟上摩挲、摩挲。至于在摩挲什么、寻觅什么，她自己也不知道，更没有什么明确的目标。这种动作透露出老年妇人潜在的虚空的生命状态，她觉得一无所有，故她下意识地想寻找，犹如溺在大海中，想随手抓住一根救命稻草，或者随便什么，总比什么都没有要好。寻寻觅觅，意味着摩挲这个动作不是一次两次，而是习惯性的，有意无意地在重复着。

但是她寻觅到了什么？并无实物，只是一种感觉 —— 冷冷清清。这是指周围无人，一个人冷清孤独，其实更是她内心的感受。这个感受是恒定的，而非一时的。更像是生命的一种寻觅，岁月的一种寻觅。当然，这种生命与岁月的寻觅不是向前的，如年轻人那样带着憧憬，而是回首，向着过往的岁月与生命，载了失落无助和入骨的惋惜。

其实，这种寻觅是徒劳的，因为人都无法再回到从前，时光的隧道是不可逆的，那种冷冷清清的感受，从内心是驱除不去的。既如此，寻觅还不如不寻觅。意识到这些，也就引发了词人更大的伤感，生命冷清而无望，甚至凄惨而绝望。感觉一步步由具体而抽象，由外而内。

"凄凄惨惨戚戚"是较"冷冷清清"更进一步的感受。如果说冷冷清清兼指词人的内外感受，则"凄凄惨惨戚戚"是较前更进一步的内心感受。这六字句内本身亦有递进，寻觅的结果是感到冷冷清清，由此感到更加凄惨，意识到凄惨之后，内心则更为忧伤，即"戚戚"。这种戚戚之感，正如梁启超所言，是"咬着牙根"的哽咽，故词中多用入声字，就是这种心境与感受的外化。

前人沉迷于这十四字的"气机流动，前无古人，后无来者，可为词家叠字之法"①，却不知词人在这十四字中，走完了漫长的生命历程，内心经历的千山万水，又岂是外人能完全体会的？

正如外人尤其是男性词人和词论家无法明晓词人的心事，即便词人自己，万千的悲戚，遑论十四字，就是千言万语，又岂能

---

① （清）陆鉴：《问花楼词话》，唐圭璋编：《词话丛编》，中华书局2005年版，第2545页。

描摹倾诉得尽？故须消愁解闷，但"三杯两盏淡酒，怎敌他、晓来风急"。风虽急，怎能抵挡不过？抵挡不过，说明身体虚弱，更是内心脆弱，无法再承受一丝的风雨，何况急风？

如此情境，是否似曾相识？词人年轻时也有不抵西风的情形，所谓"莫道不销魂，帘卷西风，人比黄花瘦"（《醉花阴》），但那是婚后浸润在爱情与共同的金石书画爱好与情趣中的少妇的不能自持，其底色是安宁如意的。而如今晨起的西风再无人遮挡，无人爱怜的词人，是独自承受，更兼老年无依。与其说"怎敌"，不如说是对往昔岁月曾经拥有的呵护的怀恋。

明白她的心结，即对她接下来写的内容了然于心了："雁过也，正伤心，却是旧时相识。"悲冷凄清之感无法排遣，转而饮酒，希望借此驱寒。但寒未驱散，却惹来更大的不耐，与无法承受。再转而抬头，本想极目远望，摅怀去忧，却见大雁当空飞过，又勾起思乡念远，正自伤心，又似见到了旧日的大雁。雁飞天空，何来旧相识之说？曾记否，当年，词人有"云中谁寄锦书来，雁字回时，月满西楼"（《一剪梅》）之语。那时虽然也是独自一人，但犯着相思，有牵挂的人，虽在远方，总有团聚的希望。如今再见大雁，旧日牵挂的人早已魂归故土，再盼不来相聚。似曾相识，又如此的大不相同。原来，极目也无法令人摅怀了。词人的悲切又深入一层。

那么，还是不要仰望了吧，低头，却见到满地堆满凋零的黄花（菊花）。大约，时节正在重九前后。那黄花，却是触目惊心的憔悴。一句"如今有谁堪摘"，记忆又穿越回从前。

那时，也是重阳节，年轻的词人曾效仿陶渊明，在东篱下把酒赏菊，有"东篱把酒黄昏后，有暗香盈袖"（《醉花阴》）词句。那盈袖的暗香，是菊花香，也是生活洋溢出的自得与幸福。篱边的菊花，曾经赵明诚摘下插至她的鬓发，如今，菊花飘零满地，无法捡拾，更无人为她体贴地插花了。"一枝折得，天上人间，没个人堪寄"（《孤雁儿》）。一切都失去了。"如今有谁"，伤痛的发问，如梦魇般的现实，终让词人难以接受，更难以承认。如今生命中，再没有谁为她插花，令她牵挂，剩下的是漫长的无聊的虚空，和打发不掉的时间。

所以，词人发出"守着窗儿，独自怎生得黑"的诘问。度日如年啊，怎么能盼到天黑呢？而彼时，天刚晓。不仅如此，又下起了秋雨，细细的，似乎可以完全渗透人的心。这细雨，这雨滴，偏偏滴在肥大的芭蕉叶上，一点点，一滴滴，没个尽。本来凄切的心，更加的烦扰，令人难以忍受。所以，词人再也忍受不住，发出了呼喊："这次第、怎一个愁字了得！"这扰攘的雨打芭蕉声，这无尽的秋雨，这夕阳西下的黄昏，将词人围堵在其中，无处可逃，无法排遣，愁如黄昏后的暗夜，将词人围裹，甚至要吞没，这份窒息，简直是任何的愁都无法形容的！

李清照前期词写得含蓄蕴藉，多通过外物来间接表达自己的心曲，真正遵循了词"别是一家"的原则，就如她写的"终日向人多酝藉，木犀花"（《摊破浣溪沙》）给人的感觉一样。后来，词人因为经历了太多的事情，心中常有不得不发的心声，再者是由于生存环境恶化，词人已经失去了往日居于深宅大院时优裕的环境，也就缺少可以入词的精美事物，更少了那份娴雅幽静的心境，所以，李清照后期词作的表达方式更为直接，已经顾不得刻意地修饰和考虑如何表达了。满含深郁之情的文字喷薄而发，就如"独自怎生得黑""这次第、怎一个愁字了得"，这些看似平常的直白的"没要紧语"，实际上是词人累积的难得的人生体验。因此，从文本角度而言，也可以作为判断李清照词前后期特色的因素之一。

龙榆生说："这里面不曾使用一个典故，不曾抹上一点粉泽，只是一个历尽风霜、感怀今昔的女词人，把从早到晚所感受到的'忽忽如有所失'的怅惘情怀如实地描绘出来。看来都只寻常言语，却使后人惊其'遒逸之气，如生龙活虎'（万树《词律》卷十），能'创意出奇'（罗大经《鹤林玉露》卷六），达到语言艺术的最高峰。这和李煜的后期作品确有异曲同工之妙，也只是由于情真语真，结合得恰如其分而已。"①确实如此。

《声声慢》双调九十七字，属于仙吕调。据陈廷敬、王奕清等《钦定词谱》，此调有十四种体式，八种押平韵，六种押仄韵。元人周德清说"仙吕清新绵邈"（《中原音韵》），则此调有清新悠远、情调绵长的特点。此前，《声声慢》都押平声韵，自李清照始，有了她这一体的入声韵。

其实，李清照对词的音律不仅非常重视，也是十分精通的。她在《词论》中对李煜父子、冯延巳、柳永、张先、晁端礼、晏

---

① 龙榆生：《词学十讲》，中华书局 2017 年版，第 182 页。

氏父子、欧阳修、苏轼、王安石、贺铸、秦观、黄庭坚等十九位词人的词进行了评价，都指出了其不足之处。所不满者，大多在音律方面。对于欧阳修、苏轼这样的大家，她直言不讳批评的地方，就是由于他们作词不重音律，"皆句读不葺之诗尔，又往往不协音律"①。

对于李清照来说，如果不协音律，即使作者"学际天人"，也是难以被肯定和赞许的。因此，她明确主张词"别是一家"，这个"别"就"别"在了音律上："盖诗文分平侧，而歌词分五音，又分五声，又分六律，又分清浊轻重。"②她认为词在音律上分得更细，所遵循的音律规则远大于诗。诗讲平仄、清浊即可，而词，除了讲平仄、清浊，还得遵循五声和六律，五声即是阴平、阳平、上、去、入，六律就是指乐曲的音高和定调，如黄钟、太簇、姑洗、蕤宾、夷则、无射六阳律，与大吕、夹钟、仲吕、林钟、南吕、应钟六阴律。即如本词，是属于仙吕调，这就是属于六律范畴。

在李清照之前，《声声慢》已经有押入声韵的了，就如李清照在《词论》中写到的："且如近世所谓《声声慢》、《雨中花》、《喜迁莺》，既押平声韵，又押入声韵。"③但是却没有如李清照这一体的《声声慢》，因为她在句中的平仄独树一帜。但《钦定词

---

① （清）李清照撰，徐培均笺注：《李清照集笺注》，第 267 页。
② （清）李清照撰，徐培均笺注：《李清照集笺注》，第 267 页。
③ （清）李清照撰，徐培均笺注：《李清照集笺注》，第 267 页。

谱》却以李清照之后的高观国的同调词为正体。《钦定词谱》是在清初词学家万树《词律》基础上编撰而成,《词律》与《钦定词谱》不以易安词为正体、却以高观国(号竹屋)词为正体的原因,正如万树所言:

> 用仄韵,从来此体皆收易安所作,盖其遒逸之气如生龙活虎,非描塑可拟。其用字奇横而不妨音律,故卓绝千古。人若不及其才,而故学其笔,则未免类狗矣。观其用上声入声,如"惨"字、"戚"字、"盏"字、"点"字、"滴"字等,原可作平,故能谐协,非可泛用仄字,而以去声填入也。其前结"正伤心、却是旧时相识"于心字豆句,然于上五下四者原不拘,所谓此九字一气贯下也。后段第二三句"憔悴损、如今有谁堪摘",句法亦然。如高词应以"最得意"为豆,然作者于"输他"住句,亦不妨也。余恐人因易安词高难学,故录竹屋此篇。[①]

为了便于理解万树所说的李清照《声声慢》音律的"高难",也为了更直观地比较李清照体《声声慢》于晁补之体、高观国体的异同,现将三种体式的《声声慢》词谱罗列于下:

---

① 蔡国强:《词律考正》卷十,华东师范大学出版社 2019 年版,第 312 页。

声声慢　晁补之

双调九十九字，前段九句四平韵，后段八句四平韵

朱门深掩，摆荡春风，无情镇欲轻飞。[①]

◇◇◇◆，◆◆◇◇，◇◇◆●□△。

断肠如雪撩乱，去点人衣。

●◇□◆□●，●●□△。

朝来半和细雨，向谁家、东馆西池。

◇◇◆□◆●，●◇□、◇●□△。

算未肯、似桃含红蕊，留待郎归。

●●●、●□□□●，◇●□△。

还记章台往事，别后纵、青青似旧时垂。

◇◆◇□◆●，◆◆◆、□◇◆●□△。

灞岸行人多少，竟折柔枝。

●●◇□□●，●●□△。

而今恨啼露叶，镇香街、抛掷因谁。

◇◇◆□●●，●□□、◇●□△。

又争可、妒郎夸春草，步步相随。

●□●、●□□□●，●●□△。

---

① "□"表示平声，"●"表示仄声，"◇"表示应平可仄，"◆"表示应仄可平，"△"表示平声韵，"▲"表示仄声韵。

又一体　高观国

双调九十七字，前段十句四仄韵，后段八句四仄韵

壶天不夜，宝炬生香，光风荡摇金碧。

□□◇●，◆●□□，◇□◆◇◇▲。

月滟水痕，花外峭寒无力。

◆●◆□，◇●◆□□▲。

歌传翠帘尽卷，误惊回、瑶台仙迹。

◇□●□◆●，●◇□、◇◇□▲。

禁漏促，拌千金一刻，未酬佳夕。

◆◆●，◇◇□◆●，●◇◇▲。

卷地香尘不断，最得意、输他五陵狂客。

◆●◇□◆●，◆◆●、□◇●□□▲。

楚柳吴梅，无限眼边春色。

◆●□□，◇●●□□▲。

鲛绡暗中寄与，待重寻、行云消息。

□□◆□●●，●□◇、◇◇◇▲。

乍醉醒，怕南楼、吹断晓笛。

◆◆●，●◇◇、◇◆◆▲。

又一体　李清照

双调九十七字，前段九句五仄韵，后段八句五仄韵

寻寻觅觅，冷冷清清，凄凄惨惨戚戚。

□□●▲，●●□□，□□●●●▲。

乍暖还寒时候，最难将息。

●●●□□●，●□□▲。

三杯两盏淡酒，怎敌他、晚来风急。

□□●●●●，●●●、●□□▲。

雁过也，正伤心、却是旧时相识。

●●●，●□□、●●●□□▲。

满地黄花堆积，憔悴损、如今有谁堪摘。

●●●□□▲，□●●、□□●□□▲。

守着窗儿，独自怎生得黑。

●●□□，●●●□●▲。

梧桐更兼细雨，到黄昏、点点滴滴。

□□●□●●，●□□、●●●▲。

这次第，怎一个、愁字了得。

●●●，●●●、□●●▲。

这三体中，从时间顺序上，先有晁补之体，次有李清照体，后有高观国体。晁体押平韵，后二体押仄韵。晁体、高体都是上下片各押四韵，而李体是上下片各押五韵，多押了的那个韵脚

在起句上。也就是说，其他二体起句不押韵，而李体起句押韵。显然，李体的韵脚押得较其他二体都密。而所押之韵（觅、戚、息、急、识、积、摘、黑、滴、得）属于第十七部，入声，锡、职、陌、缉通押。这一韵部不仅短截有力，而且开口小，声音相比而言较为微弱，形象地体现了老年妇人虚弱、掩抑、悲切的情感与声形。那种情不得伸、言不得说的哽咽之语，积郁了多少的压抑与隐忍，借助以上入声字，很好地表达了出来。

而从句中押韵情况看，晁体可平可仄的地方有三十三处，高体可平可仄处有四十二处，而李体却无一处可平可仄。再对比高体与李体，在李体也就是本词中，明确属于平或仄的地方，在高体中却属于可平可仄，如觅、冷（第一字）、凄（第一字）、惨（二字）、戚（第一字）、乍、还、时、最（《钦定词谱》为"正"字）、三、淡、敌、晚、来、雁、过、正、伤、却、旧、时、满、黄、堆、憔、悴、今、守、独、更、昏、点（二字）、滴（第一字）、这、次、一、个、愁、字、了，共四十二处。而李体属于仄韵的地方，高体却押平韵的有盏、得。

从以上押韵情况来看，以本词为一体的《声声慢》，其创作难度确实远高于高体，也就是说，在九十七字中，易安词可谓每个字都是严守平仄，而高体中却有四十二处可平可仄，回旋余地颇大。而在李体中两处押仄韵的地方，高体都押了平韵而不是可平可仄，这也从一个侧面说明高体从韵律上来说，较为平缓自由。所以，能达到李体这样韵脚既密、押韵又严格遵守平仄而没有可平可仄的体式，难度确实大，这也就是万树所说的"余恐人因易安词高难学"而以高观国体为正体的原因。

本词更为奇绝的地方在于，用了五十九个仄声字，其中有十九个是入声字（觅、觅、戚、戚、息、敌、急、却、识、积、摘、着、独、得、黑、滴、滴、一、得）。入声短急快截，如音乐中的休止符，蕴蓄的情感较为激烈有力，恰好体现了本词哽咽悲抑的情感基调与内心的悲抑不平。

而从词中各字的发音来看，多用了双唇音（b、p、m，觅、杯、满）、唇齿音（f，风）、舌尖音（z、c、s、d、t、n、l、zh、ch、sh、r，冷、冷、惨、惨、乍、暖、时、最、难、三、两、盏、淡、怎、敌、他、来、正、伤、是、时、识、地、堆、如、谁、摘、桐、到、点、点、滴、滴、这、次、第、怎、愁、字、了、得）、舌面音（j、q、x，寻、寻、清、清、凄、凄、戚、戚、将、息、酒、急、心、却、旧、相、积、今、兼、细）。双唇音是通过气流爆发，唇齿音是通过唇齿的缝隙摩擦而出，舌尖音与舌面音也是通过先塞后擦、气流爆破而出，这几种发音方式都有迂阻不畅的特点，像极了哽咽、掩抑、悲泣的情绪流露，所以有词家评论本词"颇带伧气"①。所谓"伧气"，即是粗俗之气，这是相对于李清照前期词的精雅而言的。虽然以"伧气"形容本词有些过，但总体而言，本词中所体现的满心而发、肆口而言，不讲蕴藉与典雅，在易安词中，确属最为朴质的，也就是所谓的

---

① （清）许昂霄：《词综偶评》，唐圭璋编：《词话丛编》，中华书局 2005 年版，第 1578 页。

"伧气"。而梁启超所说的"咬着牙根咽下",也确实是具有非常精准的艺术感悟力,把握住了本词不同于李清照以往词的声形气韵。

总之,《声声慢》所表达的绝非一时一地的情绪,也非有具体诱因,而是词人在晚年,失去了曾经拥有的一切后,那种无望的孤独的倾诉。而本词所选取的词调、韵脚、入声字、几乎三分之二的仄声字,唇齿音、舌尖音及其塞擦的迂阻不畅的发音方式等,都与词人所要表达的情感达到了完美的统一。这些因素,共同促成了这首千古名作的诞生。这是词人生命最后阶段的代表作,某种程度上,亦可看作是代表词人艺术最高成就的作品。

参考文献

李清照集

（宋）李清照撰，徐培均笺注：《李清照集笺注》，上海古籍出版社2002年版。

（宋）李清照撰，王仲闻校注：《李清照集校注》，中华书局2020年版。

（宋）李清照撰，黄墨谷辑校：《重辑李清照集》，中华书局2009年版。

（宋）李清照撰，陈祖美编：《李清照词新释辑评》，中国书店2003年版。

陈祖美主编：《李清照作品赏析集》，巴蜀书社1992年版。

（宋）李清照撰，陈祖美注：《漱玉词注》，齐鲁书社2009年版。

褚斌杰、孙崇恩、荣宪宾编：《李清照资料汇编》，中华书局1984年版。

诗文全集与别集

（清）严可均编：《全上古三代秦汉三国六朝文》，中华书局1958年版。

逯钦立辑校：《先秦汉魏晋南北朝诗》，中华书局1983年版。

（南朝陈）徐陵编，（清）吴兆宜注，程琰删补，穆克宏点校：《玉台新咏》，中华书局 1985 年版。

（清）彭定求等编：《全唐诗》，中华书局 1960 年版。

曾昭岷、曹济平、王兆鹏、刘尊明编撰：《全唐五代词》，中华书局 1999 年版。

（后蜀）赵崇祚编：《花间集》，文学古籍刊行社 1958 年版。

（后蜀）赵崇祚辑，李冰若评注：《花间集评注》，四川人民出版社 2019 年版。

唐圭璋编：《全宋词》，中华书局 1998 年版。

（清）吴之振等选，（清）管庭芬、蒋光煦补：《宋诗钞》，中华书局 1986 年版。

曾枣庄、刘琳主编：《全宋文》，上海辞书出版社、安徽教育出版社 2006 年版。

（宋）郭茂倩编：《乐府诗集》，中华书局 1979 年版。

李雷主编：《清代闺阁诗集萃编》，中华书局 2015 年版。

（宋）洪兴祖撰，白化文等点校：《楚辞补注》，中华书局 1983 年版。

（清）王先谦撰，吴格点校：《诗三家义集疏》，中华书局 1987 年版。

隋树森：《古诗十九首集释》，中华书局 2018 年版。

（东晋）陶渊明撰，龚斌校笺：《陶渊明集校笺》，上海古籍出版社 1996 年版。

（北周）庾信撰，（清）倪璠注，许逸民点校：《庾子山集注》，中华书局 1980 年版。

（唐）王维撰，陈铁民校注：《王维集校注》，中华书局 1997 年版。

（唐）李白撰，（清）王琦注：《李太白全集》，中华书局 1977 年版。

（唐）韦应物撰，孙望校笺：《韦应物诗集系年校笺》，中华书局

2002 年版。

（唐）韩愈撰，（清）方世举编年笺注，郝润华、丁俊丽整理：《韩昌黎诗集编年笺注》，中华书局 2012 年版。

（唐）韩愈撰，刘真伦、岳珍笺注：《韩愈文集汇校笺注》，中华书局 2010 年版。

（唐）白居易撰，谢思炜校注：《白居易诗集校注》，中华书局 2006 年版。

（唐）刘禹锡撰，陶敏、陶红雨校注：《刘禹锡全集编年校注》，中华书局 2019 年版。

（唐）李商隐撰，刘学锴、余恕诚集解：《李商隐诗歌集解》，中华书局 2004 年版。

（唐）杜牧撰，吴在庆校注：《杜牧集系年校注》，中华书局 2008 年版。

（宋）晏殊、晏幾道撰，张草纫笺注：《二晏词笺注》，上海古籍出版社 2008 年版。

（宋）柳永撰，薛瑞生校注：《乐章集校注》，中华书局 2012 年版。

（宋）张先撰，吴熊和、沈松勤校注：《张先集编年校注》，上海古籍出版社 2012 年版。

（宋）欧阳修撰，欧阳明亮校笺：《欧阳修词校笺》，中华书局 2019 年版。

（宋）欧阳修撰，李逸安点校：《欧阳修全集》，中华书局 2001 年版。

（宋）苏轼撰，（清）王文诰辑注：《苏轼诗集》，中华书局 1982 年版。

（宋）苏轼撰，邹同庆、王宗堂校注：《苏轼词编年校注》，中华书局 2002 年版。

（宋）苏轼撰，（明）茅维编：《苏轼文集》，中华书局 1986 年版。

（宋）黄庭坚撰，（宋）任渊、史容、史季温注，刘尚荣点校：《黄庭坚诗集注》，中华书局 2003 年版。

（宋）黄庭坚：《豫章黄先生文集》，《四部丛刊》本。

（宋）陆游撰，钱仲联、马亚中主编：《陆游全集校注》，浙江古籍出版社 2015 年版。

（宋）杨万里撰，辛更儒笺校：《杨万里集笺校》，中华书局 2007 年版。

（宋）朱熹撰，（宋）黎靖德编，王星贤点校：《朱子语类》，中华书局 1986 年版。

（宋）朱淑真撰，魏仲恭辑，郑元佐注：《朱淑真集注》，中华书局 2008 年版。

（元）乔吉撰，李修生等校注：《乔吉集》，三晋出版社 2017 年版。

（元）王实甫撰，金圣叹评点，林岩校：《西厢记》，花山文艺出版社 1997 年版。

（明）汤显祖撰，张秀芬校：《牡丹亭》，花山文艺出版社 1997 年版。

梁启超：《饮冰室文集》，中华书局 2015 年版。

史书

（汉）班固撰，（唐）颜师古注：《汉书》，中华书局 1962 年版。

（晋）陈寿撰，（南朝宋）裴松之注：《三国志》，中华书局 1982 年版。

（唐）李延寿撰：《南史》，中华书局 1975 年版。

（五代）刘昫等撰：《旧唐书》，中华书局 1975 年版。

（元）脱脱等：《宋史》，中华书局 1985 年版。

（唐）杜佑撰，王文锦等点校：《通典》，中华书局 1988 年版。

（清）毕沅撰：《续资治通鉴》，中华书局 1957 年版。

孙家洲主编：《中华野史》，泰山出版社 2000 年版。

词话

唐圭璋编：《词话丛编》，中华书局 2005 年版。

葛渭君编：《词话丛编补编》，中华书局 2013 年版。

邓子勉编：《明词话全编》，凤凰出版社 2012 年版。

（宋）惠洪撰，陈新点校：《冷斋夜话》，中华书局 1988 年版。

（明）杨慎撰，王大厚笺证：《升庵词品笺证》，中华书局 2018 年版。

（清）刘熙载撰，袁津琥校注：《艺概注稿》，中华书局 2009 年版。

孙克强、赵瑾、张海涛、赵传庆辑校：《白雨斋词话全编》，中华书局 2013 年版。

王国维撰，徐调孚校注：《校注人间词话》，中华书局 2003 年版。

历史笔记

（南朝梁）宗懔撰，（隋）杜公瞻注，姜彦稚辑校：《荆楚岁时记》，中华书局 2018 年版。

（唐）段成式撰，许逸民校笺：《酉阳杂俎校笺》，中华书局 2015 年版。

（五代）王仁裕撰，曾贻芬点校：《开元天宝遗事》，中华书局 2006 年版。

（五代）王仁裕撰，丁如明等校点：《开元天宝遗事》，上海古籍出版社 2012 年版。

（宋）欧阳修撰，李伟国点校：《归田录》，中华书局 1981 年版。

（宋）孟元老撰，邓之诚注：《东京梦华录注》，中华书局 1982 年版。

（宋）孟元老撰，伊永文笺注：《东京梦华录笺注》，中华书局 2007 年版。

（宋）吴自牧撰，黄纯艳整理：《梦粱录》，大象出版社 2019 年版。

（宋）王灼撰，岳珍校正：《碧鸡漫志校正》，人民文学出版社 2015 年版。

（宋）王灼撰，郑明宝整理：《碧鸡漫志》，大象出版社 2019 年版。

（宋）周密撰，杨瑞点校：《武林旧事》，浙江古籍出版社 2015 年版。

（宋）吴曾撰，刘宇整理：《能改斋漫录》，大象出版社 2019 年版。

（宋）沈括撰，金良年点校：《梦溪笔谈》，中华书局 2015 年版。

（宋）洪迈撰，和卓点校：《夷坚志》，中华书局 2006 年版。

（宋）西湖老人撰，黄纯艳整理：《繁胜录》，大象出版社 2019 年版。

（宋）陆游撰，李昌宪整理：《老学庵笔记》，大象出版社 2019 年版。

（宋）张端义撰，许沛藻、刘宇整理：《贵耳集》，大象出版社 2019 年版。

（宋）范成大撰，孔凡礼点校：《范成大笔记六种》，中华书局 2002 年版。

（宋）朱彧撰，李伟国点校：《萍洲可谈》，中华书局 2007 年版。

（宋）陆游撰，李剑雄、刘德权点校：《老学庵笔记》，中华书局 1979 年版。

（宋）吴处厚撰，李裕民点校：《青箱杂记》，中华书局 1985 年版。

（宋）吴处厚撰，夏广兴整理：《青箱杂记》，大象出版社 2015

年版。

（宋）周密撰，张茂鹏点校：《齐东野语》，中华书局 1983 年版。

（宋）蔡襄撰，唐晓云整理校点：《茶录》，上海书店出版社 2015 年版。

（宋）赵希鹄撰，钟翀整理：《洞天清录》，大象出版社 2019 年版。

（宋）陈景沂编辑，宋祝穆订正，陈杰、王三毛点校：《全芳备祖》，浙江古籍出版社 2014 年版。

（宋）周辉撰，刘永翔校注：《清波杂志》，中华书局 1994 年版。

（宋）陶谷撰，郑村声、俞钢整理：《清异录》，大象出版社 2019 年版。

（宋）陶宗仪编，刘宇等整理：《〈说郛〉选五十八种》，大象出版社 2019 年版。

（宋）陈元靓撰，许逸民点校：《岁时广记》，中华书局 2020 年版。

（宋）罗大经撰，王瑞来点校：《鹤林玉露》，中华书局 1983 年版。

（明）文震亨撰，陈剑点校：《长物志》，浙江人民美术出版社 2019 年版。

（明）高濂撰，王大淳整理：《遵生八笺》，浙江古籍出版社 2015 年版。

丁传靖辑：《宋人轶事汇编》，中华书局 2003 年版。

刘幼生编校：《香学汇典》，三晋出版社 2014 年版。

研究著作及文章

刘永济：《唐五代两宋词简析》，人民文学出版社 2018 年版。

龙榆生：《词学十讲》，中华书局 2017 年版。

夏承焘：《唐宋词欣赏》，北京出版社 2016 年版。

夏承焘：《词体与声情》，生活·读书·新知三联书店 2021 年版。

沈祖棻：《宋词赏析》，上海古籍出版社 1997 年版。

叶嘉莹：《迦陵论词丛稿》，河北教育出版社 1997 年版。

王水照主编：《宋代文学通论》，河南大学出版社 1997 年版。

蔡国强：《词律考正》，华东师范大学出版社 2019 年版。

孟晖：《花间十六声》，生活·读书·新知三联书店 2006 年版。

〔美〕伊沛霞著，胡志宏译：《内闱——宋代的婚姻与妇女生活》，江苏人民出版社 2004 年版。

〔美〕艾朗诺著，夏丽丽、赵惠俊译：《才女之累：李清照及其接受史》，上海古籍出版社 2017 年版。

〔美〕宇文所安著，麦慧君、杜斐然、刘晨译：《只是一首歌——中国 11 世纪至 12 世纪初的词》，生活·读书·新知三联书店 2022 年版。

陈祖美：《李清照有过"婕妤之叹"吗？——从她在江宁时的几首词谈起》，《文史知识》1998 年第 3 期。

后　记

本书的缘起比较久远。最初是应某出版社之请要做一本李清照词的注释本，但因故未能印行。在注释的过程中，觉得有些话要说，所以催生了几篇有关易安词的鉴赏文字，发表在《古典文学知识》和《名作欣赏》上。大约 2008 年的一天，在单位8 楼电梯旁，遇见了一位同事，她刚从图书馆上来，手里拿的是一本《古典文学知识》，里面有一篇我写李清照的文章。她建议我多写，看能否出一本书。其实我们并不熟，这是第一次有交集。此事后来虽亦因故搁浅，但我心里十分感念这位前同事对我的鼓励，激发了我的写作信心，写了十多篇，本书中的八篇陆续发在《古典文学知识》《名作欣赏》《文史知识》上，其中四篇以笔名桑柔发表。2017 年，有幸和商务印书馆签订了两本书的合同，先出了其中的一本《纳兰性德词评注》。2018 年，因工作调动，我离开中华书局到北京语言大学工作。此后很长一段时间忙于备课和科研任务，这本书再无暇补充、打磨，一搁置又是四年。2022 年，因有出版社向我约稿，我又想到了这本书，才又开始了本书的补充、润色、打磨工作。这段时间，补充了八篇鉴赏文字，又将以往发表的两篇论文加入其中，作为导读。对于词中涉及的一些名物、妆容、服饰、家居等方面的内容，着重进行了补充。

虽然这二十六篇解读文章前后跨度达十六年，但我始终遵循几个原则。第一，文本细读。文本细读首先要解决是什么、为什么的问题。在此基础上，尽可能回到当时情景去理解和解读李清照及其词。这就涉及第二点，要注重文本产生当下的物质文化对文本的影响。易安词温婉典雅，当然是词人思想、情感的表现，但也借名物、节俗、服饰、家具、闺趣等因素，增强了词人表达的力度和效果，并使词作呈现出更唯美的风格。物质文化对宋人的重要性及影响远比我们想象的要大得多。不理解当时物质文化对李清照意味着什么，就无法准确、深切地读懂她究竟要表达什么，尽管她的许多作品大家似乎已经很熟悉了。第三，将具体词作放在整个词史中去观照。这不一定体现在每首词作的解读中，但对于重要的具有代表性的词作，如《永遇乐》《声声慢》等，影响既大，仿作与评价者也不少，如何体认、挖掘出易安词的独特与新变是很有必要的。而且，在对一些词作进行鉴赏时，词调、音律以及相应的声情等方面的分析与阐释也是将解读推向深化的一个方面。本书初衷是用浅显的、散文化的语言来体认易安词，避免过于学术化的表达，力求深入浅出，语言清通流畅。

在本书成书过程中，得到许多师友亲朋的帮助，借此机会深表谢意。感谢《名作欣赏》谢正德先生、《古典文学知识》樊昕先生、李相东先生曾给予发表的机会。感谢老东家中华书局多位同事的帮助和鼓励，至今令我感到温暖。感谢北京语言大学中华文化研究院韩经太院长的关怀，以及院里同事们的理解与帮助，宽松融洽的氛围给了我更多潜心教学与科研的机会与可能。感谢我的父母亲、我的哥哥姐姐们对我多年来的理解、包容与支持。本书写作之初，儿子还只有两岁多，常常是从我的胳膊下滑过，坐到我的腿上，小手指像模像样地摸着键盘，东拉西扯地跟我说着话，跟电脑争夺我的注意力。现在，作为高中生的他已经喜欢独自行动了。感谢外子李瑞卿教授多年来的相伴、理解与支持，以及"奇文共欣赏，疑义相与析"的切磋与解惑。同时，也十分感谢研究出版社丁波先生一直以来的帮助与支持，感谢苗双女士、侯静女士认真、严谨的把关与审校工作。

时光如电，从研究生时做李清照硕士学位论文，到发表第一篇关于李清照的论文，及至如今，不觉二十六七年过去了。惶惑惊诧之际，不免惭愧汗颜，仅以此小书作为多年来陪伴李清照的一个小小的交代。才疏学浅，能力有限，不足之处还望方家不吝赐教，在此先致谢意。

刘淑丽

2023 年 4 月 3 日

图书在版编目（CIP）数据

别寄情愁天地间：解读李清照 / 刘淑丽著. —北京：
商务印书馆，2024
ISBN 978-7-100-23330-9

Ⅰ. ①别… Ⅱ. ①刘… Ⅲ. ①李清照（1084-约1151）—
宋词－诗歌欣赏 Ⅳ. ①I207.23

中国国家版本馆CIP数据核字(2024)第009819号

别寄情愁天地间：解读李清照

刘淑丽 著

商 务 印 书 馆 出 版
（北京王府井大街36号　邮政编码 100710）
商 务 印 书 馆 发 行
三 河 市 尚 艺 印 装 有 限 公 司 印 刷
ISBN 978－7－100－23330－9

2024年4月第1版　　　　开本 880×1230　1/32
2024年4月第1次印刷　　印张 9

定价：58.00 元